CB061415

Bolha de Sabão

Isabella Valentim dos Santos

PandorgA

Todos os direitos reservados.
Copyright © 2021 by Editora Pandorga

Direção editorial
Silvia Vasconcelos
Produção editorial
Jéssica Gasparini Martins
Revisão
Fernanda Rizzo
Henrique Tadeu Malfará de Souza
Diagramação
Marina Reinhold Timm
Capa
Humberto Nunes
Ilustrações do miolo
Freepik (vetores)

TEXTO DE ACORDO COM AS NORMAS DO NOVO ACORDO ORTOGRÁFICO DA LÍNGUA PORTUGUESA
(DECRETO LEGISLATIVO Nº 54, DE 1995)

Dados Internacionais de Catalogação na Publicação (CIP) de acordo com ISBD

S237b	Santos, Isabella Valentim dos
	Bolha de Sabão / Isabella Valentim dos Santos. - Cotia : Pandorga, 2021.
	256 p. ; 16cm x 23cm.
	Inclui índice.
	ISBN: 978-65-5579-087-0
	1. Literatura brasileira. 2. Ficção. I. Título.
2021-1960	CDD 869.8992
	CDU 821.134.3(81)

Elaborado por Vagner Rodolfo da Silva - CRB-8/9410

Índice para catálogo sistemático:
1. Literatura brasileira : Ficção 869.8992
2. Literatura brasileira : Ficção 821.134.3(81)

2021
IMPRESSO NO BRASIL
PRINTED IN BRAZIL
DIREITOS CEDIDOS PARA ESTA EDIÇÃO À
EDITORA PANDORGA
RODOVIA RAPOSO TAVARES, KM 22
CEP: 06709015 – LAGEADINHO – COTIA – SP
TEL. (11) 4612-6404

WWW.EDITORAPANDORGA.COM.BR

Sumário

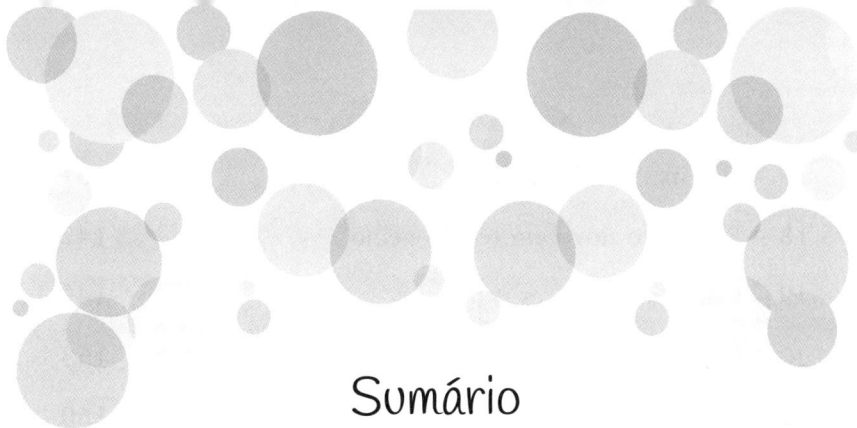

Agradecimentos — 7

Dedicatória — 9

1 – Perdida em meio à multidão — 11

2 – Posso anotar seu número? — 15

3 – Quando dois mais dois são três — 19

4 – Nem tudo termina em pizza — 24

5 – O que se vê através do espelho? — 36

6 – Transplante cancelado — 47

7 – A guloseima que não foi posta à mesa — 52

8 – A única testemunha — 62

9 – A nova companheira — 76

10 – Sinal vermelho — 80

11 – Novas cores para uma caixa de lápis — 89

12 – O gatilho — 96

13 – Miopia — 104

14 – Um pão que não era de açúcar — 113

15 – Na mira do alvo — 122

16 – Evadindo de um rio sem barco — 132

17 – Um mergulho na alma	137
18 – Remendo novo em tecido velho	142
19 – Como sonhadores	149
20 – O primeiro olhar	153
21 – O retorno	160
22 – Um espelho quebrado	167
23 – A cidade-refúgio	172
24 – O encontro	184
25 – Metanoia	202
26 – Levando o amor	206
27 – Feixes	213
28 – Sentinelas	217
29 – De volta ao jardim	219
30 – Um cordão de três pontas	225
31 – Sepultada	236
32 – Minha morada	244

Agradecimentos

Esta obra foi escrita durante longos anos. E, nesse percurso, muitos foram os obstáculos, mas Deus me envolveu em Seu manto de amor e semeou cada palavra que, primeiro, foi germinada em meu coração, para depois florescer no papel, através da tinta. Obrigada, meu Deus, meu querido Pai.

Agradeço aos meus pais, Antonio Nunes e Dorcas Valentim, por serem minha vida, minha base e meu tudo. Amo vocês. Obrigada pelo cuidado, pelo amor e pelos conselhos que me acompanham como um manto na vida, mesmo a distância. Amo vocês.

Agradeço aos meus amigos de perto e de longe, de agora ou de antes, da alegria ou da dor, com quem vivi momentos que me fizeram crescer. Uma amizade é um elo para todo o sempre.

E, finalmente, obrigada a você, por ler esta história colocada por Deus em meu coração. Que Ele abençoe profundamente a sua vida.

Dedicatória

Aos meus queridos e inesquecíveis avós

Francisco Nunes dos Santos
(Ioiô – avô paterno. *In memoriam*)

Maria Fecundo Santos
(Iaiá – avó paterna. *In memoriam*)

Henrique Paulino da Silva
(Voinho – avô materno. *In memoriam*)

Marina Valentim da Silva
(Voinha – avó materna. *In memoriam*)

Silvia Nunes dos Santos
(Tia Santa. *In memoriam*)

1
Perdida em meio à multidão

Se seus olhos conseguissem decifrar a quantidade de pessoas na igreja, Nathalie saberia dizer o número exato na primeira piscadela. Sentia-se muito entediada de ter de ficar sentada ali, por quase duas horas. Poderia alternar suas contas entre as vezes que ficava de pé, sentava-se e olhava para os lados. Não via a hora de escutar o amém final.

Nathalie, mais conhecida por Nath, era uma adolescente de quinze anos. Seu corpo bem modelado com cintura fina e pernas grossas por vezes trazia dúvidas à sua idade. O cabelo castanho-escuro ondulado – da mesma cor dos olhos – reluzia sempre. Era uma jovem alegre e comunicativa, porém, ultimamente, mostrava-se introspectiva.

Olhou para os lados, na esperança de poder sair sem ser notada, mas foi em vão. Havia se sentado no canto do banco, achando que passaria despercebida. Agora, sair daquele casulo estava mais difícil do que desatar nó de marinheiro.

Uma senhora sentada à sua frente estava com uma criancinha que cativou Nath. Sorriu para a menina, afinal não era a única que não estava compreendendo nada do que estava sendo dito lá na frente. A menina demonstrou simpatia, e Nath resolveu fazer gracinhas para alegrá-la. O riso começou tímido e foi aumentando. As pessoas começaram a se desconcentrar, à procura da pequena hilariante. A mãe, por outro lado, estava tão concentrada que não observou o que levara a filha àquele ataque repentino de euforia. Nath prontamente ofereceu-lhe os braços e saiu do templo com a menina. Ufa! Demorou, mas conseguiu.

A noite estava tão fresca e movimentada que logo ela se esqueceu dos sentimentos que havia tido. A pequena menina pulava em seus braços e sorria animada para cada farol que piscava em sua direção. Nath tentava se concentrar em uma desculpa, caso a mãe aparecesse querendo que ela entrasse; deveria ter essa desculpa bem explicada, na ponta da língua, para não ser conduzida novamente ao interior da igreja.

Um carro azul-metálico dobrou a esquina tão ruidosamente que Nath se encolheu. O som do interior do carro estava tão alto que ela sentiu o coração pulsar ao ritmo do forró. Havia um rapaz na direção, e o que estava no banco de trás olhou para ela e sorriu. Pega pela surpresa do momento, Nath também deixou seus lábios transmitirem a alegria de ser notada pela primeira vez naquela noite. Então, escutou a voz do rapaz atravessar a poluição sonora:

— Aleluia aê, irmã!

A sorriso sumiu tão rápido como surgira. Nath subiu depressa as escadas que levavam ao interior da igreja, ouvindo as risadas dos rapazes que aos poucos se distanciavam. Encostou-se na parede e apertou a pequena contra si, como forma de defesa. Mas seu corpo estava tão tenso que ela concentrou grande força nas mãos, resultando no choro da menina.

Mais do que depressa, Nath correu para o local aonde deveria ter ido desde o início: o berçário. Imediatamente, as cuidadoras se aproximaram e socorreram a garotinha. Uma delas afastou-se das demais e puxou Nath para o lado.

— Que cara é essa? Aconteceu alguma coisa?

— Nada. Ela apenas se assustou e tive de tirá-la do templo.

As duas se entreolharam rapidamente, e Nath desviou o olhar.

— Bem — a amiga continuou —, falar sobre nós mesmos é algo que só fazemos com alguém de confiança. Por isso, só irei perguntar mais uma vez, e se você não responder saberei que não sou de sua confiança. Mas, pela cara que está fazendo, é claro que aconteceu alguma coisa. O que houve?

Nath suspirou fundo e tentou falar baixo, para não ser ouvida pelas demais pessoas da sala.

— Você já esteve em um lugar que tivesse lhe desagradado?

A cuidadora não respondeu de imediato e procurou nos olhos de Nath a resposta.

— Você não gostaria de estar aqui? Na igreja?

Nath sorriu e olhou para os lados defensivamente. Mas o olhar fixo de sua amiga fez com que ela visse o assunto de outra forma: observando nitidamente os sentimentos. Em que haveria tanta diferença? Camilla, chamada carinhosamente de Milla pelos amigos, era a melhor amiga de Nath desde o jardim de infância. A família delas sempre fora amiga, e a convivência, perfeita. Havia até a concordância quanto à profissão que iriam exercer, como também a universidade que cursariam. Milla adorava fazer parte da igreja, envolver-se com os acampamentos, com os encontros da juventude e dos adolescentes. Recentemente havia se candidatado a auxiliar no berçário no período do culto, mostrando-se encantada com o que fazia e empolgada a cada cerimônia. Já, para Nath, ter de ver a amiga chegar com ela à igreja, sentar-se por um momento ao seu lado na hora do louvor e logo se ausentar para providenciar algo para o Departamento Infantil, estivesse ela na escala ou não, causava-lhe um sentimento de abandono.

— Não é isso...

— E o que é, então?

Nath olhou para os lados e viu alguns bebês dormindo, outros engatinhando sobre o carpete emborrachado, alguns poucos brincando com as educadoras, inclusive a criança que ela havia trazido, agora bem mais calma.

— É que às vezes tenho a sensação de que não estou desfrutando de tudo o que deveria.

A amiga levantou as sobrancelhas, como que exigindo uma continuação.

— Ah, Milla! Seja racional. Quantos anos nós temos? Quinze. Muitas garotas como nós estão fazendo o que nesse momento? Namorando, divertindo-se em festas, indo a cinemas, passeando com as amigas, ou até retornando de viagem após um fim de semana em algum lugar lindo do Brasil.

Antes que a amiga terminasse de despejar toda a sua argumentação, Nath continuou:

— Eu sei que você vai querer me questionar, mas olhe só a nossa vida! Olhe a minha vida! — reforçou. — Você está satisfeita com a sua? Olhe para você, tomando conta de bebês! E o mais engraçado é que nenhum deles é seu. Você poderia estar lá dentro, comigo, mas não... está aqui!

— O problema é que não lhe faço mais companhia na hora do culto?

— Não... é... ah, não sei! Só sei que não acho justo passar a vida toda ouvindo as mesmas músicas, as mesmas histórias e lendo os mesmos textos. Eu quero mais... Quero conhecer algo novo, que me surpreenda... Quero viver!

Embora tivessem a mesma idade e Nath fosse alguns meses mais nova, Milla parecia ser bem mais sensata quanto às respostas que dava.

— A vida que muitos pensam viver hoje será a morte de amanhã.

— Bem, enquanto não vem o amanhã... deixe eu curtir o hoje...

E Nath saiu, sem esperar a tréplica da amiga. Ao chegar perto da entrada do santuário, ouviu os acordes finais da música de encerramento do culto. Seus pais se aproximaram, e ela sorriu, acompanhando-os até a saída. A mãe da bebezinha também se aproximou e logo foi perguntando pela filha. Nath, seca, deu de ombros e informou que ela estava com as demais crianças no berçário. Encerrava-se mais um culto, iniciava-se mais uma semana. Porém, sua vida não terminava nem se iniciava. Estava estagnada e presa à inércia.

2
Posso anotar seu número?

Como definir um estado de espírito da alma? Qual é a classificação de estar feliz ou triste? Felicidade tem prazo de validade? Todas as pessoas são felizes? Onde se encontra a felicidade?

Essas eram as questões que perturbavam a concentração de Nath durante a aula. Nem os olhares ou bilhetes que Milla lhe passava faziam com que ela aterrissasse no contexto escolar. Estava decidida a descobrir tais questões e colocar as respostas nos devidos lugares de sua vida.

Na hora do lanche, Nath se afastou e tomou um suco. Havia amanhecido de mau humor e não estava tão certa de que conversar com sua melhor amiga pudesse ajudá-la. Mesmo assim, Milla foi até ela, sentou-se ao seu lado e ficou em silêncio por um breve período, antes de buscar a reconciliação.

— Você sabe que detesto brigar com você, não sabe?

Milla sorriu. Aos poucos, Nath estava voltando ao normal.

— Vamos distrair a mente? Que tal irmos almoçar no *shopping* e depois assistirmos a um filminho? Sabe, a gente compra um monte de chocolate e pipoca e passa uma tarde divertida, como antes.

Nath sorriu. Sua amiga tinha razão. O que precisava mesmo era retornar aos velhos hábitos. Ligaram para casa e avisaram que chegariam mais tarde. Os pais de ambas ficaram surpresos com tal programação em plena segunda-feira, mas acabaram consentindo.

Realmente, o que Nath estava precisando era de um pouco de atenção e tempo. É muito comum adolescentes serem tachados de problemáticos, rebeldes e carentes. Mas, na realidade, muitos se comportam assim porque desejam ser notados por suas qualidades e – por que não? – por seus defeitos. Muitos conseguem se superar, mas outros passam a ter reconhecimento por uma sequência de erros ao longo da vida em busca da fama. Outros paralisam à beira do caminho e agarram-se aos estigmas que lhes são empregados.

Durante o almoço na praça de alimentação, ambas conversavam e comentavam sobre os caras bonitos que passavam por ali. Alguns olhavam e sorriam, outros sequer as notavam, mas elas se sentiam felizes apenas por estarem juntas. Nath viu um grupo à frente e teve absoluta certeza de que o conhecia. Eles franziram a testa e ignoraram Nath, mas o magnetismo do seu olhar conseguiu chamar a atenção de um dos rapazes do grupo, o qual ela tinha certeza de que conhecia.

— O Lucas vem perguntando muito por você... — comentou a amiga, alheia ao devaneio de Nathalie.

Nath sorriu sem escutar. Lucas, realmente, não era o seu alvo agora. Com vinte anos, ele cursava a faculdade de Medicina. Dentre os rapazes da igreja, era dele que ela preferia estar perto na hora do louvor, para segurar-lhe a mão, compartilhar a Bíblia e fazer dupla de oração. Lucas preocupava-se em estar sempre feliz e ver as pessoas ao seu redor do mesmo modo. Talvez fosse por isso que Nath se sentia tão bem ao lado dele.

— Ele disse que vocês têm trocado bastantes torpedos... — Milla disse, sorrindo para a amiga, sem notar que o pensamento dela já não estava mais ali.

De onde o conhecia? Da escola? Será que havia sido em alguma programação na igreja? Sim, porque muitas vezes os jovens faziam programações que envolviam outras igrejas e... bingo! Ele sorriu alto, e, como um raio rasgando os céus, a lembrança voltou à memória de Nath. É claro! Ele fora o cara que zombara dela na porta da igreja. O que ele estava fazendo ali?

— Nath do céu!!! — A amiga se levantou, sorrindo. — Vamos perder o filme com esse seu marasmo para comer. Anda, pega o lanche que a gente termina lá dentro.

Nath sentiu que seu rosto enrubescera pelo ataque de euforia da amiga e apenas a seguiu, sendo acompanhada por um olhar bem fixo.

Suspirou, abrindo o saquinho de batata-frita, e ficou imaginando como abordaria o assunto com a amiga. Tinha de falar com alguém sobre o rapaz, para ter certeza de que aquilo não era coisa de sua imaginação. Pegou no braço da amiga, as duas já em suas poltronas, dentro da sala, mas não conseguiu falar mais nada porque as luzes foram diminuindo e um *trailer* surgia na tela, invadindo o ambiente com seu som amplificado. Nath retornou à posição anterior e sentiu quando alguém se sentou ao seu lado. Sua respiração ficou suspensa. Seria ele? O perfume repentino, misturado ao aroma de pipoca, batata-frita e sanduíches, deixou-a sufocada. Tentou se acalmar e se concentrar na telona. Com o canto dos olhos, percebeu o olhar que ele lançava em sua direção. Se ela estava em um mundo de imaginação, o rapaz também estava.

Milla passou o restante do filme entre comendo e rindo; Nath, entre o filme e o que estava se passando ao lado. Ele, literalmente, estava virado na cadeira e a olhava sem a menor discrição. Ela, por sua vez, tentou sorrir, mas, como estavam na penumbra, não sabia se ele tinha visto ou se não quis retribuir a gentileza. Foram 106 minutos de agonia. O objetivo do divertimento poderia ser descartado porque nada tinha sido aproveitado do filme por Nath. Quando estavam se aprontando para sair, após o término do filme, ele se inclinou no ouvido dela e, com o hálito quente, sussurrou o número de seu celular entre os cabelos dela. Nath o olhou rapidamente, e seus rostos ficaram próximos por alguns segundos, até a luz ser acesa e o rapaz desaparecer entre as demais pessoas da sala.

— Vamos, Nath! — Milla disse, empurrando a perna da amiga.

Nath só tinha vontade de dizer "Cale a boca! Quero me lembrar dos números...". Rapidamente buscou o celular para digitar os números que estavam começando a se embaralhar em sua cabeça. E se ela os digitasse errado? E se tivessem chegado ao seu ouvido como na brincadeira do telefone sem fio?

Saiu puxando a amiga da sala e vasculhou a silhueta do rapaz, até onde sua visão alcançava. Não sabia o nome, mas tinha o número. Ainda não podia ligar, porque sentia que Milla não o aceitaria. O melhor que tinha a fazer era ir para casa.

— E, aí? Gostou do filme? — perguntou Milla.

— Do filme? Amei. Realmente a melhor coisa que fizemos foi ter vindo aqui — respondeu Nath, enquanto olhava animada para o número no celular. Não saberia dizer de que tratava o filme, mas a voz do garoto continuava a ecoar em seu ouvido.

Naquele momento, não achou ruim ter de guardar para si um segredo. Existem momentos na vida em que é melhor sentir primeiro, e Nath acreditava que estava em um desses momentos. Sua felicidade não estaria ligada a conceitos ou valores, mas sim às suas ações. E, ela pensou, não haveria ninguém ciente do que a fizesse feliz em sua vida a não ser ela mesma. No entanto, como dizia um velho provérbio, "quem melhor noção tem do ângulo é quem mais longe do problema se encontra". Mas essa equação ela pretendia resolver sozinha.

3
Quando dois mais dois são três

Quando o telefone começou a tocar, às 23 horas, Nath sentiu como se fosse um alto-falante ecoando por toda a casa. Seu coração batia três vezes mais rápido a cada toque, e ela pensou que ele sairia pela boca, mas o ápice mesmo foi quando bruscamente atendeu a ligação.

— Alô?

Nath ficou muda. Seria ele? Tentava se lembrar da voz.

— Alô?

Deveria falar antes de ele perder a paciência e desligar? Mas, se isso acontecesse, jamais saberia se havia anotado o número certo.

— Oi! — Ela conseguiu miar, em meio ao silêncio do quarto. — É... foi você quem me deu o seu número?

Do outro lado da linha, o rapaz sorriu largamente.

— É bom que tenha sido, não é? Imagina a encrenca... Mas podemos melhorar isso. Como é o seu nome?

— Nathalie. Nath.

— Nath... hum, gostei. Meu nome é Ricardo. Mas, como você tem um apelido, que tal... Ric? Pode ser?

Nath deu um leve sorriso.

— Pode, sim. Você é o cara do cinema, não é?

— Ah! — Ele deu um longo suspiro e sorriu ao dizer: — A menininha assustada era você.

— Não sou menininha. E não estava assustada.

— Parecia que estava. Mas, deixa pra lá. Tá fazendo o quê?

— Eu ia dormir, mas não conseguiria sem antes falar com você. — Fez uma pausa e começou a criar coragem. — Por que você não falou comigo no *shopping*? No cinema só ficou me olhando, nem assistiu ao filme. Quem é você?

Ric sorriu mais uma vez. Estava gostando da situação.

— Eu sou o Ric, já falei.

— Sim, mas o que você faz? Por que é tão misterioso?

— Quer mesmo saber, Nath? Bora se encontrar. Que tal uma saidinha?

Nath olhou para os lados, assustada, como se o que fora dito viesse a público pelo seu olhar.

— São mais de onze da noite!

— Sim, e daí? Muitos estão saindo para se divertir agora. Ah... você é muito novinha, certo? Tem muitas coisas que ainda não pode fazer...

Nath sentiu a vergonha prestes a transparecer pela voz.

— Não é bem assim. Muito do que não faço é por escolha própria.

— Perfeito, princesa. Então vem me ver.

Nath sentou-se na cama. Como poderia sair dessa?

— Não posso sair agora. Meus pais estão dormindo. Me matariam se descobrissem.

— Ah! — Ric finalizou, penoso.

— Espera. Você poderia vir me pegar? Eu te espero na porta, e a gente se conhece melhor.

— Tá. Me passa o seu endereço.

Ao desligar o telefone, Nath se viu tremendo no espelho. O que acabara de fazer? Quem era esse Ric? Será que era esse mesmo o nome dele? E por que dera o endereço de sua casa? E se ele fosse um sequestrador?

Enquanto Nath trocava de roupa, o celular vibrou em cima da cama; era o Ric. Saiu correndo pela casa com os sapatos e o celular na mão, para não acordar os pais. Pegou a chave reserva e saiu devagar.

Nossa! Como ele era lindo! O cabelo era encaracolado e estava um pouco abaixo da orelha, e os olhos eram cor de mel. Seu sorriso conseguiu afastar qualquer temor que ela estivesse sentindo. Estar perto dele parecia uma viagem em uma bolhinha de sabão: uma sensação de flutuação em um ambiente totalmente colorido.

Nath pegou o capacete e subiu confiante na moto. Percorreram os primeiros minutos em silêncio, mas depois Ric começou a interrogá-la sobre o que gostava de fazer, aonde ia para se divertir etc. Ela respondia aos gritos e muitas vezes teve de repetir, para ele entender o que ela estava falando. Mas estava gostando. Ele perguntou se ela já havia dirigido e se gostaria de pilotar a moto dele. Nath disse que não e que também não queria porque não tinha a mínima ideia do que fazer se assumisse o guidão.

— É só deixar as emoções te guiarem, princesa. Na vida, o bom é curtir. Esse lance de pensar em tudo o que fazer estraga qualquer clima. O bom é sintonizar sempre a estação e deixar a onda te levar...

"Deve ser verdade...". Ela sorriu, pensando. "Seja lá o que você quer dizer... deve ser verdade, mesmo."

Ric a levou para o seu apartamento. Quando entraram, Nath sentou-se no sofá e ficou olhando tudo. Era um pouco maior que uma quitinete, mas também não era tão pequeno.

— Você mora sozinho?

— Aqui? — Ric sorriu, admirado com o olhar curioso de Nath. — Não, claro que não. Dividia com mais cinco amigos, mas três eram de fora e se formaram na faculdade. Vou ter de arrumar mais pessoas para rachar o aluguel, senão no fim do mês vai ficar bem pesado.

Nath sorriu e observou o condomínio pela janela. Era um lugar bem tranquilo.

— Tá a fim de beber algo?

Antes que Nath pudesse responder, a porta da frente foi aberta repentinamente, e um grupo entrou, enchendo a sala com uma conversa animada. Apenas um rapaz do grupo pareceu notar Nath de pé, próximo à janela, e foi falar com ela.

— Quer uma cerveja, gatinha?

Nath recebeu a latinha e sorriu para eles. Não poderia ficar dizendo *não* o tempo todo. Bebeu o primeiro gole e achou horrível. Eca! Por isso é que cerveja tinha de ser estupidamente gelada. Agora fazia sentido.

— Quer dar um tapa também?

Olhou curiosa para as mãos dele e percebeu que aquele não era um cigarro comum. Ric correu até ela e desviou sua atenção para outra coisa. Mas os pensamentos de Nath ainda estavam interessados em descobrir de que tratava aquele cigarro. Seria maconha? Nunca havia tido contato com droga alguma, e só com as informações que tinha lido nos livros escolares não conseguiria afirmar nada.

— É uma gata essa sua amiga, Ric.

Ric percebeu que a curiosidade de Nath estava muito além do que ele esperava. Estava querendo tirá-la da inocência, mas para isso pretendia seguir um processo.

— Olha, gata, precisamos voltar para sua casa.

— Mas já, Ric? Pô, logo agora que a gatinha estava entrando na minha!

As outras pessoas que haviam chegado foram se aproximando para conhecer a novata. Ric fez as apresentações.

— Galera, essa é a Nath, minha amiga. Esses são Marquito, Rô, Tatu e Dani.

Nath sorriu sem graça para o grupo, que a examinava de cima a baixo.

— A gente só passou para pegar uma parada aqui. Já tamos dando o fora.

— Beleza.

Nath se sentiu desconfortável com os olhares de Rô e Dani. Era como se estivesse entrando em um grupo onde não era bem-vinda, um grupo em que o número de mulheres já havia chegado ao limite. As duas eram lindas e aparentavam ser muito mais velhas e experientes do que Nath, que desviou o olhar e foi se dirigindo para a porta. No entanto, Marquito, ao contrário dos demais, sentiu-se à vontade para se tornar íntimo dela, tanto que a puxou para lhe dar um beijo no rosto. Nath não se assustou, apenas ficou surpresa.

A volta para casa transcorreu mais rápida. Ric estava calado. Nath tentou puxar vários assuntos, mas ele respondia com economia de palavras. Parou a moto na esquina da casa dela, desmontou, tirou o capacete e a encarou com seriedade. Nath sentiu o corpo todo tremer. Por que ele havia parado tão distante de sua casa?

— Nath, você está preparada?

Será que seria beijada? Se fosse, seria seu primeiro beijo.

Ela sorriu, confusa. Por que ele perguntara se estava preparada? Como poderia saber que ela nunca tinha beijado? Ou será que ele já estava pensando em sexo?

— Não entendi...

Ric sorriu, colocando o capacete na cabeça novamente. Mas, antes de abaixar a viseira, olhou diretamente nos olhos de Nath e então alisou seu rosto.

— Posso ter errado em querer te conduzir a uma nova experiência, mas...

— Mas? Você está arrependido por ter me convidado para sair, é isso?

— Não, minha princesa... Jamais! Só estou um pouco confuso com a sua sede.

— Minha sede?

— Sim. Você está com uma sede enorme de conhecer o mundo. Tá certo que ainda está um pouco inibida, mas não sei se eu quero ser esse condutor.

Nath soltou um leve suspiro e respirou fundo o ar da madrugada fria.

— Olha, eu não te escolhi. Você caiu na minha vida de paraquedas e tem me feito muito bem. Você tinha razão quando disse que estou de braços abertos a novos conhecimentos. Mas a pessoa que escolho para estar ao meu lado é você. Ou vai dizer que não quer?

— E olha que você só me conheceu hoje. — Ric tirou a mão do rosto de Nath e deu partida na moto. A combustão da gasolina fez a moto parecer um foguete na rua àquela hora da noite.

Nath se apressou para entrar em casa. Abriu cuidadosamente cada tranca da porta, foi para o quarto e se lá fechou com um sorriso nos lábios. Apesar de não ter conquistado um beijo de Ric, como era seu desejo, estava feliz pela aventura. Nunca em sua vida havia sentido tanta adrenalina. Olhou o relógio e, abismada, percebeu que passava das duas horas da manhã!

Dormir não seria complicado. Para ser exata, nada mais em sua vida deveria ter a conjugação do verbo complicar. Tal como um problema alcança a resolução em um percurso natural após a descoberta da fórmula certa, Nath parecia ver sumirem de sua vida todos os problemas que a atormentavam. Deitou-se na cama sem trocar de roupa e sonhou com a possibilidade de uma vida nova ao lado de Ric.

4
Nem tudo termina em pizza

Como Nath podia classificar sua vida? Que descrição melhor se encaixava em seu perfil?

Seus pais estavam casados havia dezoito anos, e ela sabia muito bem a importância do matrimônio. Após algum tempo, Nicole engravidou e descreveu o feito como: "Papai do céu ouviu o meu clamor". Foi uma gravidez tranquila e um pré-natal monitorado. Mas, com 38 semanas, aconteceu o inevitável. Em uma curva, o carro de seus pais foi fechado, e uma colisão antecipou o nascimento de Nathalie. O veículo ficou em um estado irrecuperável, e seu pai, Kleber, sofreu ferimentos leves. A preocupação imediata era apenas com a saúde de Nicole, que teve um trauma na medula espinhal, e com as condições em que Nath viria ao mundo.

Uma série de exames foi pedida para mãe e filha. Nath passou alguns dias na incubadora, e depois, estando dentro do peso e com as medidas e a saúde controladas, foi permitido que ela ficasse junto da mãe, que permanecia internada para exames neurológicos, raio-x e tomografias para monitorarem o inchaço e os coágulos na coluna. Os médicos evitaram dar um prognóstico precoce. Após alguns exames mais minuciosos, puderam verificar que, no momento do acidente, Nicole havia feito um movimento brusco – instintivamente em defesa da barriga –, ocasionando uma lesão permanente. Seus movimentos inferiores não foram recuperados.

Nicole não perdeu todo o seu entusiasmo, apenas encontrou uma nova forma de viver. Sentiu que não poderia entregar-se à dor e ao descontentamento de não poder mais andar. Agradeceu a Deus por ter tido o privilégio de ter caminhado por muitos anos. Sabia que Ele nunca falha e que tudo no mundo passa por Suas mãos. Se não poderia dar os primeiros passos com a filha, sentia-se grata por ter tido o privilégio de vê-la andar. Algumas pessoas diziam que ela deveria se adaptar às limitações de espaço. Nicole discordava. Dizia que o espaço é que deveria estar pronto para a sua nova forma de voar.

Em compensação, Nicole cometeu o erro de mimar demais a filha, por achar que sua limitação física a impediria de demonstrar todo o seu amor por ela. Por crer que de certo modo estava ausente em função de sua deficiência, achou que ceder em alguns casos proporcionaria a Nath a oportunidade de caminhar sozinha e adquirir a tão famosa independência. Mas a realidade é outra, pois Deus dá aos pais o direito de estabelecer limites na vida dos filhos, determinando até onde podem ir. O erro de Nicole foi abdicar desse direito que também é um dever com a educação da prole.

Entretanto, enquanto Nicole era permissiva ao extremo, para Kleber sua filha deveria estudar para ter uma profissão. Quando Nath pedia para ir a alguma programação especial, tinha de passar pelo radar do pai, que, muitas vezes, cedia aos apelos de Nicole em favor da filha. Ainda assim, Nath não se sentia feliz.

A semana transcorreu normalmente. A saída na calada da noite renovara as forças de Nath. Estava mais animada depois de ter conhecido Ric, mas, com o passar dos dias, começou a se sentir tristonha e desapontada, pois ele não atendia mais aos seus telefonemas. Tinha esperança de manter contato e, quem sabe, consolidar a relação.

Ir à igreja e estar em contato com os antigos amigos só a faziam pensar um pouco mais sobre o que havia acabado de vivenciar. Agora via nitidamente todos os defeitos deles. Era como se os visse através de uma grande lupa. Nath achava que não conseguir se relacionar com outras pessoas de maneira mais aberta era culpa deles, que ajudavam a manter sua mente fechada para novos horizontes. Eram todos limitados. Seria esse o motivo de ela não ter conseguido fumar? De Ric ter se afastado dela?

Sábado chegou rápido. O culto da mocidade estava animado. Todos os jovens aproveitaram a ausência dos adultos para se expressarem livremente. Até dançaram. Em outra época, Nath se juntava a eles, inventando coreografias e se divertindo com todos. Mas a verdade é que ela só tinha ido ao culto porque seu coração desejava que Ric aparecesse na igreja, onde sabia que a encontraria. Ele se juntaria a ela e aos amigos e ensinaria algo de bom a eles, demonstrando a alegria de tê-la conhecido. Nath nem prestava mais atenção na oração; só pensava em correr para a porta da igreja, na esperança de encontrá-lo. Tentava entender o que estava se passando pela sua cabeça. Sentia-se triste por algo que não sabia explicar, mas, como havia aprendido que Deus sempre quer o nosso melhor e que todas as coisas cooperavam para o bem daqueles que O amam, sentia-se mais livre para sorrir e caminhar em busca de uma nova vida.

Ao término do culto, viu o pai encostado no carro, à sua espera. Suspirou triste e envergonhada diante de tal situação. Milla chegou perto e comentou:

— Poxa, Nath! E a pizza que a gente tinha combinado?

— Nem me fala! Que raiva! Será que meu pai não confia em mim?

Kleber se aproximou sem a menor desconfiança dos jovens e dirigiu-se à filha:

— Meu bem, vim saber se você quer carona.

— Pai — ela disse, entredentes —, eu te ligaria, se precisasse, né?

— Eu sei. — Kleber colocou a mão no bolso, sorrindo. — Acontece que você esqueceu o celular em casa e ele não para de tocar.

Temerosa, Nath arrancou o aparelho das mãos do pai e verificou depressa as ligações perdidas. Para seu azar, nenhuma delas era de Ric. Olhou sem graça para o pai e apenas recolocou o pedido:

— Tudo bem eu ficar com a galera, certo?

— Claro. — Kleber se divertia ao redor dos jovens, sem a mínima pressa de ir embora. — Como você vai para casa? Nada de táxi! Algum amigo te leva ou venho te buscar.

Nath pressentiu que, se não dissesse logo o nome de algum amigo para levá-la, seu pai não iria embora, por isso citou o Lucas. O pai sorriu, satisfeito com a escolha, e beijou sua testa, não sem antes deixar claro para todos:

— Qualquer coisa, filha, pode ligar que eu venho.

Meia hora depois, alegres, todos decidiram competir quem comeria mais pizza. Nath os achava infantis demais para aquilo. Tudo a incomodava, até as risadas altas. Ric, sim, parecia ser mais maduro. Por que ele não havia ligado? Devia ter acontecido algo que o impossibilitara de falar com ela. Talvez o celular tivesse quebrado. Ou sido roubado. *Era isso!*

Nath resolveu ligar de novo, e, no primeiro toque, ele atendeu.

— Oi, Ric. Tudo bem?

Após uma pequena pausa, ele respondeu:

— Nath? Sim, tudo bem! Aconteceu alguma coisa?

— É que você não me ligou...

— Não me lembro de ter combinado de ligar, mas... tudo bem você ter ligado. Tá onde?

— Numa pizzaria em frente ao *shopping*.

— Beleza. Me explica direitinho onde é, que tô indo aí.

Enquanto Nath explicava, olhava de soslaio para o grupo de amigos. Sabia que seria muito complicado explicar seu desejo para Lucas e Milla, a dupla dinâmica. Mas não estava disposta a terminar aquela noite de mau humor. Teria de fazer uma escolha. Não havia certo ou errado, bom ou mau, mocinho ou bandido. Havia lados distintos, e ela precisava se decidir. Não queria ter trabalho, mas muitos já tinham se dado bem. Queria algo que lhe trouxesse alegria ao coração e a conduzisse à felicidade plena.

Mais uma rodada de pizza foi servida. Portuguesa, o sabor que ela menos gostava, por causa dos pimentões. Começou o longo processo de tirá-los da cobertura. Ficou tão compenetrada que esqueceu onde estava e não percebeu a buzina insistente.

Quando se deu conta, seus olhos brilharam, e ela pulou da cadeira, indo ao encontro de Ric.

— Boa noite, princesa!

Como uma voz podia derreter as geleiras nervosas de seu coração com uma simples sinfonia de palavras? Como manter o equilíbrio e andar agora?

Assim que chegou perto dele, sem pensar, Nath subiu em sua moto. Ela receberia de braços abertos o que aconteceria a partir dali.

Lucas e Milla apenas acompanhavam os movimentos de Nath, vendo, abismados, a amiga sair com alguém, para eles, completamente desconhecido.

Ric acelerou a moto e fez de cada rua por onde passavam uma pista de corrida; porém, as outras pessoas não haviam sido avisadas de que estavam em uma competição.

Nath sentia a adrenalina invadir seu capacete e atingir seu rosto com lapadas de fios dos cabelos soltos. Estava tentando pensar em alguma regra que não estivesse quebrando naquela noite. Não havia nenhuma que lhe estivesse clara no momento, mas sentia que deveria se preocupar. Acreditava que era melhor ela mesma estabelecer algumas regras, e o que viesse seria apenas um encaixe de sua felicidade. Quais eram os elementos que mais se destacavam na vida de um jovem? Aparência, cultura e sexualidade. Pois bem, em primeiro lugar deveria modificar todo o seu exterior. Observaria a maneira como todos que estavam próximos a Ric se vestiam e passaria a vestir-se igual. Segundo, selecionaria novos vocábulos e novas músicas e adotaria novos hábitos. Tinha de se assemelhar aos amigos de Ric, para atraí-lo. Por fim, sua sexualidade... bem, nesse caso, não tinha muito o que preparar, pois já tinha determinado o seu professor. Sentia com todas as suas forças que Ric era o homem que lhe concederia o privilégio de ser mulher. Tinha o desejo de ser amada e querida por alguém que lhe mostrasse o caminho da felicidade.

Chegaram a um lugar que Nath definiu como o palco do forró. Havia muita gente! Ric pegou na mão dela e a conduziu para perto do grupo dele. Nath logo identificou os amigos que haviam estado com eles no apartamento e os cumprimentou alegremente. Sentou-se e tentou se encaixar naquele grupo, como fazia com seus amigos. Mas não era tão fácil assim; eles eram diferentes demais. O ambiente era outro, e não era só porque havia bebidas. Existia algo no ar que não sabia identificar. Mas ela aprenderia com o tempo.

Logo percebeu, pelo comportamento do grupo, quem estava com quem. Dani e Tatu pareciam namorados, ou pelo menos ficantes, porque não se largavam nem por um minuto. Já Marquito e Rô pareciam ser amigos bem íntimos... uma amizade colorida, mas não demonstravam ser namorados. Bom, isso não interessava, porque o objetivo de Nath era Ric, e não acreditava que ele tivesse alguém, caso contrário não lhe daria tanta atenção.

Quando chegou, Nath sentiu-se bem acolhida, mas, aos poucos, teve o pressentimento de estar explorando um território onde não era bem-vinda. Rô lançava-lhe olhares fulminantes, acompanhados de avisos não verbais. Nath não sabia se era em relação a Marquito ou a Ric, por isso entrou na multidão, tentando sair da sua mira. A festa tinha a temática de arrasta-pé e estava lotada. Uma banda de forró tocava, e Nath se lembrou de que esse ritmo nunca fora do seu gosto. Nunca havia dançado em uma festa daquele tipo... Olhou encantada os casais na pista, a empurrá-la de um lado para o outro, e ficou a imaginar como se sairia dançando também. Mas não se demorou muito em seu devaneio, e Marquito se aproximou.

— Que é que cê tá fazendo aqui sozinha? — perguntou ele, colocando-se ao seu lado.

— Sei lá... Me divertindo, curtindo a festa...

— Sozinha?

Ela olhou na direção de Rô disfarçadamente.

— Tá com medo da Rosa?

Marquito era um cara alto, quase dois metros de altura, e magro. Normalmente uma pessoa que não fosse dotada de estatura mediana se sentiria pequena ao seu lado. Esse era o caso de Nath. Logo ela percebeu que ele era o único a chamar Rosa pelo nome, e não pelo apelido.

— Não é bem isso, é que...

— Qual é, gatinha? Cão que ladra não morde. Ela só tá a fim de saber qual é a tua.

— Só tô a fim de me divertir — disse Nath, deixando o corpo ser guiado pelo som alto da sanfona.

Marquito pegou na mão dela e colocou-a em seu ombro. Com a outra, segurou Nath, conduzindo-a ao passo certo. Ela se deixou ser guiada. Precisava se divertir. Foi aprendendo o passo e começou a se sentir livre. Estava amando forró, só lamentava ter perdido tanto tempo... mas Marquito estava se encarregando de ajudá-la a recuperá-lo. De repente ele a puxou para um lado e lhe deu um beijão na boca. Nath o olhou, assustada. Fora rápido demais. Aquele foi seu primeiro beijo... que não tivera nada de especial...

Nath saiu andando no meio da multidão e ocupou um espaço vazio, negligenciado pelas pessoas. Havia muita gente, uma confusão de cheiros, cores, sons e palavras. Isso parecia demais para a sua cabeça. Começou a sentir o sangue ferver, e um frio começou a percorrer sua espinha. Com calafrios, olhou para os lados e percebeu que sua visão estava embaçada. Segurou-se em uma cadeira próxima e tentou recobrar as forças, mas as pernas começaram a bambear. Olhou para os lados, e nada de Ric ou Marquito. Encostou-se na madeira que servia como parede e foi se escorregando nela. Sua boca estava seca; talvez um copo d'água resolvesse esse problema.

— Moça, tá sentindo alguma coisa?

Nath olhou para a alma misericordiosa que ouvira seu grito silencioso de socorro. Não emitiu nenhuma palavra, mas seus olhos a denunciaram. O jovem aproximou-se e colocou-a na cadeira. Correu na direção contrária e voltou com um copo d'água, acompanhado por curiosos.

— O que ela tem?

— Tá passando mal?

— Deve ser fraqueza. Acredita que tem menina nessa idade que passa fome para "esmagrecer"?

— Ela veio sozinha?

— Não, mas é melhor chamar o SAMU.

Nathalie não conseguia pronunciar palavra alguma. Em sua mente havia um discurso para cada pessoa presente, mas em vez de palavras o que saiu foram lágrimas.

O rapaz puxou-a para dentro do quiosque e calmamente enxugou suas lágrimas. Nath bebeu um pouco mais de água, até que conseguiu falar.
— Obrigada.
— Que é isso... queda de pressão?
— Não sei... nunca tive isso.
— Talvez seja. Muitas pessoas passam mal em lugares abafados. Talvez você seja uma delas. Eu sou Alex.
Nath sorriu sem jeito. Ele falava engraçado.
— Nathalie.
— Pois é, Nathalie. O que faz nessa festa sozinha?
— Não, eu não vim sozinha. Vim com um amigo, mas me perdi dele.
— Hum... talvez eu possa ajudá-la a procurá-lo. Deixe-me só falar com minha chefe.

Enquanto esperava por Alex, Nath aproveitou para se localizar. Estava um pouco afastada da turma. De onde estava via a frente da pirâmide do forró. Alex levou-a para o centro da pirâmide, e os dois começaram a dançar juntos, até entrarem em uma quadrilha improvisada. Ela sorria e gargalhava. Estava achando tudo muito divertido. Eles dançaram até o início da apresentação da quadrilha seguinte. Depois, sentaram-se nos degraus de uma escadaria que dava para a rua seguinte. Ele foi ao quiosque mais próximo e comprou duas latas de cerveja para os dois.

Nath sorveu o primeiro gole em silêncio. Não importava a marca; o gosto era horrível! Deixou que o rapaz conduzisse o papo. A cerveja parecia ter sido colocada em um isopor com água gelada, e não com gelo. Assim, começou a levar apenas a lata na boca e simular estar bebendo. Aquela bebida era intragável.

Alex continuou com o papo até acabar a cerveja. Assim que ela atirou sua lata em uma lixeira, ele pegou em seu pescoço e começou a beijar Nath. Parecia ser uma sequência bem lógica para todos, menos para ela. Nunca havia ficado com ninguém, e foi com horror que sentiu a mão dele avançando por seu corpo. Deveria ficar calma. Com Marquito se apressara e acabara se dando mal. Agora deveria dançar conforme a música. Alex pareceu entender e apressou seu ritmo. Da cintura desceu para a bunda e as pernas, e, quando ele ia se aproximando mais, Nath se afastou instintivamente.

— Que foi, gatinha?

Nath não respondeu e o abraçou, calada. Não sabia como reagir. Tudo parecia tão normal e natural, como sempre ouvira algumas colegas da escola contarem. Mas se sentia uma estranha naquela festa. Havia permanecido muito tempo em "cárcere privado" e não sabia como se relacionar com um rapaz. Sempre ouvira que era especial e que deveria guardar-se para alguém que lhe fora destinado. Mas naquele momento tudo parecia injusto. E se essa pessoa nunca aparecesse? E se ela não gostasse? Deixou novamente que Alex conduzisse a relação. Sentiu a mão forte dele afagando seus cabelos e a outra lhe apertando o traseiro. Depois de certo tempo, sentiu alguém lhe apertar o ombro. Afastou-se, nervosa. Era Ric.

— Vamos embora, Nathalie.

Alex segurou seu braço.

— Se não percebeu, cara, ela tá acompanhada. — disse Ric.

Alex calmamente a soltou e, sem lhe dar atenção, respondeu:

— Se qualquer porcaria lhe servisse de companhia...

Alex levantou a mão e Nath sorriu, colocando um dedo em seus lábios e o beijando. Em seguida, correu atrás de Ric.

Ao contrário do que Nathalie imaginara, Ric não estava chateado. Apenas a advertiu para ir com calma, pois existiam muitos caras que só estavam a fim de curtir e fazê-la sofrer consequências que a acompanhariam a vida inteira.

Nath o olhou encantada, certa de que ele estava apaixonado por ela. Como o ambiente era fechado, não pensou no tanto tempo que estava ali, e, assim, a madrugada avançou. Pelo resto da noite permaneceu com a turma de Ric.

— Vi que cê tava se divertindo... — disse Marquito. Sua altura se mostrava ameaçadora.

Nath entendeu a ironia e sorriu, sem graça. Ele tirou um cigarro do bolso e acendeu. Nathalie fixou os olhos nele, à espera de um oferecimento do trago, mas Marquito se fez de desentendido. O cheiro parecia estar fazendo efeito, e, aos poucos, as emoções de Nath emergiram. Ele, então, satisfeito, entregou-lhe o bagulho.

Temerosa, Nath pegou o pequeno papel. Era realmente menor e mais quente de perto. Levou-o aos lábios, mas uma crise de tosse a proibiu de continuar. Ficou de pé e foi para o lado tossindo muito, prestes a vomitar, enjoada. Aquele cheiro horrível de palha queimada... Olhou para o cigarro de formato diferente, e sua ficha caiu: maconha. Ópio. Papoula. Era isso! Era tão simples assim conseguir drogas? Não lhe pareceu algo ruim. Achou que deveria ir até o fim, para saber se era mesmo verdade tudo o que diziam a respeito da erva. Sugou aos poucos o ar e não o soltou de vez, prendendo-o nos pulmões. O ar fez uma dilatação sem limites no espaço percorrido, e Nath abriu a boca sufocada e tossindo. Ric percebeu seu engasgo com a fumaça e foi ao seu encontro. Nath fez sinal de espera e tentou mais uma vez, até conseguir segurar a fumaça sem se engasgar e sentir-se mais calma. Mesmo assim, Ric ficou ali.

— Que tá rolando?

— Nada. Só tô a fim de relaxar.

Ric puxou-a para longe dos olhares que começavam a indagar que cheiro diferente era aquele. Alguns, ao entenderem o que se passava, já apontavam para "a turma de maconheiros".

— Nathalie, cê sabe o que tá fazendo?

— Sei. Dando um tapa. Não é assim que se fala?

— E isso não te incomoda?

— Não. É uma nova experiência de vida...

Ric tirou o cigarro da mão de Nath e acariciou seu rosto.

— Disso eu tenho medo. E me incomoda. Você não respeita mais a sua saúde?

Dizendo isso, ele saiu de perto. Nath olhou para os lados e viu, chocada, os primeiros clarões da manhã. Um novo dia estava surgindo e, com ele, muitas novidades. Naquelas primeiras horas, muitas pessoas estavam nascendo e outras morrendo. Mortes trágicas, acidentais ou naturais.

Até mesmo mortes planejadas. E, angustiadamente, ela percebeu que sua sentença parecia estar sendo traçada.

O dia já havia amanhecido, e a beleza do início da festa já não estava mais lá, ofuscada pelo brilho do sol. O que restavam eram pessoas bêbadas e arruaceiros em busca de briga. O melhor a fazer era ir para casa. Lá o sol também já devia estar saudando seus moradores.

Ao abrir a porta do quarto, Nathalie entrou rapidamente. Não queria que a mãe soubesse a hora de sua chegada. Mas seu pai saiu da penumbra do quarto e veio cumprimentá-la.

— Bom dia, senhorita Nathalie. Acordou cedo?

Nath ficou paralisada de medo. Olhou disfarçadamente para o relógio de parede e constatou que, pela hora, os pais não deveriam estar acordados. Achou que tinham passado a noite toda à sua espera. O que poderia fazer ou falar agora? Não adiantou muito ter feito uma cópia da chave de casa.

— Onde você estava, Nathalie?

Viu a mãe entrar com a cadeira de rodas no quarto e percebeu no rosto dela uma expressão estranha. Nicole estava parecendo um personagem infantil de que Nath gostava muito... mas qual deles?

— Nathalie, eu lhe fiz uma pergunta!!! — disse seu pai entredentes, enquanto se aproximava.

Nath desviou os olhos de Kleber e, com um gesto de cabeça, tentou encontrar o rosto da mãe para visualizar o personagem... que era de um desenho, de um livro...

Seu pai aproximou-se ainda mais e pegou em seus ombros, obrigando-a a olhá-lo nos olhos. A mãe também se aproximou, na cadeira de rodas. Bingo! Sua mãe era o coelho branco de Alice, em seu maravilhoso país das maravilhas! Nath sorriu, olhando para a cama e já imaginando a mesa de chá posta ali, para o Chapeleiro Maluco saciar a todos com suas atrapalhadas risadas e um feliz desaniversário!

Mesmo com as duas mãos de Kleber em seus braços, Nath se contorceu em risos. Como poderia seu quarto ter se transformado de repente? E por que sua mãe tinha de ser o coelho branco?

— Minha filha! — Nicole disse, pegando em suas mãos. — Não desrespeite seu pai!

Nath, sorrindo, olhou para a mãe, e sua voz fez dissiparem do quarto todos os convidados para o chá das cinco. Viu surgir atrás dos pais uma nuvem roxa que parecia sugar cada resíduo de felicidade presente no quarto. Temerosa, viu o ciclone que havia levado Dorothy e seu cachorrinho Totó para a Terra de Oz. Deveria ir com eles à Cidade das Esmeraldas? O que ela estava procurando? Seu pai seria o Leão, o Espantalho ou o Homem de Lata? De repente, sentiu-se sufocada, e uma crise de tosse veio fazer com que ela se soltasse de Kleber e caísse no chão, sufocada. Um medo começou a se apossar de seu corpo e provocar nela uma crise de choro. Kleber, assustado, abaixou-se e a abraçou.

— Sei que você está arrependida, essa não é você... Nós lhe perdoamos, filha amada. Só nos prometa que isso não irá se repetir — disse Nicole, em tom conciliador.

Nath, confusa, olhou para o pai e fez um movimento de cabeça que, para Kleber, já era esperado.

Acontecimentos tumultuavam a cabeça de Nath e preenchiam o seu campo de visão. Tudo o que ela tentava entender era como um chá do Chapeleiro Maluco havia perdido feio para um ciclone no Kansas.

Mas a verdade é que Kleber estava buscando respostas para o comportamento noturno, e não para a alma de Nath, que estava aflita. Se tivesse entrado em contato com as janelas da alma, entenderia que os olhos de Nath continham uma discreta vermelhidão que não lhe era peculiar, além de uma dilatação que facilmente denunciaria o que ela havia feito. Mas ele não notou nada disso. Infelizmente, só se começa a procurar agulha em um palheiro quando se perde uma, o que ainda não era o caso.

5
O que se vê através do espelho?

Quando Nath acordou, já havia passado das cinco da tarde. Durante quase doze horas ela permanecera imóvel na cama, acompanhada pelos olhares atentos de Nicole. Seu coração de mãe estava aflito por ver manifestado na filha um comportamento que não fora gerado em seu lar. Mas ela não via indícios de amizades que pudessem ter levado a tal mudança repentina. Durante o dia, Kleber e Nicole trocaram alguns pensamentos sobre o que havia acontecido e o que poderiam fazer para ajudar Nath a superar aquele estado de rebeldia.

Kleber foi trabalhar, perturbado com o acontecimento da última noite. Tinha vergonha de conversar com algum amigo e confessar que a filha, de quinze anos, havia passado sua primeira noite fora de casa com um desconhecido que, na pior das hipóteses, era um namoradinho que ela estivesse mantendo em segredo. Para ele, a crise da filha fora um sinal de arrependimento, um sinal de consciência pesada por ter tomado uma atitude imatura. Kleber achava que eles não deveriam colocá-la contra a parede. Não agora, afinal os filhos de muitos dos seus amigos faziam coisas piores. O melhor era ficar ao lado dela e aguardar o momento em que quisesse se abrir e contar o que tinha se passado.

Ainda no escritório, pegou o telefone e ligou para o presidente da mocidade. Na noite anterior, quando percebeu que a hora estava avançando e que Nath ainda não tinha retornado, ligara para Lucas e ficara sabendo que ela havia saído de moto com um "amigo".

Kleber comunicara o ocorrido a Marcelo, que, solidário, prontificara-se a entrar em contato com a polícia e os hospitais. Kleber, porém, por instinto, reconhecera que, se Nath havia saído de moto com algum conhecido, esses dois lugares seriam os últimos onde deveriam procurar. Aliás, não tinham pista alguma. Para ele e sua esposa, o novo amigo não passava de um pilantra que tinha aparecido para assombrar a família.

— Bom dia, Marcelo! — Kleber cumprimentou, sem graça. — Estou ligando para comunicar que Nath está em casa. Ela está bem, na medida do possível. Creio que esteja assustada com tudo o que aconteceu, pois foi a primeira vez que agiu de tal maneira. Teve até uma crise de consciência... Gostaria de saber se você pode conversar com ela um pouco...

— Claro, Kleber, posso conversar com ela. À noite estarei em sua casa.

À noite, Marcelo, Lucas e Milla foram visitar Nath, que permaneceu o tempo todo de cabeça baixa e bebendo muito água. Sentia uma secura na garganta e achava ótimo manter a boca ocupada. Respondia a todas as perguntas com um aceno de cabeça. Sentiu-se triste com o olhar de Milla e Lucas, mas não podia expressar o que sentia, tampouco lhes contar o que havia vivido. Fora pessoal demais... algo emocionante. Tinha medo de que, ao transformar sua experiência em palavras, elas desaparecessem de sua mente.

— Você vai mesmo ao acampamento com a gente, não é, Nath? — Mila suplicou, pegando nas mãos da amiga. Nesse momento, Nath se deu conta de que não havia absorvido uma palavra sequer do que Marcelo dissera. Talvez tivesse até concordado em participar da NASA, sem saber.

— Eu não sei... — respondeu, pronunciando as primeiras e únicas palavras verdadeiras da noite. Achava que o pai iria colocá-la de castigo e privá-la dos privilégios que tinha por conta de seu deslize noturno.

— Se você quiser, Nath, falo com o Kleber sobre isso. Mas antes tenho que saber se você quer ir ao acampamento.

Nath suspirou e tentou entender o que queria. Havia um bom tempo ela e Milla vinham sonhando com aquele momento precioso; apenas a juventude da igreja se reuniria em uma chácara, por três dias. Nos anos anteriores, só havia ido aos cultos dos jovens porque Kleber a levava e trazia, não lhe permitindo dormir com os demais jovens no local. Entendia que era pelo fato de ter apenas quatorze anos. Mas agora já estava com quinze anos, por isso acreditava que as coisas não seriam mais assim. Muita coisa havia acontecido... Mas será que estava disposta a passar três dias isolada do mundo?

O pai se aproximou dela e respondeu:

— Desde que vocês planejaram ir à chácara, meu coração sonha em ir com vocês...

Nath prosseguiu:

— Eu sei que fiz coisas inesperadas e irresponsáveis, mas gostaria muito de poder ir.

— Você acha que merece, Nath? — perguntou o pai, fitando-a.

— Mereço. Mereço, sim. — Nath deixou uma lágrima escorrer pelo rosto. — Esses encontros não são para aproximar? Me deixe sentir um pouco como é ser jovem.

Kleber passou apressadamente a mão no cabelo e depois o penteou com os dedos.

— Para mim, essa oportunidade foi concedida esta noite...

— Sim, eu sei, mas...

Marcelo ficou dm pé e alisou o ombro de Kleber.

— Vamos deixar esse assunto sobre a mesa. Kleber, não quero forçá-lo a nada. Esteja à vontade para assumir sua posição de pai. Contudo, saiba que essa seria uma ótima oportunidade para Nath ouvir os planos de Deus para a vida dela. Sabe qual vai ser o nosso tema este ano? Clones. — Marcelo fez uma pausa e continuou: — Quanto a você, Nath, oportunidades são dadas, mas nunca serão as mesmas. Desde cedo você deve aprender as responsabilidades das suas escolhas, sabendo que elas refletirão no seu futuro.

Nath os observou saindo e esperou, cautelosa, pela conversa que teria com os pais. Estes, porém, permaneciam em silêncio e não demonstravam qualquer pressa sobre qual tema deveriam priorizar. Nath tratou de ser uma boa filha e cumprir a rotina de antes, procurando não se lembrar do que havia ocorrido ou vivido. Sabia que estava apaixonada por Ric, mas seu coração doía por ele não ter entrado em contato com ela. Sentia-se mal, também, porque não havia sido sua intenção levar tanta preocupação aos pais, e não gostaria de ver novamente refletida nos olhos da mãe a tristeza que havia lhe proporcionado.

Passou toda a semana em uma silenciosa busca por respostas. Na quinta-feira, Kleber chegou e lhe fez o comunicado.

— Nós iremos lhe conceder liberdade. Não queremos saber o que a fez agir como agiu, pedimos apenas para não repetir tal comportamento.

Nath sacudiu automaticamente a cabeça, sem acreditar no que estava acontecendo. Correu para os pais, beijou-os e foi direto para o quarto, onde arrumou as roupas na mala e colocou seus objetos eletrônicos para carregar. Buscou na internet algumas músicas que desejava baixar e as transferiu para o celular. Ligou para Milla e contou a novidade. Bem, novidade para si mesma, porque a amiga guardara segredo a semana toda. Todos estavam sabendo, porém tinham deixado o assunto ser resolvido em família.

A viagem transcorreu tranquila. A chácara ficava a cerca de 100 km. O percurso fez Nath retornar no tempo, voltando a ser a Nath amiga, companheira e alegre. Milla em momento algum lhe perguntou o que havia acontecido, mas em seus olhos parecia haver a chave para abrir as trancas do seu coração. No entanto, por ora era melhor seguir como estavam...

O ambiente fora decorado com uma criatividade tão evidente que causou a todos a sensação de estarem sendo clonados. Por todos os lados havia objetos característicos de alguns jovens e que, de certa forma, eram a marca registrada de cada um deles: suas camisetas e seus bonés prediletos, brincos, pulseiras, relógios, anéis, CDs, livros. Em outros cômodos, podiam-se encontrar cenários que representavam acontecimentos marcantes, como o Holocausto, o 11 de Setembro, as Olimpíadas etc. Alguns lugares traziam espaços quase vivos, como um vasto campo de frutas para serem degustadas, uvas, melancias e gomos de laranjas. Também era possível ver a imagem de uma linda praia; dependendo da distância, os jovens até sentiam uma brisa. Em cada um desses espaços havia pessoas que, ao perceberem o interesse dos jovens por algum item em especial, cediam-lhes e os marcavam com uma numeração.

Com o passar do tempo, os jovens corriam em busca dos itens que consideravam mais *tops*. Muitos acabavam ficando no quarto, procurando se adaptar às melhores beliches, embora acabassem ficando com os itens "não escolhidos" ou se contentassem com uma foto instantânea tirada "à beira-mar". O restante do tempo eles aproveitaram para se acomodar e conhecer os jovens que tinham vindo de outras igrejas, o que fizeram até a hora do jantar.

Nath jantou animada e fez planos com as meninas sobre qual seria a melhor roupa para usar à noite. De repente, sentiu-se uma adolescente sortuda por estar no meio de jovens tão legais. Já arrumadas, desceram a colina onde ficava o alojamento feminino em direção à capela.

No ônibus, Nath havia percebido que não estavam apenas os jovens da sua igreja, mas também de outras igrejas que tinham se juntado ao grupo. Aos poucos, todos se situaram, e um grupo deu início à programação com um louvor que fez com que todos se sentissem em casa. Nath cantou, pulou, bateu palmas e sentiu-se impulsionada a sorrir, sem nem ao menos saber o porquê. Seu corpo agia automaticamente quando tinha de erguer as mãos ou abraçar quem estivesse ao seu lado. Aos poucos, voltou a sentir-se em casa, e esse sentimento fez com que não se lembrasse de seu isolamento do mundo. Olhava sorrindo para as pessoas ao redor, para identificar nelas a sensação, e confirmou que uma dimensão muito maior parecia envolver o ambiente.

Após uma apresentação dinâmica de todos os presentes e uma explanação rápida sobre o que iriam viver nos próximos dias, uma pequena esquete foi apresentada com um espelho. Era apenas um jovem, mas o seu reflexo no espelho fez as pessoas sorrirem e chorarem diante de seus movimentos guiados pela música. De repente, toda a capela ficou muda e absorveu a vida exposta daquele jovem, sem entender o que ele realmente estava sentindo, mas consciente de suas mudanças de comportamento. A luz foi diminuindo, e alguém em um violão começou a dedilhar uma música.

Quando tento fazer o bem, o mal já pratiquei...
Quando penso fazer o bem, o mal já fiz.
Deixa-me Senhor servir assim a ti
Falho e pecador, mas eu amo a ti, Senhor!
Pois minha vida tem o sopro da tua vida.
Meu espelho me condena
Pois me vejo tão fraco
Reflete a natureza de um pecador.
Mas quando o sangue desce
No espelho Jesus aparece
Dizendo: filho, eu te amo mesmo assim!!
Não há pecado que eu não perdoe,
Pois o meu sangue cobre tudo...
Onde abundou o pecado

Superabundou minha graça.
Te ofereço amor maior do mundo
Pois você é a minha imagem!!!
Te ofereço amor maior do mundo
Pois você, pois você é a minha imagem.

Nath já tinha ouvido essa música (*O espelho*, Voz da Verdade) em outra ocasião, mas aquela fora a primeira vez que pôde entender cada palavra escolhida pelo compositor. Haviam alterado um pouco a melodia, mas a canção era a mesma. Ao término, o jovem que havia permanecido ajoelhado em frente ao espelho levantou-se e levou o objeto consigo. Marcelo se dirigiu à frente e olhou para os jovens que o estavam encarando de maneira séria. Um pouco mais de luz foi colocada sobre ele. Sentando-se em uma banqueta do violonista, ele começou a falar:

— Não sei quanto a vocês, mas eu me acho a pessoa mais comum da face da Terra.

Alguns jovens sorriram, descontraindo o ambiente.

— Creio que cada um de vocês já deva ter passado pela experiência de ser comparado a outra pessoa. Muitos chegam a dizer: "Nossa, você não é parente de fulano? Parece muito". Comigo já aconteceu, eu me coloquei diante do espelho com a pessoa, e confesso, para a tristeza dela, que não achei semelhança alguma.

Outros sorrisos, e Marcelo se ajeitou no banquinho.

— Notei uma coisa bem engraçada quando assisti hoje a uma disputa por acessórios. Não sei as intenções de cada um. Mas vi que muitos de vocês, antes mesmo de escolherem o que queriam, identificavam aquilo que cada item lhes trazia à memória, como... — Marcelo parou um pouco e retirou do bolso um par de óculos vermelhos. — Vocês poderiam identificar de quem seriam esses óculos?

Em coro, o auditório respondeu:

— Daniely!!!

— Eita, meu amor! — Marcelo olhou com carinho para a esposa e piscou para ela. — Esses óculos eu não deixei lá porque, só de olhá-los, lembro que pertencem à minha esposa e me alegro ao recordar os bons momentos que vivi ao lado dela. Creio que certos CDs também tenham uma música que lhes lembra alguém. Engraçado como cada um de nós possui uma marca na vida de alguém. Às vezes, até sabemos disso. Infelizmente, já fui a muitos velórios em que ouvi a frase: "Nossa, ela foi uma pessoa muito especial, boa com todos, vai fazer muita falta". Daí me pergunto: "Será que a pessoa que morreu sabia que era especial, boa e, o mais importante, que faria falta?". Infelizmente nem todos nós sabemos o nosso próprio valor.

Os jovens sentiram o impacto daquelas palavras.

— Nesses três dias, falaremos sobre clones. Oh!!! — Marcelo colocou a mão na boca e olhou temeroso para os lados. — Sabe que uma vez me perguntaram se isso não era pecado? "Marcelo, esse tema é rejeitado por todos os que fogem de criaturas que não são criadas por Deus". Okay. Okay! Vejamos: clonagem é a produção de indivíduos geneticamente iguais. E pode isso? Bem, Hollywood já nos ofereceu vários filmes com essa temática. E sempre um é o bonzinho e o outro rebelde, um faz tudo errado e o outro é que leva a culpa.

Todos se entreolharam, como se tivessem segredos que desejassem partilhar uns com os outros. Mas Marcelo não deixou que a conversa começasse.

— Penso que algo muito chato deve acontecer na vida de gêmeos idênticos, ainda mais os que se vestem de maneira semelhante. Sempre há confusão de nomes, eu mesmo só acerto na segunda vez. Já imaginaram a loucura? Imaginem um ter de corrigir os erros do outro? Não é nada cômodo, certo? Mas é legal ter alguém assim. Alguém sempre à disposição para encobrir nossos erros.

Marcelo lançou um sorriso descontraído. Os jovens sorriram também, mas sentiram no olhar dele que ele tinha algo muito pessoal para contar.

— Uma vez, quando eu era pequeno, aconteceu algo que me marcaria para sempre. Existem acontecimentos que nos marcam e outros que nos modificam. Qual a diferença? Uma marca geralmente vem com uma dor... uma mudança pode vir apenas com uma reflexão de pensamentos e comportamentos. — Bebeu um pouco d'água e continuou. — Uma vez, fui passar alguns dias na casa de uns parentes que moravam no interior. Eu devia ter de onze para doze anos. Reuni uma turma de amigos de infância e começamos a relembrar os bons tempos. Sabe aquele momento de muito tempo afastados e nada parecer ter mudado? — Marcelo sorriu com a lembrança. — É claro que vocês não sabem. Vocês ainda estão vivendo isso. Mas posso dizer: são momentos, aromas, músicas e cores que parecem congelar a todos no mesmo espaço quando se retorna ao mesmo local de anos atrás, com as mesmas pessoas. É como se a vida lhe tivesse mandado ir ao banheiro e prosseguido somente após sua volta.

Marcelo deu um suspiro forte e continuou:

— Amigos, primos, meu irmão e eu tocamos a reviver as andanças de tempos passados. Os lugares e costumes pareciam os mesmos, mas todos havíamos mudado. Fomos criados em um lar evangélico e tínhamos em nossa base o discernimento do certo e do errado. Ao passarmos por algumas lojas de baixos valores, o que alguns classificam como suvenires, nossos amigos pegavam alguns objetos pequenos e os colocavam nos bolsos rapidamente. No começo, isso me assustava, me fazendo olhar para os vendedores e os meus amigos. Estes, revoltados, me mandavam "disfarçar", para eu não "dar bandeira". Logo aprendi e passei não só a disfarçar, como também a roubar.

Marcelo olhou envergonhado para os jovens.

— Saíamos rindo, mostrando uns aos outros "os nossos troféus". Meu irmão era o único que não participava. Bem, não sei há quanto tempo meus amigos faziam aquilo, mas o certo é que eu não tinha a mesma habilidade. Assim, não demorou muito até eu ser pego. Imaginem os comentários: "Marcelo, o filho de Seu Zé Carlos, tava roubando a loja de Dona Zefinha!", "Nossa, mas o pai dele é um homem tão bom!". A dona da loja mandou chamar o meu avô. Nessa hora, os demais meninos deram no pé, e meus primos também. Ninguém queria ser pego como eu, para ser sentenciado. Como meus pais não estavam lá, foi o rosto envergonhado do meu avô que vi entrar no escritório de Dona Zefinha. Meu irmão e eu percebemos que toda a alegria que havia sido semeada com a nossa visita se tornara um fruto amargo.

Mais um gole de água, e Marcelo continuou:

— Dona Zefinha expôs o acontecido. Como não nos conhecia bem e não havia identificado qual de nós dois havia colocado os objetos no bolso, meu irmão tomou a frente e assumiu a culpa. Perguntou quanto era, pagou e pediu desculpas por aquilo. Meu avô fez um pequeno discurso sobre uma juventude distante dos propósitos de uma família e nos retirou dali, envergonhado. Humilhado. Fomos o caminho todo em silêncio, e, nesse percurso, ele informou que meu irmão retornaria para casa e meu pai tomaria as providências. Eu ficaria com eles e seria beneficiado com um passeio. Meu irmão olhou para mim. Ele era só dois anos mais velho do que eu, ainda desfrutávamos dos mesmos prazeres. Se eu me divertia em um passeio, ele com certeza se divertia também. Ele retornou para casa e foi disciplinado mais uma vez pelos meus pais, envergonhados. Todos achavam que me premiar era uma forma de punir meu irmão. Foram férias "perfeitas" para mim e terríveis para ele. Ao retornar para casa, encontrei-o normal. Meu irmão sempre foi muito calmo, e durante esse tempo todas essas punições o fizeram amadurecer de forma extraordinária.

Saiu do banquinho e continuou:

— Sei que todos vocês se perguntam: "Você não assumiu seu erro?". Respondo: "Não". Era bem mais fácil ter outra pessoa pagando o erro por mim. Quando vemos uma bola de neve descer ladeira abaixo, é bem mais fácil deixá-la correr do que detê-la com as próprias mãos.

Marcelo deu um suspiro mais forte, como se procurasse mais força em seus pulmões, e continuou:

— Muitos de vocês sabem que aos vinte e cinco anos meu irmão teve uma doença degenerativa nos ossos e veio a falecer. Assim que ele soube do diagnóstico, eu também adoeci. Tal como está escrito no Salmo 32, 3-5: "Enquanto calei os meus pecados, envelheceram os meus ossos pelos meus constantes gemidos todo o dia. Porque a tua mão pesava dia e noite sobre mim, e o meu vigor se tornou em sequidão de estio. Confessei-te o meu pecado, e a minha iniquidade não mais ocultei. Disse: confessarei ao Senhor as minhas transgressões; e tu perdoaste a iniquidade do meu pecado". O meu pecado não confessado me consumia por dentro após um silêncio de mais de dez anos. Meu erro precisava ser revelado e corrigido. E, quanto ao meu irmão... estava sereno, tranquilo... Quando carregamos um fardo que não é nosso, ele não pesa em nós, porque estamos sendo misericordiosos e alcançamos a misericórdia...

Mas quando temos um fardo que devemos carregar e não o carregamos... a sua falta parece um buraco que dói e precisa ser preenchido. Concluindo esse longo depoimento, a história foi notória, audível e repassada por todos da família. A humilhação que deveria ter sido vivida eu vivi, se bem que àquela altura fora em dobro, pelos anos de omissão. Confesso que a sensação de assumir o meu lugar na culpa foi confortador. Quanto ao meu irmão... bem, ele sabia que não havia agido corretamente. Mas algo havia ocorrido: vivêramos a vida um do outro sem qualquer planejamento prévio. Um rótulo fora colocado nele com letras garrafais, e ele apenas se deixara levar. Muitas vezes cheguei a pensar em colocar tudo para fora e dizer quão injustos todos estavam sendo, mas o comodismo de ter outra pessoa levando a culpa por mim parecia não ter custo. Contudo, com o tempo, minha consciência pagou os juros.

Marcelo sentiu, pelo olhar dos jovens, que haviam absorvido a mensagem.

— Fomos criados por Deus. Fomos feitos à Sua imagem, dá para imaginar isso? Puros, até nos olharmos no espelho e nos vermos imperfeitos. Mas muitas vezes pecamos e desfazemos toda essa perfeição escolhida por Deus. Estragamos um coração puro e o preenchemos com raiva, ódio, ressentimentos, amargura, vingança, ambição desmedida, miséria... Sei que isso pode ser um discurso demagógico, mas não é. Sempre me questiono aonde vamos chegar. Somos guiados por nossas emoções, pelas pessoas e por comportamentos, mas como estamos reagindo com as pessoas ao nosso redor que refletem a imagem de Deus? Confesso que a morte do meu irmão foi um choque que rasgou minha alma... ele morreu, mas conseguiu me fazer viver. Assim é a vida. Algo ou alguém tem de morrer para que outro tenha vida...

Os jovens estavam comovidos. Com certeza, todos tinham algo para modificar. Com certeza, uma morte deveria acontecer.

— Nesses três dias, sofreremos um processo. Nosso coração de pedra será transformado em coração de carne. Voltaremos ao Pai amado, e Ele nos dará um novo coração, pois, aos olhos do mundo, seremos os mesmos, mas viveremos a transformação de Deus em nós. Pessoas clonadas se apresentam de formas perfeitas, mas o seu tempo de duração é limitado, pois dentro delas habita um coração maculado demais para encarar a vida. Bem-vindos ao processo.

Ouviram-se assovios e aplausos no salão. Nath também aplaudiu e sentiu-se motivada. Sentiu também uma emoção preenchendo seu ser, mas não imaginava o que era. Concordou perfeitamente com Marcelo que aquele fim de semana traria novos ares para a sua vida. Quando retornasse para casa, uma nova Nathalie iria surgir.

A noite foi encerrada ao pé da piscina com muita música, jogos e brincadeiras. Foram servidas pizzas caseiras e pipocas que os meninos devoraram em segundos. Quando o sino tocou, dando o toque de recolher, Nath subiu com Milla, sorrindo. As duas ainda cochichavam, no escuro, deitadas nos beliches, quando ouviram uma movimentação no fundo do quarto. Agachadas, as duas foram até lá.

— Sim, mas tem de ter alguém que saiba tocar violão...

— Ninguém precisa tocar, Giovana. É só conseguir atrair a atenção deles...

— Eu ainda acho que a gente deveria mandar uma mensagem avisando...

Nath e Milla se entreolharam, confusas. As outras perceberam a presença delas, mas não se incomodaram e seguiram adiante com os planos.

— Vamos ao alojamento dos meninos...

— Mas é só para uma serenata...

— Temos de ir em silêncio, para o Marcelo não saber...

As duas sorriram e as seguiram em silêncio. Nath não sabia o que faria, cantando para um monte de rapazes. Posicionaram-se em frente à janela e abriram a boca para encher o ar de romantismo.

— Nath, amiga — Milla disse, encostando a cabeça no ombro da amiga —, você está cantando para quem?

— Eu ia lhe fazer a mesma pergunta — confessou Nath, sorrindo.

Mas, de repente, seus olhos encontraram os de Lucas, e ela sentiu que as palavras não sairiam mais de sua boca. Os olhos dele a fizeram, por um momento, se esquecer de respirar, até sentir o corpo todo se esquentar. Lucas sorriu, e Nath sorriu em resposta. Não importava mais a música ou para quem estava destinada. Seus olhos haviam encontrado um caminho, e era esse caminho que ela iria percorrer.

6
Transplante cancelado

Nath não soube ao certo quanto tempo dormiu; só o que sentiu foi o tremular no colchão e o rosto brilhar com a notificação de mais uma mensagem. Esfregou os olhos, sonolenta, e em plena madrugada decidiu verificar de quem era a mensagem. Seu coração acelerou, e sua boca ficou seca ao perceber que a mensagem era de Ric. Correu para a penumbra do banheiro e tentou falar com o rapaz, mas estava sem sinal. Já fazia mais de uma semana que ele não entrava em contato, e foi só receber uma mensagem dele para que Nath se derretesse completamente. Viu na parede do banheiro o formulário de assinaturas do agente de saúde e, de uma forma muito louca, enviou a Ric uma mensagem dizendo onde estava, no meio do nada. Esperou mais alguns minutos pela resposta e, como não a obteve, concluiu que ele estava passando o tempo, por isso lhe enviara a mensagem. Devia estar curioso para saber como ela estava. Voltou para a cama e tentou dormir o tempo que lhe restava.

Minutos depois, começaram a movimentação no banheiro e a arrumação para o culto matutino. Nath deixou para ser a última, tentando recuperar os minutos perdidos de sono, mas em vão! O jeito foi levantar-se de má vontade e encarar a água que agora estava gelada.

Subiu a colina para o jardim de oração, com Lucas no meio, de braços dados com ela e Milla. Sentaram-se os três coladinhos, para se esquentarem com os primeiros raios de sol da manhã. Nath encostou a cabeça no ombro de Lucas e sentiu a voz grave dele às 6 horas da manhã com os outros jovens:

A cada manhã
a cada manhã
as misericórdias se renovam
a cada manhã

Olhai os lírios dos campos
e os pássaros no céu
Deus cuida de todos eles
com fidelidade e amor
Não semeiam nem ceifam
mas refletem a glória de Deus
a cada dia... a cada manhã.
(A cada manhã, Asaph Borba)

Uma atmosfera além da neblina rodeava a colina. Uma sensação de paz, de forças renovadas, apesar da noite mal dormida, de companheirismo sem palavras. Uma saciedade sem ter comido, um calor que percorria-lhe o corpo mesmo tendo os pelos do braço eriçados... algo que Nath não sabia explicar.

De repente, o celular começou a vibrar, fazendo com que ela se assustasse e os que estavam ao seu redor sorrissem com o seu pulo. Talvez pela altura da colina, o sinal do celular voltara. Nath saiu discretamente, indo até algumas árvores mais afastadas. Sem olhar o visor, acreditando que eram os pais, atendeu.

— Alô?

— Oi, princesa! Estamos aqui no portão.

"Como assim, estamos aqui no portão?". Nath sentiu um frio percorrer seu corpo. Teve a sensação de que havia feito algo errado. Desceu a colina devagar e dirigiu-se rapidamente para a entrada da chácara. A cada passada, um pensamento inundava sua cabeça. Nenhum deles se encaixava no fato de que havia errado ao ter passado para Ric o endereço do acampamento. Ao vê-lo parado ao portão, em cima da moto, teve uma ideia: sumir.

— Oi, minha princesa!

Ric desceu da moto, enquanto Nath se aproximava do porteiro, que olhava desconfiado para Ric e Marquito. Como faria para voltar ao acampamento, deixando Ric e Marquito ali? Como poderia passar pelo portão e deixar Lucas e Milla para trás? Como sairia dessa? O porteiro a observava, intrigado.

— Não esperava que vocês viessem aqui — Nath começou, sem jeito.

— Ué? Não gostou? Pensei pela mensagem que sim...

— Foi! — Ela o interrompeu, antes que ele falasse demais na frente do porteiro. — Eu estava com saudades... você não aparecia... não ligava...

Ric sorriu, como se o argumento de Nath tivesse sido um choro de criança mimada. Olhou sorrindo para o porteiro e falou:

— Meu chapa, não vou sequestrar a mina... deixa só eu ter um particular com ela...

O porteiro se sentiu constrangido, sem saber como agir. Olhou para Nath, que estava de moletom e era apenas uma adolescente. Que mal ela oferecia? Já o outro elemento, Marquito... Não inspirava nem um pouco de confiança naquela moto.

— Rapazes, sei que vocês não farão mal algum a essa jovem. Estou percebendo a amizade entre vocês, mas antes de abrir esse portão, moça, terei de falar com o Marcelo.

Nath olhou em pânico para Ric, que apenas sorriu e concordou com um aceno positivo de cabeça.

— Perfeitamente... vamos esperar...

O porteiro deu uma olhada discreta para o portão fechado e para a cerca elétrica, depois subiu em direção ao chalé principal da chácara.

— O que você tá fazendo aqui, Nath? — Marquito perguntou.

— É um acampamento de jovens...

— Termina quando?

— Domingo à noite...

Os dois se entreolharam, confusos.

— Por quê? Tinham algum plano em mente?

— Tínhamos. — Ric mexeu rapidamente no cabelo, ajeitando o desalinho dentro do capacete. — Mas não sabíamos que você também tinha...

— Posso pedir para sair. Não sou prisioneira aqui.

— Claro que não, princesa! — Ric alisou seu rosto por entre as brechas do portão. — Mas, com essa segurança toda aí dentro, para você sair seus pais terão de saber.

Nath suspirou, já imaginando Marcelo ligando para seus pais. Kleber sairia para buscá-la no momento em que desligasse o telefone. Sentiu o sangue latejar forte no pescoço. Não queria passar por aquela humilhação.

— Eu gostaria de sair com vocês, mas não sei como sair daqui sem que eles chamem meu pai...

Os dois calcularam a dimensão do portão e a altura dos muros. O problema maior parecia estar na cerca elétrica, que parecia zunir para eles. Marquito andou um pouco para o lado e voltou com um pedaço de pau.

— Nath, presta atenção: vamos passar a mão e fazer cadeirinha para você chegar até em cima, mas você deve afastar a cerca com o pau e colocar seu moletom em cima, para anular a carga. Tá ouvindo?

Nath olhou para cima, incrédula por tudo o que deveria fazer.

— E como vou pular de um muro tão alto? Eu vou cair!

— Nós vamos te segurar, confie em nós!

A parte da subida foi tranquila com Ric, erguendo-a devagar. Logo depois, um suspendendo o outro, passaram o pau, e um caminho se abriu na cerca. De acordo com a estatura de Nath, não necessitava ser tão grande. Nath se sentou com as pernas posicionadas para o outro lado quando ouviu o porteiro gritar:

— Menina, desce daí, que você vai se machucar! Olha o choque!!!

Em um impulso, Nath se jogou, provocando uma avalanche formada por ela, Ric e Marquito. Em um piscar de olhos, todos já estavam em cima da moto, até sumirem estrada afora.

Que pensamento perambulava na cabeça de Nath no momento que ela colocou o capacete e subiu a moto? Seu desejo era ficar... sentia o coração apertado. No início da manhã, havia sentido que naquele fim de semana sua vida mudaria para sempre... e agora estava fugindo dele?

— Ric! — Nath apertou sua barriga com as unhas e gritou contra o vento. — Ric, encosta a moto. Encosta, Ric!!!

Ric parou, e Marquito logo deu a volta, para saber o que havia acontecido. Nath desceu da moto e sentou-se no acostamento da pista, com uma mão no capacete e a outra na cabeça. Nath estava com os olhos lacrimejados e sabia que não demoraria muito para chorar.

— Minha princesa, você quer voltar? Se quiser, te levo de volta e resolvo tudo.

— Voltar, garota? Você tá doida? — disse Marquito. — Depois do que você fez, seus pais já devem ter sido chamados. Se duvidar, ainda cruzamos com eles na estrada. Você fugiu, garota, e o melhor a fazer é seguir em frente.

Àquela altura, as lágrimas já rolavam pelo rosto de Nath, que baixou a cabeça, envergonhada. Sentia-se como se estivesse em uma ponte, com decisões a tomar, mas estava presa, sem segurança alguma. Momentos atrás se sentia tão confiante, com a esperança de nascer dentro de si uma Nath melhor... e agora havia acabado com tudo! Naquele momento, todos no acampamento já deviam saber que ela havia fugido, que fora a rebelde da turma. Seu pai, como Marquito dissera, já devia estar a caminho, disposto a despejar toda a sua decepção sobre ela.

— Princesa... — Ric disse, acariciando delicadamente seu rosto. — Eu faço o que você quiser. Basta me dizer o que quer.

Nath deu um beijo forte na boca dele e o abraçou.

— Me tira daqui, rápido. O mais depressa que você puder.

Ric obedeceu sem pestanejar. Como em uma coreografia perigosa, cruzaram e cortaram carros a uma velocidade exorbitante. Nath tremia de frio e se abraçava cada vez forte a Ric, buscando um pouco do calor dele para amenizar o frio que sentia em sua alma. Mas sabia que nem se ele fosse o próprio sol ela se esquentaria. Naquele momento, seu espírito congelava, e os fluidos que impulsionavam seu coração se enfraqueceram. Lembrou-se das palavras de Marcelo na noite anterior. Seu coração jamais poderia ser trocado por um novo. Jamais poderia ter um Deus com tanto amor em uma vida tão decepcionante. Infelizmente, Nath escolhera seguir, e, de acordo com a dimensão que sua vista alcançava, não haveria retorno.

7
A guloseima que não foi posta à mesa

Nath não sabia o quanto dormira. Assim que chegara ao apartamento de Ric, estirara-se no sofá e se agarrara a uma das almofadas, tentando se desligar dos acontecimentos ao redor. Sua noite mal dormida ajudara no descanso. Se Ric tinha uma programação em mente para o sabadão, tivera de cancelar para ficar de "babá" dela. Nath acordou com as mãos dele fazendo cafuné em sua cabeça. Os dois ficaram se olhando por um tempo. Ela se sentia segura em estar perto dele, uma sensação de que nada daria errado. Mas ele não comandava a vida dela.

— Devo me arrepender porque fui te buscar?

Sorrindo, Nath alisou o rosto de Ric.

— Me desculpe ter atrapalhado seu dia...

Ric levantou-se do sofá e foi procurar algo para beberem.

— Esquenta com isso, não. Só quero que você fique bem. Você tá bem?

Nath sorriu e não respondeu o que sentia. Nem tudo que estava em seu interior deveria ser exteriorizado.

— Claro. Só quero sair para relaxar.

Ric a levou para o quarto e arrumou algumas roupas para ela usar. Em seguida, seguiram para a danceteria. A cabeça de Nath começou a latejar antes mesmo de a noite começar. Tentou se conformar com a ideia de que os estalidos da moto estavam fazendo sua adrenalina aumentar, seu sangue pulsar mais rápido e chegar ao cérebro com força redobrada. Contudo, não adiantou muito; chegou arrasada à danceteria. Ric encontrou alguns amigos e começou a conversar. Nath se sentiu excluída da conversa deles e, com o dinheiro que ele lhe havia dado, saiu à procura de algo para tomar.

Viu um grupo reunido em um canto sorrindo muito e parecendo ignorar as outras pessoas. Pareciam em uma bolha de sabão, em algum lugar longe dali. Nath aproximou-se, meio desconfiada, e tentou saber de que estavam falando. Conversavam alegres sobre a conquista de um comprimido, que, pelas conversas, percebeu ter sido caro. Era um comprimido engraçadinho, parecia bala para crianças, com um rostinho no centro. Nath enfim foi notada, e todos se levantaram, desconfiados. A garota, sem jeito e sem atitude, retirou seu dinheiro do bolso e pediu:

— Eu quero um.

Um rapaz se aproximou dela e observou-a seriamente. Nath percebeu que não deveria ter se aproximado daquela turminha fechada. Lembrou-se do conselho de Ric de não sair de perto dele. Mas Ric estava conversando com os amigos. Agora era hora da reação.

— Não me escutou? — Nath tentava manter a voz firme. — Eu quero um.

— Tá viajando, mina? Tá pensando que eu passo bagulho?

Em um único gesto, o rapaz arrancou o dinheiro das mãos de Nath, que olhou desesperada para os demais e percebeu que perderia todo o dinheiro e ficaria sem aquele comprimido de que falavam.

— Escuta, cara, isso não é justo...

— Você é advogada, por acaso?

Seu super-homem apareceu em seu socorro. Ric colocou-se entre os dois, de braços cruzados.

— Algum problema? — perguntou o sujeito.

Ric olhou invocado para Nath e para ele.

— Essa mina tá contigo?

— Tá — respondeu Ric.

— Ele pegou meu dinheiro! — Nath se espantou com sua própria voz, parecendo a de uma garota que faz queixas à mãe. — E não quer me dar o comprimido!

— Ora, não? — Ric cruzou os braços, sorrindo para o rapaz. — E qual comprimido você comprou?

O sujeito percebeu que não conseguiria ficar com os dois e deu de ombros. Tirou um saquinho do bolso e o desembrulhou. Nath aproximou-se e viu os mesmos comprimidos de antes. O rapaz, porém, partiu um diferente dos demais e o deu a ela.

Nath não se mexeu e continuou olhando para ele e para Ric. Seu olhar exigia uma explicação.

— Recebe assim, Nath — Ric pediu, pegando o comprimido.

— Por que vou receber por um comprimido que não paguei, e só metade? Eu quero aqueles que parecem biscoitos recheados.

O rapaz abriu a boca e soltou a risada mais estrondosa que Nath já havia ouvido na vida. Percebendo a ingenuidade dela, ele explicou:

— Dá pra ver que não conhece as paradas. Esse aqui, princesinha, não é biscoito recheado, não. Ele tem muita cor, mas é uma ma-ra-vi-lha! Te deixa com a alma novinha em folha, um só te leva para o chão. Mas tá na conta. Então, receba esse outro, que pelo jeito é o que cê tá precisando. Nossa "balinha". E, se tá a fim de arriscar, toma esse inteiro.

Nath acompanhou com os olhos todos os gestos do sujeito. Pegou seu comprimido, agora inteiro, e tentou não imaginar se valia mais ou menos do que o dinheiro que dera. Saiu andando e sentiu que Ric estava em sua cola.

— Vou te dar um conselho, princesa, para o seu bem. — Ele alisou o rosto de Nath e ficou com as mãos nele por um tempo. — Nem todo mundo tá aqui pelo mesmo motivo. Alguns vêm se distrair, outros se divertir, gozar a vida, e tem aqueles que vêm em fuga de alguma coisa. Quando eles tomam esses comprimidos, muitos se transformam em pessoas boas e só dão risadas, outros entram em melancolia e — suspirou, antes de finalizar — existem aqueles que são covardes e só com as "balinhas" se dão bem.

— Quer dizer que — Nath reprimiu um sorriso — esse comprimido é tipo o famoso pó de pirlimpimpim do Monteiro Lobato?

— Se quiser ver por esse lado, sim.

Entrando no ritmo das baladas, Nath se dirigiu ao balcão de bebidas e pediu uma dose de vodca com energético, como já tinha visto outros pedirem. A mistura parecia ótima, e ela estava ansiosa por experimentar. Contudo, Ric chegou e interveio em seu pedido.

— Suco de frutas, sem álcool, por favor.

— Você não tem o direito de se meter no meu pedido ou na minha vida. Já tá começando a me encher!

— Ah, tô? — Ric cruzou os braços. — Estou arrependido de ter ligado para você, de ter buscado você naquela chácara. É muito bom saber disso. Muito bom mesmo, porque, como as coisas estão caminhando, o melhor a fazer é me sentar e assistir ao seu baque.

— Tá insinuando que vou me dar mal? Meu amigo, só tô seguindo seus passos.

— Ótimo! Então comece pelo suco de frutas e depois faça o que quiser. Vou deixar de ser seu super-homem. Quem sabe você não se apaixona pelo lobo mau?

Nath recebeu o suco de frutas e saiu irada do salão. A culpa por sua raiva não era de Ric, mas a sensação de tê-lo ao seu lado parecia denunciar o que fazia ou viria a fazer de errado... Mas como encontrar um lugar maneiro para curtir sozinha? Distanciou-se e tentou não conferir um ar tão solene ao que estava fazendo. Tomou duas goladas do suco e se revoltou ao imaginar que era tão natural como o que sua mãe tomava no café da manhã. Pegou a metade do comprimido dado, ou melhor, comprado, e colocou-o na boca. Como sempre, sentiu nojo da gosma que se formou com o derretimento da química. Não sentiu nenhum sabor e o engoliu de uma única vez. Ficou alguns minutos parada, imaginando quanto tempo levaria para a dose fazer efeito. Ric estava presente quando o sujeito lhe vendera. E se não fosse a "balinha", como ele havia prometido? Como poderia acelerar o tempo para sentir as sensações que os outros estavam sentindo? Dançar. Mexer o corpo. Nath dirigiu-se para a pista de dança e girou o corpo incansavelmente, ao som da batida eletrônica.

— Oi, princesa! — Alguém a abraçou pelas costas. — Cê é chegada em uma balada, hein?

Nath se virou e encarou a tal figura. Era Alex.

— Que bom te encontrar!

Ela o abraçou fortemente, e logo entraram no ritmo da dança.

Observando os outros casais, Nath percebeu que muitos, talvez os solteiros, dançavam sozinhos. Os casais faziam uma coreografia sensual. Começaram a se beijar, até que Alex iniciou sua sequência de carícias. Nath retribuiu, e ambos resolveram se isolar na parede mais próxima. Estava ficando cada vez mais intenso, e ela começou a perceber que o comprimido estava fazendo efeito. Uma quentura começou a percorrer todo o seu corpo, uma sensação de estar há horas no sol do Taiti, carente de algum líquido gelado que lhe satisfizesse... Pegaram duas cervejas, e Nath consumiu a primeira em um piscar de olhos. Alex sorriu e foi buscar mais uma para ela. Quando chegou, descobriu que sua cerveja já era.

— Você tomou "bala"?

Nath deu de ombros e fez que sim.

— Então, vamos para perto do balcão. Lá vai ser melhor para a gente bater papo.

Ao chegarem, Alex se encarregou de colocar logo um prato de petiscos na frente de Nath. Ela, porém, só se preocupou em tomar as cervejas.

— Que é que cê vai fazer no domingo?

— Sair. Sei lá. O mesmo de sempre.

— Quer ir para Itamaracá comigo?

Nath arregalou os olhos.

— Não tô falando sozinha, claro, se desejar isso podemos improvisar.

— Até que não é má ideia... — E permaneceu um tempo com o olhar perdido na multidão.

De repente, Nath se levantou e começou a fazer um ziguezague entre a multidão. Um frescor percorreu todo o seu corpo, e ela se sentiu a mulher mais pura do mundo, com uma sensação de alma limpa e lavada. Sua vida era realmente linda. Viver era a melhor coisa do mundo! Gostaria de percorrer o país, visitar todos os estados que pudesse... ah, essa viagem a Itamaracá viera a calhar. Quanto tempo passariam lá? Não importava. O importante era que iriam se divertir.

Alex tentou permanecer ao lado dela por algum tempo, mas não conseguiu, pois Nath pulava sem parar. Um sujeito parou ao lado dela, e os dois começaram uma sequência de coreografias que logo passaram a ser imitadas pelos demais. Alex se manteve um pouco distante, mas sem perder Nath de vista. Achou que ela devia ter tomado *ecstasy* e que o efeito ia se prolongar.

Uma ruivinha se colocou na frente dele.

— Você? Sozinho?

— Oi, Laura. Cadê o Du?

— Foi buscar um coquetel. Tá quente, né?

Alex confirmou e vasculhou a área rapidamente, em busca de Nath. Contudo, ela já havia desaparecido do lugar. Alex, sem falar nada, saiu andando, e Laura prontamente o seguiu. Encontraram Nath mais adiante, tomando suco de laranja com vodca. Estava muito vermelha.

— Nathalie, já chega. Vamos sentar um pouco. Lembra que precisamos conversar?

Exatamente como uma criança que se comporta em uma festa para competir o "quebra-panela": assim era a excitação de Nath para a pista.

— Vem aqui, gatinha. Vou te apresentar a algumas pessoas.

Laura, que havia saído, voltou com Du. Não fossem o corte de cabelo e a aparência mais velha, Nath diria que eram gêmeos.

— É seu irmão?

Alex percebeu o forte odor de álcool e a fala enrolada de Nath. Seus reflexos pareciam estar comprometidos.

— É, é sim, meu irmão. Vamos nos sentar.

Antes mesmo de saírem do lugar, Nath se atirou no chão e começou a gemer, em posição fetal. Os mais próximos ouviram e se aproximaram para dar uma olhada, saindo em seguida.

— O que você tá sentindo?

Nath deu uma resposta em gemidos. Seu rosto estava ficando cada vez mais vermelho. Du e Alex tentaram levantá-la, mas ao menor movimento Nath se debatia de dor.

— O que vocês estão fazendo?

Era Ric, que não esperou pela resposta e abaixou-se para conversar com Nath.

— Seus músculos estão doendo?

Nath olhou para ele e, fazendo a expressão de quem tinha ouvido a piada mais engraçada de sua vida, se pôs a rir. Ric pegou-a nos braços e levou-a para um canto do salão, colocando-a em um sofazinho. Todos se aproximaram e ficaram a observá-la.

— Será que ela tomou "bala"? — Alex se aproximou, preocupado.

Ric o olhou seriamente, suavizou a expressão e assentiu.

— Tomou. E, como ela não estava bem, o efeito se intensificou.

Du, Laura e Rosa se aproximaram. Todos se entreolhavam, mas não falavam nada. Alex decidiu quebrar o gelo.

— Nosso primeiro encontro não foi lá dos melhores, mas não sou nenhum tarado. Tô a fim dela e vou investir na mina. Meu nome é Alex.

— Essa loura fatal aí é a Rosa — apresentou Ric com o queixo.

Alex olhou pela primeira vez na direção dela. Realmente, era uma mulher e tanto. Uma combinação perfeita de coxas, pernas, quadril, cintura, busto e até cabelo. Seu rosto cativou-lhe o coração, seu sorriso fez as pernas de Alex tremerem e os lábios dele, se abrirem para um débil "oi".

Laura se colocou entre os dois e falou alto, para entrecortar o som das batidas:

— E nós somos Du e Laura.

Ric sorriu, e o gelo se quebrou.

— Escuta, Ric, estava conversando com Nath sobre uma possível viagem à Ilha de Itamaracá. Se desejar, pode ir conosco, você e sua namorada.

Ric sorriu e foi verificar como Nath estava tomando o suco de frutas.

— Valeu pelo convite, mas tenho assuntos pendentes. — Sorrindo para Rô, acrescentou: — Ah, e como você imaginou, a Rosa não é minha namorada.

Como já estava perto do amanhecer, acharam melhor ir embora. Nath não tinha condições de subir e ficar na moto. Os táxis que passavam naquele momento não lhes davam parada. Ric resolveu que o melhor seria levar Nath de ônibus para casa. Rosa levaria sua moto. Alegrou-se um pouco quando viu que a direção da casa de Alex era contrária. Contudo, isso não foi empecilho para o bonitão subir os degraus seguindo os dois no ônibus. Nath estava um pouco tonta e se dirigiu aos bancos da frente, encolhendo-se entre as pernas.

Alex não se incomodou de ficar sozinho no banco de trás. Ric não estava chateado com a possibilidade de a companhia de Alex a ter levado àquele estado, pois sabia que ela chegaria àquele ponto ou até mais longe mesmo se estivesse sozinha; sua preocupação era com o adiantamento da relação dos dois. Em apenas duas vezes que os havia visto juntos, percebeu que o clima estava bem quente.

Quando estavam passando pelo açude velho, Nath se levantou e, em um surto de força, empurrou Ric para o lado e começou a correr pelo ônibus. Passava um pouco das cinco horas da manhã, e havia poucas pessoas na lotação. Alex e Ric uniram forças e tentaram contê-la, porém Nath venceu os dois e, em um único movimento, tentou puxar a alavanca de incêndio da janela do ônibus.

— O que você está fazendo, garota? — um passageiro perguntou, pegando em seu braço.

— O ônibus tá pegando fogo — ela respondeu, olhando assustada para os lados.

— Essa garota está drogada! — uma senhora disse ao se aproximar.

— Que mané drogada, que nada — Nath gritou. — Vamos morrer todos queimados. Olha só a altura do fogo!

Enquanto ela estendia a mão, mostrando o suposto fogo, Alex aliviou um pouco o braço para lhe dar movimento.

Nath novamente se soltou dos braços de Alex e Ric e avançou em uma senhora. Não a agrediu, mas de forma brusca quebrou a janela com o punho. O estraçalhamento do vidro fez o motorista brecar o ônibus prontamente. Ele se levantou da cadeira e dirigiu-se aos três com olhar de fúria.

— O que está acontecendo aqui?

— Foi mal, mano. Ela não tá legal. — Ric começou a puxar Nath. O aspecto dela não estava nada bom, e o rímel derretido pelo calor e as olheiras pela bebedeira só confirmavam sua declaração. — A gente já vai saltar.

— Quanto a isso não tenho dúvida — disse o motorista, cruzando os braços. — E os prejuízos? Quem vai arcar com as consequências? Não posso perder meu emprego por uma filhinha de papai que passa a noite na farra se drogando.

— Meu, saca só. — Alex colocou a mão no ombro do motorista. — Não é a nossa onda que você se dê mal, mas acidentes acontecem.

— Acontecem, mas não no meu turno. Vou levar todo mundo para a delegacia.

— Ah, não vai não! — Alex pulou a catraca. — Essa garota não está nem um pouco bem e você não a está ajudando, mano.

— E o que eu tenho com isso? Ela destruiu o vidro do ônibus.

Alex pegou o motorista pelo colarinho e o suspendeu. Sendo maior e bem mais forte do que o sujeito, ganharia fácil qualquer confronto. Ric chegou do outro lado e completou:

— É, e como você mesmo declarou, "foi uma filhinha de papai drogada". Sob o efeito da droga ninguém tem controle, certo?

O motorista olhou os dois e, depois, concentrou sua análise em Nath. Estava de dar pena, com o rosto todo suado e manchado, cheirando a vômito, com o punho sangrando.

— Ela se machucou — disse o motorista, tentando quebrar o gelo e mostrando-lhes o braço. Embora soubesse que a confusão lhe causaria uma bela dor de cabeça com a empresa, não ia arriscar a vida com arruaceiros da noite.

— É por isso que o mano vai nos liberar, certo? — perguntou Ric.

E saiu, rebocando Nath escada abaixo, enquanto Alex pulava a catraca novamente para acompanhá-los. Estavam a duas paradas da casa da garota, e a única solução seria rebocá-la rapidamente. Os vidros da janela haviam perfurado o pulso dela, e o sangue escorria muito. Ric pressionava o corte, sabendo que por causa dele Nath estava correndo perigo de morte. Mas também corriam perigo por estarem com ela naquela hora, naquele estado. Como poderiam deixá-la em casa? Apressaram o passo e começaram a cortar algumas ruas. Algumas pessoas já estavam indo para o trabalho, outras chegavam para trabalhar. Alguns saíam para comprar o pão e se assustavam com a cena de dois rapazes carregando uma moça desacordada e sangrando.

— Cara, a gente tá se arriscando demais. — Alex olhou para os lados, assustado. — A família dela vai pensar que fomos nós...

— Não vou deixá-la na rua. Se fizermos isso, estaremos assumindo uma culpa.

Caminharam por mais duas ruas, até Ric avistar aliviado a casa dos Kissyw. Agora, sim, se dirigiu a um orelhão e colocou Nath encostada. Sua vontade era entregá-la em casa, mas sabia que não poderia seguir com essa ideia. Pegou o celular dela e discou para a casa dela, informando que estava ferida à porta. Afastaram-se correndo, e, em menos de um minuto, Kleber saiu e levou a filha para dentro. Aparentemente, Nath estava segura de novo.

8
A única testemunha

O corte no pulso de Nath feito pelo vidro do ônibus não foi tão profundo quanto a quantidade de sangue que se esvaiu de seu corpo. Alguns pontos foram necessários, além de uma dieta com vitaminas. Devido às dores que ela, mesmo dormindo, sentia por conta dos pontos, analgésicos fortes foram aplicados no soro, que fora colocado em seu quarto mesmo, para que Nicole pudesse acompanhar de perto a recuperação da filha. Houve momentos em que ela ficava desperta, mas se sentia insegura quanto ao que diria a seus pais. Assim, voltava a dormir, ou fingia que o fazia.

Kleber e Nicole foram avisados sobre a fuga de Nath do acampamento e se preocuparam muito. Permaneciam sem saber como resolver a questão quando a filha reapareceu naquele estado, o que desfez qualquer sentimento positivo brotado no coração de seus pais. Nath estava sendo classificada como uma adolescente rebelde por estar em um lugar seguro e sair dele de forma audaciosa e vergonhosa. Estavam tentando descobrir que amigos novos seriam aqueles, capazes de mudar a cabeça da filha, fazendo-a se afastar dos amigos de infância e deixar de lado o que lhe fazia bem.

Como Nath não era Branca de Neve, muito menos a Bela Adormecida para dormir sob encantos, seu momento de despertar uma hora chegou.

— Filhinha... — Nicole balbuciou, alisando os cabelos de Nath. — Meu amor... que bom que acordou... e está bem!

Nath se ajeitou um pouco na cama. Estava confusa com tudo o que havia acontecido. Suas últimas lembranças restringiam-se à danceteria... momentos antes do seu *show* de dança... após isso, tudo parecia um borrão, um jogo de luzes que lhe turvava a visão. Olhou para a mãe, sentiu uma vontade enorme de chorar e chorou. Nicole encostou a cadeira de rodas na cabeceira da cama e fez cafuné na filha. Deixou que ela abrisse seu coração em lágrimas. Passaram um bom tempo assim, sem que nenhuma das duas falasse.

Eram momentos como esses de que Nath gostava. Sempre tivera um bom relacionamento com a mãe, mas não sabia por que tudo aquilo estava acontecendo em sua vida. Realmente, era uma atrapalhada, uma ingrata, uma infiel, uma pessoa desmerecedora de qualquer confiança. Como alguém que estava em um ambiente perfeitamente feliz, seguro, se colocava em uma confusão tão sem tamanho? Não deveria, jamais, fazer parte do tal processo de novo coração de que Marcelo falara. Seu coração jamais poderia ser modificado. Havia nascido com defeito de fábrica, e Nath achava que nem mesmo Deus poderia dar um jeito nisso.

— Mãe, alguém ligou para mim?

Nicole sorriu, ainda alisando seu cabelo. O que poderia responder? Estivera conversando com Kleber, e haviam concluído que o comportamento repentino da filha se devia às recentes companhias. Não poderia fazer um bloqueio imediato de tudo isso, como também não poderia deixar as coisas como estavam. Um rapaz havia ligado no celular de Nath e quisera saber do estado dela. Como não conseguira falar com ela, deixara o recado de que "a programação deles havia sido adiada". Nath franziu a testa e começou a vagar, em busca de soluções.

— Mãe... eu tô bem!

Nicole sorriu novamente. Pela expressão da mãe, Nath percebeu que na verdade não estava bem. Tinha um semblante preocupado, a angústia por trás de seus olhos, apenas esperando o momento para se transformarem em lágrimas. Talvez fosse a tensão do que estivesse acontecendo consigo. Talvez o seu comportamento nos últimos dias... e olha que a mãe não sabia nem um terço do que ela estava fazendo. Apenas Deus fora sua testemunha. Como estaria o reflexo de sua imagem com Deus?

— Nath, filhinha... o que está acontecendo com você?

Essa era uma pergunta que Nath também não podia responder. Existia um vazio que ela não sabia como preencher, a ausência de algo que ela deveria viver, mas que não sabia o que representava. Sentia-se envergonhada por tudo que estava acontecendo, mas a falta maior dentro de si a impedia de retroceder. Só podia ficar em silêncio.

Nicole aconchegou-se mais à filha e tentou, por meio de seu carinho materno, chegar ao coração dela.

— Meu amor... eu sei que você tem uma vontade enorme de crescer e de conhecer mais do mundo... mas tudo tem o seu tempo... e nem tudo que lhe é oferecido deve ser aceito.

Nath permaneceu em silêncio.

— Você tem amigos tão preciosos, meu amor! Amigos que dariam a vida para estarem aqui, do seu lado, e viver momentos maravilhosos com você. Lucas e Milla poderiam até participar com você do seu sonho de mochilar. Você não gostaria de conhecer outros lugares? Aguarde só mais um tempo, e nós mesmos vamos levá-la a uma agência de turismo.

Nath suspirou. É certo que Lucas e Milla gostavam dela, mas os havia abandonado no acampamento. E, o pior, eles já deviam ter chegado e, quando fossem vê-la, iriam lhe dar um sermão pelas coisas erradas que estava fazendo. Na verdade, eles não deveriam dar sermão pelo que fizera, e sim deixar de serem seus amigos.

— Eles já vieram me ver?

— Assim que desceram do ônibus — respondeu a mãe, sorrindo satisfeita pelo interesse. — Permaneceram aqui por mais de uma hora, e depois pedi que fossem descansar, pois já estava tarde e eles, com certeza, estavam cansados. Marcelo ligou e perguntou quando poderia vir lhe fazer uma visita. Avisei a todos que, assim que você estivesse melhor, eu os chamaria.

Nath sorriu e recebeu da mãe um suco de laranja. Sorriu ao tomar, mas percebeu que sua boca estava ardendo, por estar cheia de aftas. Vendo Nicole se afastar para atender a um telefonema, trancou a porta. Queria falar com Ric o mais rápido possível. Pegou o celular e percebeu que a bateria estava descarregada. Seus nervos se agitaram, imaginando quanto tempo sua mãe demoraria com o telefonema. E se não fosse verdade o adiamento da viagem? Eles poderiam ficar com medo de ela fazer outra bobagem... Mas iria se controlar. Dessa vez, não iria querer experimentar nada; só curtir. Ao contrário do que havia pensado sua mãe, Nath não estava ansiosa apenas por mochilar ou conhecer outros lugares; também queria mudar. Com certeza esse grupo de jovens que viriam da igreja a veriam como a garota rebelde que fugira do acampamento e se dera mal. Não queria ninguém com olhar de misericórdia para o seu lado. O que deveria fazer era sair logo de casa para se encontrar com Ric e sua turma.

Nath pegou uma mochila e começou a arrumar as roupas, mas logo percebeu que, se levasse tudo de que precisava, ia chamar muita atenção. Decidiu vestir as roupas que deveria usar e colocou apenas o biquíni na bolsa a tiracolo. Foi até a gaveta e pegou também o restante da mesada. Seria por uma boa causa. Pegou ainda a cópia das chaves e colocou um boné, saindo sem ser notada por ninguém.

Nath não sabia como chegar à casa de Ric, mas sabia ir até o trabalho dele. Dirigiu-se para a academia e conversou com ele sobre a viagem. O rapaz ligou na frente dela para Alex, para que se acalmasse. Ric informou novamente sobre a frente fria, mas Nath tomou o telefone das mãos dele.

— Alex, nós temos de ir hoje. Entendeu? Eu me mandei de casa e, se eu não aproveitar hoje, eles vão me ferrar. Minha coroa tá cismada.

— Mas como poderemos ir sem um carro? Desmarquei com o cara, agora é impossível.

— E se eu pegar o carro do meu pai?

Alex ficou calado por alguns instantes, tentando imaginar toda a situação. Ric não escutou, mas pressentiu que nada daria certo naquela viagem.

— Certo — Alex disse, finalmente. — Quando quer ir?

— Assim que eu arrumar o carro a gente se manda.

— Me liga, e a gente se encontra.

— Não, Alex. Eu não sei dirigir, e se você não for comigo não poderei pegar o carro.

Mais uma pausa, e Alex finalmente respondeu que viria para a academia buscá-la. Nath desligou o telefone e, fascinada, encarou Ric. Seria a primeira vez que viajaria sem seus pais e sem a turma da igreja. Tudo seria mágico.

— Vão viajar? — Ric cruzou os braços, observando-a.

— Vamos. Você vem também, não é?

Ric alisou delicadamente o rosto de Nath e sorriu.

— Não, princesa, eu não vou.

— Por quê?

— Não adianta eu inventar uma desculpa para querer ir, não sinto vontade. E isso basta. E, como prometi, vou lhe deixar em paz. Esse deverá ser o melhor momento para ter a "sua carta de alforria".

— Por acaso você está com ciúmes do Alex?

— De maneira alguma. Acredito que ciúme seja bom, mas sei que o espaço que conquistamos na vida de uma pessoa jamais será de outra. O amor pode ser dividido, mas continuaremos sempre na história de vida da pessoa.

Nath o abraçou apertado e ficaram por bom tempo assim, até que Alex chegou, acompanhado de Du e Laura.

— Tem mais alguém para ir? Ainda cabe mais um.

— Só não convido a Rosa porque é perigo demais para uma viagem.

— Valeu, mano. A gente se vê.

A tarefa que parecia difícil de ser executada, "sequestrar o carro", acabou sendo muito simples. Nath não entrou na casa; foi direto para a garagem. Seus pais tinham dois carros, um que Kleber usava para trabalhar e outro disponível para qualquer eventualidade. Nath sabia disso e aproveitou-se da circunstância. Olhou para o interior da casa e percebeu que não havia movimentação ainda, mas logo se completaria uma hora da sua ausência e Nicole se apresentaria rigorosamente com a medicação. Pressionou o controle do portão e gemeu junto com o ruído das roldanas ao abri-lo. Nunca havia percebido como o desfile das rodas no alumínio produzem um barulho tão alto. Seria sujeira? Ou seriam as fortes batidas do seu coração, ao ritmo da adrenalina? Antes mesmo que o portão se abrisse por completo, Nath colocou a cabeça para fora e chamou Alex e os demais, que tinham vindo junto com ela, para entrarem. Pouco depois, todos zarparam da garagem, e, uma vez cruzado o portão, ainda deu tempo de ouvir o grito agudo de Nicole descendo a rampa em direção ao local.

Nos primeiros minutos, o coração de Nath disparou em pensar que estava fazendo alguma coisa errada. Lembrou-se de Ric, de sua mãe, de seu pai, de Lucas e Milla. Chegou a sentir o coração pulsar tão forte que perdeu o fôlego; contudo, afastou a tempo a ideia da cabeça e procurou se acalmar. Era tempo de se divertir.

— Fica fria. Lá a gente vai ficar no apartamento de um mano meu. Não é nada parecido com a sua casa, mas dá muito bem para a gente se divertir. É só relaxar.

Relaxar. Era isso que Nath queria fazer nos próximos cem anos.

Conseguiram fazer a viagem em duas horas e meia. O contato com o verde, o cheiro da cana queimada em Goiana, a aventura da adrenalina em cada ultrapassagem dos caminhões de carga pesada só a fizeram pensar que estavam fazendo a coisa certa. Não concordava com a mãe de que estava infringindo uma lei da vida. Estava muito bem, obrigada!

O passeio entre mar e matas, com as pontes unindo cidades, lembrou-lhe muito as histórias sobre o Brasil Colônia e suas capitanias. Qual era mesmo a de Pernambuco? Ah, Vila Velha. E, por falar em capitania, viu, logo após o presídio, uma placa: "Conheça Vila Velha".

— Antigamente os presos viviam soltos aqui. Se quisessem fugir, tinham de recorrer à natação.

— Nada mal para quem não deseja estar preso.

— O problema era a miragem. O que eles pensavam ser perto, no fim, não chegava nunca. A ilusão de quem quer chegar, mas não está preparado para percorrer o caminho, pode ser fatal.

Nath apenas sorriu. Esse era um problema dos presidiários. Ela já tinha problemas demais e os deixaria na ponte que ligava à ilha.

O cheiro da maresia entrou por suas narinas, e Nath desejou tirar toda aquela roupa e correr logo para o mar. O sol quente escaldava a areia branca e, na praia, crianças corriam ou brincavam. Passaram pela Praça do Pilar, onde havia uma feira de artesanato. Nath estava absorvida por tantas novidades ao mesmo tempo. Não podia imaginar que coisas tão simples como aquele passeio fossem deixá-la com a alma tão lavada.

Queria aproveitar todos os milésimos de segundos, mas antes queria saber os planos dos demais do grupo.

Alex informou que tinha um trabalhinho a ser feito em dois dias, ou seja, o fim de semana, e que retornariam na segunda-feira. Um amigo estaria esperando por eles em um apartamento e já havia preparado uma turnê para todos.

— Será que seu pai não vai grilar pelo carro?

Nath alisou o rosto dele, sorrindo.

— Eles vão saber que fui eu quem o pegou e ficarão tranquilos.

Ao chegarem ao apartamento, descobriram que não seriam os únicos ocupantes do local naquele fim de semana.

— É que vai haver uma festa em Itapissuma, e os outros apartamentos já estão locados. Você não se importa, certo?

Nath fez que não. Realmente não haveria problema algum, pois, em sua cabeça, quanto mais gente, melhor para comemorar.

Laura a convidou para colocar o biquíni, e as duas correram para o mar, já que o apartamento ficava na esquina da praia. Saíram correndo feito doidas, empolgadas com o barulho das ondas e a salinidade entrando nas narinas e emaranhando os cabelos. Na água algumas mulheres conversavam, enquanto os filhos brincavam logo adiante. Resolveram ficar por perto, pois a maré não estava cheia, mas também não tinham noção da profundidade do mar naquela região.

Nath sabia nadar "como piaba", dizia Laura. As duas passaram um bom tempo apostando corrida até a boia. Quando chegavam até ela, riam tão alto que até os pescadores mais próximos se assustavam. Começaram a brincar de quem passaria mais tempo embaixo da água. Nath já estava há 10, 15, 20 segundos embaixo d'água quando sentiu o corpo ser puxado para o lado com força. Não subindo à superfície, novamente sofreu um solavanco. Lembrou-se de um trabalho que fizera sobre os peixes que preferiam ficar nas águas mornas do Nordeste, principalmente as do estado de Pernambuco, e entre eles estavam os tubarões. Tentou abrir os olhos debaixo d'água, porém um novo movimento brusco a impeliu para o lado.

Estava ficando sem ar, e o desespero, começando a sufocá-la. Debateu-se um pouco e sentiu-se como em uma jaula de ferro. Mais um pouco, acabaria cedendo. O que poderia ser aquilo? Tubarão? E por que ele não arrancava o pedaço de uma vez e a deixava fugir com o que restasse? Já estava perdendo as forças e bebendo muita água, quando duas mãos fortes a levantaram de uma vez.

— O que você está fazendo, sua idiota? Quer morrer afogada?

Devido às emoções embaixo d'água e ao brilho imediato do sol, Nath não conseguiu abrir os olhos, mas sentiu-se protegida apenas pela voz de Alex. Em seus movimentos de saída da água, podia sentir, no peito dele, as batidas do seu coração. Agora já estava em um lugar seguro e poderia relaxar.

Sentiu a réstia de luz entre as várias pessoas à sua frente, além de vozes enérgicas pedindo que todos se afastassem. Nath se esforçava para abrir os olhos, mas o sal parecia pesar toneladas em seus cílios. Ouviu Alex questionar um sujeito:

— Que brincadeira idiota foi aquela?

Não esperando a resposta, Alex abaixou-se e fez massagem no peito de Nath, pressionando-o três vezes e fazendo respiração boca a boca.

Nath não precisou de maior incentivo. Toda a água que havia entrado involuntariamente em sua boca saiu espontaneamente por ela com o assopro de Alex. Lembrou-se da história dos três porquinhos e do lobo mau. Será que havia construído sua casa com o material errado? Antes mesmo de coordenar seus pensamentos, seu pulmão entrou em ação, e Nath teve um acesso de tosse.

Alex abraçou-a e saiu carregando-a dali. Muitos curiosos queriam entender o que havia acontecido no mar. Du havia ficado, para livrar a barra do fim de semana.

O certo era que o tal indivíduo que havia tentado brincar com Nath tinha problemas mentais e, devendo ter achado muito engraçado ela e Laura brincarem de mergulho, quisera participar. O aglomerado de pessoas chamou a atenção de um grupo que surgiu em defesa do homem, comunicando que ele estava desaparecido havia horas. Saíra de manhã, sem nenhuma medicação, e após ter passado algum tempo no sol provavelmente começara a sentir dor de cabeça. Ao ver as meninas brincando e sorrindo, tivera o impulso de participar da brincadeira. Mas, em sua cabeça, achara que Nath não deveria subir à superfície e decidira tentar ajudá-la nisso.

Alex conseguiu acalmar Nath. Ela sentia uma sonolência e um cansaço das energias que lhe foram roubadas pela luta que travara entre o mar e aquele homem. Como os outros ocupantes do apartamento haviam saído e Laura não tinha ideia para onde Du e Alex iriam, elas resolveram tomar um banho e descansar. Laura fez uns sanduiches e começou a comer deitada mesmo. Nath colocou seu prato no chão com o sanduiche intacto. Sua cabeça estava pesada e podia sentir o chacoalhar da água que havia entrado no seu ouvido. Deitou de lado, como havia aprendido com a mãe desde pequena, e deixou que a inclinação do seu canal auditivo efetivasse o resultado. E ele veio. Com grande alívio sentiu a água morninha descer pelo ouvido e molhar o braço em que estava apoiada. Nath pressentiu mais um aquecimento vindo dos seus olhos. Percebeu que lágrimas viriam confrontar aquele mar de emoções que ela havia vivido. Então fechou os seus olhos selando qualquer saída. O importante era que ela descansasse. A noite não demoraria a chegar e uma festa em Itapissuma a esperava.

O apartamento que ocupavam era grande, com dois quartos, sala, área de serviço, cozinha e dois banheiros. Elas tomaram conta de um dos quartos e ficaram ali, dormindo até às 21 horas, quando os meninos chegaram. As pessoas do outro grupo haviam saído para jantar fora. Como Nath não haviam comido nada, resolveram lanchar e, de lá, seguir para Itapissuma.

Por sinal, a cidade estava animadíssima. Logo encontraram um lugar para estacionar e caíram na gandaia.

Alex puxou Nath para um canto e começou a acariciá-la; Nath paralisou. Dessa vez, não tinha Ric para vir em seu socorro. O que deveria fazer quando Alex insistisse um pouco mais? No quarto, só havia duas camas. Esse pensamento ainda não lhe havia passado pela cabeça: ou ficaria com Alex em uma... ou teria de dormir no carro. A sala também estava cheia.

— Você tá se sentindo bem?

Nath olhou seriamente para ele. Não, nada bem, pensou. Estava amedrontada. Sempre tivera curiosidade de saber como seria perder a virgindade. Mas assim? Estava curtindo muito estar com Alex; mas não estava preparada. Para dar o primeiro beijo se sentira acanhada, imagine tirar a roupa na frente de um homem? Mais difícil ainda seria transar. E se Alex não gostasse dela? Ia conversar com Laura a respeito.

— Cadê a Laura?

— Você vai procurar a Laura agora, em vez de ficar comigo?

— É só por uns instantes. Prometo voltar.

Nath saiu contente, andando em meio à multidão. Tinha muita gente na abertura da festa, e uma banda de forró fazia o *show*. Percebeu Laura e Du sentados, namorando no capô do carro, e dirigiu-se até eles.

— Laura, posso levar um papo com você?

Laura aceitou e conduziu Nath até uma barraca. As duas pediram uma cerveja, o que já estava se tornando habitual para Nath. O silêncio pesou enquanto ela não conseguia dizer o que se passava.

— Entendo seu grilo — Laura disse, balançando a lata. — Realmente, a primeira vez não é fácil. Mas vejo que com você será até melhor do que foi comigo.

— Como assim?

— Ora, em tudo. Local, pessoa, seu jeito de ser.

Nath encostou-se mais na cadeira e olhou para Laura sem entender. Laura virou os olhos, como quem não queria explicar, mas disse:

— Ora, Nath, o Alex me contou que você é chegada em uma "diversão extra". Mas nem precisa, pois mais de uma vez já vi você passar mal por causa dela.

Nath se envergonhou. Realmente, sua fama não era das melhores. Para muitos, era uma viciada sem escrúpulos. Mas sabia que muitos fatores não haviam colaborado com os efeitos da primeira dose. De que adiantava explicar?

— Só tô a fim de ter uma noite legal com o Alex. Só isso.

— Então, toma "balinha". Seu medo vai passar, e você vai se sentir no céu. Com certeza, a experiência será inesquecível. Ou então... cheira — completou, olhando para os lados com um sorriso.

— Mas como vou arranjar isso aqui?

— Na beira da praia. Mas vá devagar. Eles começam explorando, por sermos turistas. Imponha-se.

Nath saiu desconfiada para a praia. De fato, havia um aglomerado bem maior na beira da praia e ela se aproximou, cautelosa. O cheiro de maconha lhe trouxe um novo ânimo, e procurou identificar de onde ele vinha. Viu que nem todos estavam ali para usar drogas. Havia apenas um grupo, mais afastado. Muitas pessoas admiravam o reflexo da lua no mar, como se fosse um retrato. Casais de namorados passavam, outros brincavam com as ondas do mar, e alguns mais ousados disfrutavam do banho refrescante da noite. Nath caminhou devagar até o grupo e percebeu vozes alteradas que indicavam uma discussão.

O grupo conversava reservadamente. As vozes mais altas eram de uma moça e de um rapaz. Nath se aproximou mais e ficou escutando. Como a iluminação na praia era escassa e a luz do poste não atingia o lugar onde ela estava, camuflou-se na escuridão e pôs-se a ouvir o que discutiam. Falavam sobre "puxar um *beck*", mas não haviam conseguido a erva "ouro" que desejavam. Um queria percorrer uma carreira sem pressa, sentindo o pó subir rápido pelo nariz e chegar rasgando no cérebro. O outro queria injetar na veia, sentir seu sangue esquentando pouco a pouco, porém não havia seringa. O Sujeito insistia para que procurassem uma seringa e, assim, os dois pudessem alcançar logo o melhor efeito da droga. A garota insistia em que seu lance era só cheirar. Nath, então, se aproximou sorrindo, com uma solução para aquele impasse.

— Eu dou a seringa se você me der um pouco.

Os dois olharam para Nath, imaginando de onde ela tinha saído. Mas a admiração durou apenas um minuto, pois a garota dividiu o pó e se foi, deixando Nath sozinha com o sujeito. Os dois, impulsionados por um único sentido, saíram caminhando e foram à farmácia mais próxima para comprar uma seringa descartável.

— Ok — Nath concordou, parecendo estar no controle —, eu lhe dou a diferença, mas tenho de ser a primeira.

O sujeito deu de ombros e lhe entregou o material. Parecia estar preparado para a picada, pois havia uma colher já queimada, isqueiro e até limão em sua sacola velha. Nath recebeu de bom grado tudo aquilo, mas não sabia por onde começar. O cara percebeu isso e, imediatamente, arrancou a seringa da mão dela e começou a preparar a dose.

— Não é que eu não saiba... É que parei e estou sem prática — disse Nath.

O sujeito sorriu e pegou seu braço com força.

— Claro. Até essa pele branquinha, sem manchas roxas, deve ter sido adquirida com o tempo, pela sua falta de prática.

Nath resolveu se calar. O indivíduo era veterano e esperto. Colocou o conteúdo do saquinho todo na colher, pingou limão e começou a esquentá-la. Polvilhou um pouco de bicarbonato e sacudiu um pouco. Enquanto isso, ficou examinando Nath, sem se sentir intimidado. Em seguida, empurrou-a para a parede, pegou seu braço, enfiou a agulha e começou a injetar o líquido pastoso na corrente sanguínea de Nath de uma única vez.

Não foi como estava acostumada, ao fazer exames de sangue, com um pequeno preparo psicológico. Foi muito mais agressivo, com força, parecendo querer tirar sua veia fora, um *tsunami* quente que saiu empurrando seu sangue com uma força quente. Nath virou o rosto, tentando não olhar nem para a seringa nem para o cara. Não deveria gritar, pois tudo acabaria logo. Enfim, o sujeito retirou a agulha e dobrou o seu braço. Nath olhou para a seringa e percebeu que nela agora só tinha um pouco do seu sangue.

— Puxa — ela disse, tentando ajeitar o cabelo com o outro braço —, obrigada pelo negócio. Não imagina como me ajudou.

O sujeito permaneceu com o braço no ombro de Nath, fazendo certa pressão contra a parede.

— Negócio? Foi uma troca.

Em seguida, colocou seu corpo em frente ao de Nath e começou a pressioná-la, que, de início, tentou empurrá-lo. Mas o sujeito, encostando Nath contra a parede, começou a se esfregar nela com força. Nath estava tão chocada que não conseguia acreditar. Como um *flash*, percebeu o que estava acontecendo e se soltou dele, mas uma dormência a proibiu de ir além. Parecia uma cena do filme *Sexta-Feira 13*, em que, no ápice da perseguição, a vítima cede e cai no chão. Nath caiu na areia da praia, e o cara, sorrindo, jogou-se em cima. Tentava beijar seus lábios, mas Nath se debatia. Então, o sujeito a esmurrou, e só assim Nath cedeu. Seu rosto queimava, não do sol que havia tomado na praia, mas da bofetada. Uma lágrima quente saiu de seus olhos, testemunhando o ocorrido, e se dirigiu ao seu ouvido, como que omitindo uma confissão. O coração, disparado, se acelerava ainda mais vendo uma parte de sua vida ser roubada, fazendo ruir mais uma vez o seu castelo de areia...

Nath não gritou. Não havia nada mais a ser feito.

Uma vez saciado, o sujeito saiu. Nath não sabia o que fazer. Até as lágrimas a tinham abandonado. Tentou conferir se não havia mais ninguém na praia, mas as pessoas pareciam ocupadas demais para perceberem o que estava acontecendo com ela. Talvez até pensassem se tratar de um casal de namorados, pois Nath não gritara em momento algum. Levantou-se e percebeu o sangue seco em seu braço e uma mancha até pior em seu *short jeans*. Caminhou até o mar e tentou se limpar. Embora o sal fosse um purificador, ele já não podia limpar sua alma. Nath estava imunda para o resto da vida.

Olhou para o céu e viu no mar a lua espelhada. Espelho... Nath tivera a chance de ter o coração trocado por outro, dado por Deus... Teria um coração transformado, espelhado pelo do Pai... mas agora já não dava mais. Estava manchada. Seu espelho estava arranhado, e jamais poderia se imaginar semelhante a Jesus ou com um coração que viesse agradar a Deus.

Em seus olhos, viu um prisma de cores desfilando de forma alucinante. Sentiu uma corrente elétrica percorrer todo o seu corpo e viu com horror a ponta dos seus dedos tremerem. Seu coração batia forte, mais forte e mais forte, quase pôde sentir o gosto do sangue. Colocou desesperada a mão na boca e pressionou-a com força para que seu coração não saísse por ela. Tentou respirar fundo. Sentiu o tremor aumentar. A corrente elétrica parecia prestes a eletrocutá-la. Tentou se apressar e obter ajuda, mas seus pés não estavam mais interligados com seu cérebro. Deveria esperar. Caminhou devagar para onde Laura estava. Seu semblante talvez denotasse seus sentimentos, mas não conseguia dizer o que havia acontecido. Era vergonhoso demais. Sentia-se completamente humilhada; talvez seu desejo fosse estar em casa. Pela primeira vez, desejou o colo da mãe.

Alex, talvez movido por algum instinto masculino, não tinha ido procurá-la. Permaneceu ao seu lado durante o restante da festa, mas sem tocá-la. Ninguém se preocupou por ela estar molhada. Ninguém se preocupou se ela estava ferida. Alex deu-lhe alguns beijinhos na testa e só. Seu olhar era distante. Ao chegarem ao apartamento, Nath entrou no banheiro e tomou o banho mais longo de sua vida. Suas lágrimas se misturavam à água que descia do chuveiro, enquanto ela tentava encontrar consolo na tolha pendurada no *box*. Era áspera e machucava o seu rosto, mas ela não se importava. Nenhuma dor superaria a que sentia seu coração.

9
A nova companheira

Assim que Nath saiu com o carro, Nicole pegou o telefone imediatamente e ligou para Kleber, que, estando com o outro carro, chegou rapidamente em casa. Estava com o semblante transtornado de cólera. Seu desejo era dar uma lição em Nath e seus amigos. Queria surpreendê-los na Rodoviária Federal que ficava na saída para João Pessoa, mas com as providências e o tempo perdido já não dava mais tempo. Resolveu que deixaria o carro com eles, passando um fim de semana livre. Talvez isso os ajudasse a relaxar. No entanto, armou um esquema. Sabia que eles haviam ido para Itamaracá e que uma ação assim, entre dois estados, era mais complicada. Se ao menos Nicole interviesse como advogada... Mas, tudo bem. Ele já tinha um plano, e o que importava é que as asas de Nathalie seriam cortadas.

Nath adquiriu uma nova identidade até o fim de semana acabar. Passou a ser uma pessoa retraída. No sábado, enquanto todos foram comer uma peixada à beira-mar, deixou-se dominar pela depressão. Apanhou alguns comprimidos para dormir que havia roubado da mesa de cabeceira da mãe e os tomou... Dormiu umas doze horas seguidas. Sentia-se mole. Talvez até sua anemia tivesse piorado. Desejou que aquilo terminasse e que ela pudesse voltar para casa. Sentia seu corpo quente e sabia que sua temperatura havia aumentado. Estava com febre, mas não queria bancar a criançona e acabar com a festa dos amigos, mesmo tendo emprestado o seu dinheiro para darem um passeio pelas ilhas mais próximas. Alegara estar com cólica. Eles não tinham dado a mínima para ela, um comprimido resolveria o caso. Desde o acontecido, sentia muita dor, e achou que seu ciclo menstrual havia se adiantado. Era melhor acreditar nisso do que ficar imaginando a origem das dores abdominais.

O clima pesou bastante. Nathalie passou a tarde de domingo prostrada em frente à televisão, de cara feia. Laura se privou do passeio da tarde para ficar sentada ao seu lado. Por algum tempo, as duas permaneceram caladas, olhando para a tevê, que exibia um filme sem graça. Laura foi até a cozinha, pegou um pedaço de queijo *mozzarella* e salame, fatiou-os em pequenos pedaços, deitou-os em uma bandeja, além de buscar azeitonas verdes, palmito e a travessa de peixe. Juntou tudo como uma malabarista e levou a bandeja para a sala com cerveja. Colocou uma lata na frente de Nath e disse:

— Qual o grilo? Percebi que você mudou muito. Não ri, não come direito... tá parecendo um zumbi. Dormir o tempo todo não fará diferença, se passar o resto do tempo livre chorando. Pensa que seus olhos não denunciam quando você sai do banheiro? O Du tá achando que é saudade da sua família. Olha, garota, se for, a gente se manda hoje mesmo. Só viemos porque você nos garantiu que não haveria grilo.

Nath olhou os petiscos à sua frente. Pegou uma lata de cerveja, que estava muito gelada, e abriu. Com o garfo, espetou um pouco da carne branca do peixe, passou-a sobre o limão espremido ao lado e tentou levá-la à boca. Mas sua garganta parecia tampada. Vasculhou na memória sua última alimentação sadia e lembrou que desde a sua saída de casa nada de nutritivo havia ingerido. Só sanduíche, pizzas e bebidas. Muitas bebidas. Talvez o seu sono melancólico viesse realmente disso.

— Você não acha que tá exagerando nas dosagens? Não sabia que você se picava, me surpreendi quando vi seu braço manchado. O que está acontecendo?

Esse seria um ótimo momento para Nathalie abrir seu coração, colocar todas as mágoas para fora, seus medos e fantasmas que estavam a lhe perseguir desde aquela noite negra. Mas não falou nada; apenas bebeu um pouco da cerveja. Pegou novamente o garfo e, dessa vez, forçou-o a entrar na boca. O engraçado era que nunca havia percebido que peixe frito era amargo... Quem sabe não era o peixe. Talvez fosse o fel que saía de sua boca.

— Laura, minha vida tem mudado muito. Não estou criando uma forma de viver, mas experimentando muitas. E em dado momento o corpo reclama e quer descansar. E foi isso que aconteceu. Rendi-me ao cansaço.

— Mas não seria mais fácil descansar em um barco ou em uma cadeira de sol?

— Para mim, creio que o melhor seja dormir, pois assim fico longe dos meus pensamentos. — Nesse instante, uma nuvem negra a fez lembrar seus últimos pesadelos.

Na verdade, Nathalie não sabia que Alex tivera pena dela e deixara Laura encarregada de descobrir o que houvera. Ele insistira para que ela aproveitasse a última noite na ilha, e todos acabaram indo juntos para um passeio. Havia um trenzinho que fazia viagens de um lado a outro da ilha, mas decidiram fazer o *tour* de carro. Talvez nessa noite ela e Alex conseguissem engatar esse relacionamento estagnado.

Pegaram a estrada e foram para a praia do Forte Orange. Mal estacionaram o carro, Laura e Du foram namorar na areia. O silêncio ficou algum tempo com eles no carro. Depois, Alex a abraçou fortemente.

— Me prometa uma coisa — disse ele, em seu ouvido.

— Prometer? O quê?

— Que, embora a busca possa ser longa, você nunca irá procurar o caminho mais curto.

— Não estou entendendo — Nath disse, tentando se soltar dele, que a segurava fortemente.

— A vida é muito linda. Ela nos traz a cada dia um novo mistério a ser desvendado. Contudo, não somos obrigados a descobrir todos. Já ouviu falar que o cemitério é a morada dos sonhos? Muitos morrem sem saber o que estão procurando.

Agora era Nath quem não queria soltá-lo. Não queria chorar mais. Começou a acariciar-lhe o pescoço e pentear-lhe o cabelo. Ainda bem que ele a notara de novo.

— O que eu tô te falando, linda, é que a vida tá cheia de merda.

Muita, mesmo. Mas o que podemos fazer para suportar a caatinga? Fumar uns baseados, tomar alguns docinhos... mas tudo no limite. Quando passamos disso, estragamos tudo.

Alex pegou delicadamente o rosto de Nath e ficou olhando-a.

— Você é linda, e jamais aceitarei te perder.

Dessa vez, foi delicado, e seu beijo foi terno. Parecia até que estava pressentindo o que aconteceria. As carícias em seu rosto despertavam-lhe os cinco sentidos em uma excitação louca. Nath se rendeu aos beijos quentes de Alex e, em pouco tempo, estava no colo dele. Era muito bom estar ao seu lado, sentir o seu cheiro. Devagar, Alex ia avançando nas carícias; Nath deixava. Alex já estava em um nível em que somente acariciá-la não valia a pena; o desejo era agir. Então, começou a tirar sua roupa, delicadamente no início e, logo, mais rápido e decidido.

Nath estava tranquila e desejosa de tê-lo também. Deixou-se conduzir para o banco de trás e ter Alex por cima. Gostaria muito de sentir o que diziam todos os que já tinham vivido aquela experiência. Queria sentir orgasmo e ser feliz em sua relação sexual. A sua primeira.

Graças ao brilho da luz clara no mar refletindo no carro e à escuridão no interior do veículo, Nathalie pôde ver a imagem do sujeito refletida nos olhos de Alex. Era quase a mesma cena, porém com duas diferenças: a primeira era que Alex estava sendo carinhoso, e a segunda era que, dessa vez, Nath conseguiu se soltar, abrir a porta e sair correndo nua pela praia. Alex pegou uma toalha que estava sobre o banco e saiu atrás, enquanto Nath ia para o mar, seu guardião. Graças à ajuda de Laura e Du, acabou sendo colocada no carro, e todos seguiram para o apartamento, sem mais comentários.

Aquela era a última noite. Na volta, haveria quatro passageiros e um penetra. O nome deste era silêncio, e ele é que detinha o poder agora.

10
Sinal vermelho

Saíram bem cedo pela manhã. O sol ainda estava um pouco frio, mas tinham pressa em pegar a estrada. Desde a noite passada, estavam mergulhados no silêncio.

Nath não sabia o que fazer ou dizer. Na realidade, não tinha satisfação a dar para Alex, até que o silêncio começou a incomodar a todos. Sabia que deveria partir de si mesma a atitude de contar o que estava acontecendo, ou o que havia acontecido. Durante a conversa com Laura, na tarde anterior, percebera que uma amizade em grupo vale mais nos diálogos do que nas intenções de compreensão. Se Alex, Laura e Du fossem mesmo seus amigos, iriam aliviar a situação e ajudá-la. Afinal, do que tinha medo? Até que percebeu que não era medo, e sim vergonha.

A viagem transcorria calmamente. Pararam algumas vezes, para abastecer ou revezar de Du para Alex no volante, para o intervalo de algumas tragadas. Nath observava que eles conseguiam conciliar as duas coisas sem se darem mal. Ela não. A bebida para eles não parecia um problema, e sim uma diversão. Observou os canaviais e desejou andar pela mata verde. Havia um lago um pouco mais afastado. Alguns patos nadando, outros mergulhando à procura de alimento.

Começou a chover. Tiveram de fechar os vidros, por causa dos respingos que entravam no carro. A falta de conversas fez Nath ligar o som. A antena estava danificada, e as frequências não chegavam "limpas". Então, resolveu tentar o CD e arriscou o que estava no aparelho. Os primeiros acordes de *Te encontrar*, da Banda Resgate, paralisaram seus olhos. A letra começou a perfurar-lhe o coração. Era o mesmo CD que Nath havia colocado enquanto o pai a levava ao acampamento. Naquela época, a música não era solitária, porque fazia parte apenas da trilha de um CD. Agora, ela ganhara vida, e seu sobrenome era Nathalie.

Eu tava quase chegando no chão
E o paraquedas reserva se abriu
Depois de mil tentativas em vão
Desfibrilaram o meu coração

Eu engoli quase um oceano
Veio uma tábua boiando no mar
Perdido na superfície da lua
Eu encontrei uma sonda lunar

Foi a loucura que eu nunca pensei
Foi a surpresa que eu sempre esperei
Te encontrar foi mais que nascer
Foi matar o mal que tentou me vencer
E tudo que eu quero é, Jesus,
Teu amor,
Nada mais.

E quando um dia eu caí no Saara
Eu tive um pão pra me alimentar
Enquanto o sol escaldante atacava
Veio uma rocha pra me saciar

Foi a loucura que eu nunca pensei
Foi a surpresa que eu sempre esperei
Te encontrar foi mais que nascer
Foi matar o mal que tentou me vencer
E tudo que eu quero é, Jesus,
Teu amor,
Nada mais.

— Xiii, que baixo-astral, mano!!! — Du reclamou, fazendo careta. — Música de Jesus... Tu acredita nesses lances, Nath? Se acredita, pense bem... isso é tudo um processo da mente. Quando você joga todas as suas emoções em uma direção, elas refletem positivamente no alvo, e muitos chamam isso de fé. Fé em Deus, fé em algo. Mas quer saber a maior? Creio que o mais poderoso de tudo somos nós. Temos em nossas mãos a vida e a morte, o bem e o mal. O que passa disso não vale a pena investir na mente, porque o coração acaba acreditando e fica viciado nessa coisa de fé. E, quando você vicia em uma coisa, enfraquece.

Laura deu uma cotovelada em Du, que sorriu tentando se explicar. Nath desligou o CD e procurou uma estação de rádio. Não sabia o que pensar... a letra da música parecia estar rondando o ambiente. Como ela podia manter Jesus longe de sua vida? Passara a vida inteira ouvindo sobre Ele... Será que devia deixá-Lo tão longe assim? O fim de semana não fora como o planejado, mas quando chegasse em casa não estaria tão melhor assim. Tinha de se preparar.

Du pegou a pista de mão única que conduzia a Campina Grande. O movimento estava calmo naquela manhã. Passaram pelo posto da Polícia Rodoviária Federal e respiraram aliviados. Nathalie até imaginou que poderia ter algum problema, mas tudo transcorreu calmamente. Dessa forma, pensou até em planejar outras viagens. Abaixou-se no porta-luvas, para aumentar o som de uma estação, e quando finalmente encontrou ouviu a sirene irritante da polícia atrás.

— Para o carro, Du! É com a gente! — Laura disse, ao olhar desesperada para trás.

— Não para, não — Alex disse, ao se meter entre o banco do passageiro e o do motorista. — Tô cheio dos bagulhos aqui. Todo mundo vai em cana.

O carro agora estava chegando mais perto. Du, disfarçadamente, pisou mais forte no acelerador, tentando se distanciar. Mas não teria jeito. Uma hora teriam de parar.

— Enfia a droga toda no banco do carro — Du ordenou, olhando desesperado para Nathalie. E perguntou: — Cadê o documento do carro?!

Nath procurou pelo documento na porta do carro e o encontrou, ficando assim menos tensa. Du diminuiu a velocidade e encostou no acostamento. A viatura parou logo à frente, e os policiais desceram correndo, com revólveres apontando para o carro. Nath se assustou. Eram quatro homens, não muito grandes nem muito fortes. Havia até um meio magrinho. Mas o que assustava eram as faces carrancudas, os óculos escuros, sem qualquer sinal de que desejassem comunicação com os quatro. Afinal, aparentemente não haviam feito nada de errado.

— Todo mundo para fora, encostando no carro e colocando a mão na cabeça.

Nath saiu, temerosa. E se eles percebessem que o carro não era deles? Mas estavam com os documentos. Seu pai nunca os tirava da porta do carro. Era menor e sabia que a lei estava a seu favor. Mas e os outros? Não sabia a idade de nenhum deles, imaginava que Laura também fosse menor de idade. E as drogas?

Após fazerem a revista, os policiais deram uma ligeira olhada no interior do carro. Ainda bem que era um veículo perfumado, pois, embora tivessem fumado maconha, o cheiro não ficara no acolchoado. Também se preocuparam muito mais em observar o porta-malas do carro do que o restante do interior. Verificaram a documentação de Du, do carro, checaram as placas, lanternas, pneus...

— Tudo certo, Ok? — Ele perguntou, sorrindo para o guarda.

— Entrem na viatura. Terão de nos acompanhar.

Alex reassumiu sua posição de macho alfa e enfrentou o policial.

— Vocês chegam com essa sirene ligada, nos amedrontando, logo após termos passado 500 metros da Federal, nos param e sem motivo algum nos mandam entrar na viatura? Quem vocês pensam que somos?

O policial ajeitou a arma no coldre e retirou os óculos escuros. Sem nenhuma expressão no rosto, apenas repetiu entredentes:

— Entrem na viatura.

Um dos policiais pegou as chaves da mão de Du e entrou no carro. O outro os empurrou até a viatura, porém não foram dentro com os policiais, mas atrás, enjaulados no camburão da polícia.

No caminho de volta para a Rodoviária Federal, Nath sentiu sua garganta fechada, seu coração acelerado e seus bíceps tremendo. Sabia que, se chorasse, aquela sensação melhoraria muito, mas não faria isso.

Assim que os carros estacionaram, um policial de fora veio e os arrancou da viatura, como se fossem porcos tirados de uma carroça. Nath estava se sentindo humilhada. Totalmente. Naquela manhã de segunda-feira muitos carros, ônibus e até táxis de lotação passavam, rumo a Recife, presenciando aquela cena que deveria ser deletada da sua memória. Não era uma delinquente, para ser tratada daquela maneira. O que deveria fazer? Pensou em ligar para casa e pedir que seus pais a livrassem do que quer que estivesse sendo acusada.

Quando levantou a cabeça e pensou em pedir ao policial para dar um telefonema, Kleber saiu de dentro da cabine e dirigiu-se ao grupo. Nath teve o ímpeto de correr ao encontro dele e abraçá-lo. Contudo, resistiu e esperou os acontecimentos.

Kleber aproximou-se, olhou para ela, checou o carro e olhou de relance para Laura, Du e Alex. Os três permaneceram imóveis ao lado do Vectra.

— Este carro é seu, senhor? — perguntou um dos policiais.

Kleber ficou a observá-lo.

— Sim.

Em seguida, foi abraçar Nath de lado e a conduziu para o interior da Polícia Rodoviária. A garota apenas o seguiu, sem sequer olhar para trás, nem mesmo no momento em que o pai a conduziu agora para o carro e os dois seguiram viagem.

Nath estava confusa. Havia depositado todas as suas fichas em seus amigos, e olha só como terminara seu fim de semana... E se fossem pegos com aquela droga? Não sabia que eles estavam de posse dela. Tá certo que dava um trago... Mas nunca havia passado nem perto de uma delegacia, e quase fora fichada por causa deles. Olhou de esguelha para o pai e desejou que ele voltasse a ser o Kleber de sempre, que ele começasse a brigar, lhe cobrasse todos os detalhes do fim de semana fora de casa... Não! Desejava mais. Queria que o pai tivesse ido buscá-la à força na ilha. Talvez houvesse tempo de impedir que seu corpo ficasse mais manchado que sua alma. Mas, para a sua surpresa, Kleber estava absorto no silêncio. Trocaria qualquer bem precioso pelos pensamentos do pai.

— Filha, não vou questionar com você os seus últimos passos. — Ele finalmente começou a falar, em tom moderado. Parecia querer controlar as emoções de ambos. — Embora meu desejo seja informá-la de que esse não é o jeito certo de se iniciar a longa caminhada da vida.

Nathalie olhou para ele e chegou a mover os lábios. Contudo, pelos olhos do pai teve uma visão mais ampla do que estava ocorrendo em seu ser. Resolveu calar-se, sem nem ao menos abrir a boca.

— Estivemos, sua mãe e eu, observando seu desenvolvimento nos últimos tempos. Desenvolvimento, não. Decadência. Paramos de esconder o que estava estampado às largas para todo mundo. Decidimos que iremos mandá-la uns tempos para o Rio de Janeiro, passar uns meses com a minha família.

Nathalie paralisou. Para ser bem sincera consigo mesma, preferia que o pai tivesse ficado calado.

— Sabe — Kleber continuou, alheio à confusão que se passava com a filha, que após o consumo da maconha diária estava com os pensamentos um pouco lentos —, é exatamente como quando se vai a uma feira de frutas e verduras. Procuramos sempre as maduras, embora todas um dia amadurecerão. É certo que umas se perdem e outras nem chegam a amadurecer. Contudo, embora os frutos verdes sejam oferecidos por um preço menor, são as frutas maduras que todos apreciam, mesmo tendo de pagar um preço maior.

Nath fisgou suas palavras e não esperava que ele parafraseasse o texto para ela. Se seu pai soubesse o que houvera no fim de semana...

— Quero que saiba que só desejamos o seu bem. Estive em contato com seus professores e soube que seu desempenho caiu consideravelmente. Você continuará os estudos, se possível, com até dois ou três professores extras, para que você conclua o curso no tempo determinado. Se ainda estiver no Rio, procurará uma faculdade e começará seu curso de Direito.

Nath permaneceu em silêncio. Se essa conversa tivesse acontecido uma semana antes, teria seu discurso na ponta da língua. Mas aquele fim de semana representara para a sua vida um fel de legítima qualidade.

Assim que chegaram em casa, Nath percebeu o olhar da mãe. Nicole estava diferente, mais envelhecida. Seria mesmo verdade que as preocupações em excesso roubam a juventude de uma pessoa?

Nicole apenas se aproximou, deu-lhe um beijinho na testa e subiu a rampa em direção ao quarto. Embora essa não fosse a intenção da mãe,

Nath sentiu-se muito envergonhada. Subiu e pensou em tirar uma soneca. Foi ao banheiro e tomou uma ducha superquente. Cada pingo provocava-lhe uma sensação de insegurança. Seu coração se apertava... Talvez estivesse bem no meio de uma crise da adolescência, ou, por que não, passando pela teoria de Erickson, atravessando uma crise de identidade? Será que ele teria explicações para tantos absurdos que estavam ocorrendo na sua vida?

Batidas na porta interromperam o seu banho. A empregada anunciou que Lucas e Milla a estavam esperando no jardim.

Sem nem ao menos saber o porquê da euforia precipitada, Nath correu ao *closet* e procurou uma roupa que disfarçasse o hematoma no braço. Ajeitando o cabelo no espelho, viu que seus olhos estavam com olheiras profundas, embora tivesse dormido durante a viagem. Passou correndo um perfume e, quando se dirigiu à porta, lembrou-se de que há muito tempo não escovava os dentes. Deixou-se um momento ser guiada pela calma e dirigiu-se ao banheiro para fazer a higienização completa.

Seus amigos receberam-na com um abraço gostoso... Por ela, esse momento poderia durar séculos, mas Lucas a soltou e ficou a observá-la por uns instantes. Devia ter notado a diferença, apesar do exagero da maquiagem às nove da manhã. Não perdeu o sorriso, tampouco ofuscou o que ia brotando no rosto de Nathalie.

— Pelo jeito apenas eu tenho de ligar... — Lucas reclamou, enquanto Milla indiscretamente examinava Nath.

Nath sorriu, fazendo-os se sentar no balanço do jardim. Pensou em diversos assuntos para abordar, mas nenhum parecia adequado para conversar com eles. Pensou na viagem. Talvez eles se alegrassem, pois curtiam viajar, como ela.

— Vou para o Rio...

— É mesmo? — Milla disse, empolgada. — Passear nessa época do ano?

— É... — Nath respondeu, sorrindo sem jeito. Até que suas lágrimas sentiram que aquele era o momento certo de caírem de seus olhos e rolarem pelo rosto.

— Tá. — Lucas a abraçou de ladinho, tentando quebrar o clima tenso entre as duas. — Concordo plenamente que o Rio de Janeiro continue e sempre será lindo, mas você também poderia ir para Sampa, Floripa...

Nath tentou sorrir da espontaneidade com que o amigo conduzia as coisas.

— Não se trata de problema relacionado com a cidade... Ele está enraizado dentro de mim. Sou uma garota insuportável, imatura, que faz tudo errado. Sou tão infeliz... Penso que até a morte ficaria triste por me encontrar.

Milla se posicionou na frente da amiga e alisou seu rosto.

— Por que você não me conta o que tá acontecendo com você, amiga?

Nath suspirou. Como era sua vida antes daquela loucura toda que andara cometendo nos últimos dias? Tentou fazer uns ajustes, mas eles haviam saído um pouco do limite. Por que com ela dava tudo errado? Por que muitos jovens iam a festas e eram felizes, conquistavam amores que não traziam sofrimento, bebiam e não se davam tão mal quanto ela?

— Não tem acontecido nada de mais, amiga... foram só umas decisões erradas...

— Decisões erradas? — Milla levantou o rosto dela com o dedo. — Então você já sabe o que mudar a partir de agora.

— E nós estamos aqui. O mais importante ainda, você vai para o outro lado do Brasil e pensará que está sozinha, mas saiba que Deus estará sempre com você — acrescentou Lucas.

— Mesmo com esse coração todo arranhado...

— Principalmente agora. — Lucas beijou delicadamente a ponta do nariz de Nath. — Ele conhece sua vida bem melhor do que nós e reservará para você só coisas boas.

Milla apertou a mão da amiga, sorrindo.

— Se você tivesse ficado até o fim do acampamento, amiga... Deus falou tão poderosamente com todos os que estavam lá...

— E Ele não poderá falar comigo aqui? Quer dizer, por que Ele não foi falar comigo onde eu estava? Se eu estava fazendo algo que é considerado errado, era para Ele ter interferido... dado um basta...

— Amiga linda... lembra-se da nossa música? Ela descreve o sentimento do apóstolo Paulo: "o bem que eu quero não faço, mas o mal que não quero estamos a fazer constantemente". E Deus permite porque não somos escravos... temos livre-arbítrio.

— E se... e se fizermos algo que...

— Que não agrade a Deus? — Lucas sorriu para ela. — Lembra que falamos sobre isso também na música? Temos um espelho que reflete Deus, com nossos erros em grau maior... nossos pecados... e são esses pecados que nos separam de Deus. Por isso Ele nos ama tanto e diz que nos perdoa, mas devemos nos arrepender para sermos justificados por Deus. Onde habita o pecado irá superabundar a graça misericordiosa de Deus.

Nath sentia-se muito sensível. Sentiria falta dos amigos. Nunca em sua vida havia sentido suas lágrimas com pressão tão forte e intensa como naquele momento.

— Eu só queria entender como... como poderei ter... um novo coração. Não um clonado, mas um feito à imagem de Deus...

Lucas e Milla choraram com ela. Sentiam-se tristes, pois para eles essa resposta viera fácil no fim de semana que tinham passado no acampamento. Tornaram-se mais próximos de Deus e sentiram-se como a imagem do Pai. Sabiam que tinham a missão de serem diferentes, de refletirem o amor de Deus. Entendiam que as pessoas, através deles, conheceriam a Deus. Compreendiam que era nessa hora que sentiriam o peso das decisões, porque para um pecador tornar-se à imagem e semelhança de Deus deveria sempre estar disposto a caminhar na segunda milha e ver, através do seu reflexo no espelho, seus pecados limpos pelo sangue de Jesus.

Nath deu um pulo, com uma cachoeira escorrendo dos seus olhos. Sentiu-se humilhada em imaginar que o melhor de Deus na vida dela fossem seus últimos eventos. Não queria pensar em nada. Não queria ter de odiar a Deus.

— Vou entrar... amanhã a gente viaja... não quero imaginar dizer adeus a vocês...

Se o brilho ou a umidade de cada lágrima secada pudessem transmitir aos que acolhem o desejo dos despojados, muitas aflições seriam ouvidas, e muitas dificuldades, gerenciadas. Infelizmente, ninguém consegue entrar na mente humana nem deparar com suas queixas constantes. Mas elas também convivem com seus fantasmas e têm apenas seus travesseiros como cúmplices.

11
Novas cores para uma caixa de lápis

A viagem foi marcada. No ar pairava uma sensação estranha de velório sem cadáver, uma melancolia que parecia não ter aviso prévio para terminar. É certo que, quando uma pessoa adoece, os que estão próximos ficam envoltos por uma esfera enferma. Embora não apresentem os sintomas nem sejam acometidos pela doença, a família sente e sofre com aquele que convalesce. São os laços que a unem que falam mais alto, que a aproximam, que a tornam empática, para que todos os membros sejam responsáveis uns pelos outros.

O voo saiu na hora combinada. Como a viagem havia sido repentina, Kleber e Nicole iriam permanecer por um tempo ainda em Campina Grande, enquanto o irmão dele tomaria conta de Nath até poderem ir para o Rio de Janeiro com maior segurança no trabalho. Para Kleber, isso não representava uma má ruptura em sua vida, e sim o começo de uma nova, bem melhor que a antiga. Em seu coração, sentia que essa viagem poderia trazer uma nova roupagem para a alma de Nath e um bálsamo ao espírito de Nicole, que, como mãe, sentia-se cada dia mais violada maternalmente, com as mãos atadas e sem saber como agir. Sentia-se impotente, percebendo que Nath caminhava, caminhava... e não conseguia estar ao seu lado. Era como se Nicole fosse a mamãe pássaro e Nath estivesse aprendendo a voar no céu imenso. E sua fé? Sua fé era o vento que a tudo guiava. Ora sumia, ora estava forte, no controle de tudo.

Com esse sentimento, lembrou-se de uma parábola que havia analisado e defendido na faculdade, sobre a águia. A vida da águia é um exemplo para todas as gerações. Sua capacidade de regeneração deixa qualquer rabo de lagartixa envergonhado, pois, ao contrário, ela não renasce do que perde, mas do que todos garantem que jamais voltará a existir e brilhar alto por mais tempo.

A escuridão daquele quarto, às três horas da tarde, fez com que as lágrimas que tinham brotado dos olhos de Nicole possuíssem um brilho especial, quando inundada pelo sentimento de maternidade que inspirava cada águia. Ela conduzia o filho para o topo da montanha e de lá o atirava abismo abaixo. Desesperado, o filhote procurava uma forma de se defender da agressividade do ar atmosférico que tentava sugá-lo. Contudo, antes mesmo que algo lhe acontecesse, a mãe surgia por baixo e o equilibrava, conduzindo-o novamente para o local de origem do aprendizado. Esses gestos eram repetidos várias vezes por dia, vários dias, até que o filhote tivesse aprendido a lição e suas asas já tivessem se adaptado à nova vida.

Ah, como um sentimento podia despertar dor tão profunda! Como uma mãe podia se sentir tão pequena e impotente por não poder fazer a favor da filha? Ainda mais em uma cadeira de rodas... Não! Não podia permanecer dia após dia naquela cama, deitada, apenas escutando que existia alguém do outro lado do país sustentando as dificuldades de sua filha. Não, não existiria no mundo alguém que amasse Nathalie mais do que sua mãe, embora a tivesse deixado descer um pouco mais fundo; mas não a deixaria cair no chão.

Antes que pudesse levar alívio para a filha, deveria estar com a alma limpa. Sentia-se magoada... seria considerado pecado estar com raiva de Deus? Pois estava... estava chateada, zangada, decepcionada... Uma vida toda havia dedicado a Deus... Colocado sua filha desde o ventre nas mãos Dele... É certo que havia tido todas aquelas complicações durante o parto e se sentira abandonada a princípio, mas vira com o tempo o agir da mão de Deus em poupar a vida da filha. E ainda tivera o privilégio de vê-la crescer ao seu lado.

Convidou a única amiga que esteve ao seu lado durante todo esse processo doloroso. Catharina soube dos seus pensamentos de águia e da decisão de ir ao encontro de Nathalie no Rio de Janeiro. Sempre tivera uma estima muito grande por Nicole e por sua família, ainda mais com esse problema, pelo qual conquistara sua profunda empatia.

— Esperei com paciência pelo Senhor, e Ele se inclinou para mim e ouviu o meu clamor — começou Nicole, alisando a mão da amiga. — Meu coração está precisando de um descanso... Não consigo entender, minha amiga, como minha filha foi se envolver em uma situação assim... A vida dela... — Nicole ajeitou desordenadamente os cabelos, não conseguindo falar sobre as últimas situações vividas. — Oh, minha amiga! Minha fiel amiga, não suporto mais chorar. De uns tempos para cá só tenho tido infelicidade. Já não suporto mais ter de acordar e saber que a luz do sol poderá não me trazer uma esperança, mas sim alguma dor ofuscada pelas trevas da noite...

— Nic, minha amiga...

Mas Nicole continuou falando e chorando. Queria desabafar.

— Houve o acidente e a paralisia. Por muito tempo vivi com a "síndrome de Poliana", me contentando com a felicidade de ter os movimentos das mãos, ou, até melhor, de estar viva. Mas de que adianta tudo isso se meus anos foram resumidos a tão pouco tempo? Catharina, você nunca irá entender a dor de ter o controle do seu corpo... e depois sentir-se assim! Onde está a família que me dava ânimo para viver? Oh, Deus, meu Deus! Tenha misericórdia de mim! Já não suporto mais sofrer.

Deu uma grande fungada, para tentar controlar o choro, mas seu peito parecia ter um buraco aberto que a fazia competir soluços e lágrimas.

— Minha filha não é uma drogada, Cath. Minha Nath está passando por alguma crise de adolescente. É algo passageiro, e logo, logo ela voltará a ser a menina cativante e cheia de vida que sempre foi.

Nicole chorou por mais algum tempo. Catharina pediu um suco de maracujá bem forte, esperando que a bebida acalmasse a amiga. Quando Nicole passou a se sentir melhor, levou-a até a cama e ajudou-a a deitar-se. Sentou-se na beirada da cama e sorriu, alisando seu cabelo.

— Estou me lembrando da vida de um jovem que foi muito rebelde com seu pai. Rebelde que eu digo não é simplesmente responder mal ou sair por uns dias de casa, mas querer mesmo a morte do pai. Esse pai se angustiou muito em ver o filho agir de forma tão imprudente e quebrar um dos mandamentos de Deus: respeitar os pais durante toda a vida. E ele fez isso porque já havia quebrado muitos outros mandamentos de Deus, inclusive se deitar com sua irmã. E sabe o que o pai fez? Esteve ao lado do filho durante todos os dias de sua vida. Foi esse mesmo homem que esperou com paciência pelo Senhor, porque em seu coração ele sabia que apenas o Senhor poderia aliviar o seu espírito. Sabe o que ele fez? "Entregou seu caminho ao Senhor, confiou Nele, e Ele atendeu os desejos do seu coração". O nome desse homem é Davi. Ele sabia que "mil poderiam cair ao seu lado, e dez mil à sua direita, mas ele não seria atingido". Confiava no Senhor acima de tudo. Deus era o seu alto refúgio. Não estou a fim de subestimar seu sofrimento, tampouco sua dor, mas já existiram pessoas que suportaram males piores que o seu. Nunca ouviu falar de que sempre existe alguém em uma situação pior que a nossa? E que Deus ouve a todos do mesmo jeito?

  Nicole suspirou e ficou pensativa por um tempo. As palavras de Cath foram encontrando habitação em seu contrito coração. Era verdade o antigo ditado, que dizia que só se sabe a profundidade da dor quando se mergulha nela. Um sorriso estampou-se no rosto de Nicole.

— Se esses acontecimentos ocorreram em sua vida, foram com a permissão de Deus. Nenhuma folha cai da árvore sem a Sua permissão.

— Mas com tanto sofrimento?

— Como fica mais fácil identificar a dimensão de uma cidade? De uma praça ou de um edifício? "Ele faz a ferida, e Ele mesmo a liga; Ele fere, e Suas mãos curam." Sua vida é semelhante a uma ostra no fundo do mar. Sabia que a pérola encontrada em seu interior um dia foi uma pedrinha? O seu bem precioso hoje foi algo doloroso na sua forma de defesa, que só os anos lhe deram valor. Se Deus está permitindo que tudo isso aconteça é porque está esperando o momento certo de agir. Até mesmo com Nathalie. "Entrega o teu caminho ao Senhor, confia Nele, e o mais Ele fará".

  A viagem foi marcada para o Rio no dia seguinte. Embora todas as circunstâncias apresentassem Deus distante, em seu interior Nicole começava a sentir um Deus muito mais presente do que ela vinha sentindo na igreja. Kleber estava sentado na poltrona ao seu lado, mas, ao olhar as nuvens abaixo da asa da janela, Nicole podia sentir a presença de Deus. A princípio, era algo sufocante, como comparado à fumaça de gelo seco que envolve de modo sufocante o que mais próximo estiver dela, porém não letal. É, simplesmente, algo que marca.

À primeira vista, o estado de Nathalie era animador. Já havia recuperado alguns quilinhos e estava mais corada e até sorrindo. Não havia voltado a ser carinhosa e meiga, como antes de tudo, mas deixou-se ser abraçada. O novo apartamento dos tios ficava na Barra da Tijuca, porém não à beira-mar. Já estava matriculada, pela manhã, em um colégio pertinho, e fazia cursinho no período da tarde. Suas primas estavam sendo muito legais e não questionavam o porquê de toda a sua família ter se mudado para o Rio de Janeiro após o começo do segundo semestre, tampouco o de todos estarem estranhos.

Seu pai alugara um apartamento no mesmo prédio do irmão. Este era mais novo e também já estava bem financeiramente; era empresário de uma famosa dupla de cantores. Desde a chegada de Kleber, não haviam se cruzado ainda, apenas se falavam por telefone. Conseguira um trabalho extra para que Kleber pudesse se exercitar e desestressar um pouco mais. Sua sugestão era a de que toda a família fizesse uma terapia individual e familiar.

Nathalie estava aproveitando todos os minutos. Ao se adaptar ao colégio e entrar em contato com outros colegas, combinou com as primas de saírem para se divertir. Era o que ela mais queria no momento. De repente, a distância de Campina Grande fez-se presente, e um novo futuro foi estabelecido pela mente, buscando, por meio dos compassos da vida, não emitir mais a música passada.

Suas primas eram mais novas: Sheila, de quatorze anos, e Cinthya, de doze. Mesmo sendo garotinhas, as duas sempre tinham alguma festa para ir ou uma ideia em mente para se divertir. No fim de semana, foram ao cinema no New York City Center para assistir a um bom filme. Observaram os filmes em cartaz e decidiram dar uma volta pelo *shopping*, pois faltavam 45 minutos para começar a sessão. Deram algumas voltas, vendo os outros filmes que estavam em cartaz, e combinaram de ir outras vezes porque havia muitas opções para a classificação de 14 anos. Desciam pela escada rolante quando uma cena antiga do filme *Missão impossível* chamou a atenção de Nathalie e ela correu para o lado contrário, contrariando a multidão na fila e indo parar na escadaria que dava com o pôster de Tom Cruise descendo em uma corda.

As três pararam por um momento e se entreolharam, silenciosas. É, realmente era o genro que toda mãe pediu a Deus! Nessa euforia, as três saíram correndo pelo túnel, desembocando no *shopping* da Barra da Tijuca. Olharam algumas vitrines e combinaram de fazer compras após o filme. Voltando para o outro *shopping*, resolveram ir ao banheiro antes de a sessão começar. Cinthya já estava entrando no banheiro feminino quando percebeu que a irmã e a prima haviam se lançado às gargalhadas no banheiro infantil. Por isso, retornou correndo e entrou sorrindo também. Um casal de namorados saiu sorrindo bem no momento em que ela entrou, fazendo-a perceber que estavam fazendo algo mais e que ela havia perdido o melhor da festa.

O NYCC era um *shopping* adaptado ao primeiro mundo, ou talvez, como o nome mesmo insinuava, a Nova Iorque, com a réplica da Estátua da Liberdade na frente. Ou, talvez, toda a Barra da Tijuca estivesse situada nesse contexto de primeiro mundo, fazendo com que o restante do Rio de Janeiro permanecesse como um "país subdesenvolvido". Seus banheiros davam a sensação de que o roteiro continuava ali fora.

O filme escolhido foi uma comédia que tinha um daqueles efeitos de lavar a alma. E cada uma, com seu balde e refrigerante, tinha apenas a missão de se divertir a cada "croc-croc" da pipoca.

Esse seria apenas um dos longos passeios que fariam nos fins de semana seguintes. Iam ora a parques de diversões, ora a parques aquáticos, zoológicos... Em qualquer evento para o qual a idade das três fosse permitida e onde se sentissem bem, lá estavam elas, unidas e alegres. Nesse meio tempo, Nath percebeu o quão longe vivera, em um mundo voltado à igreja. Suas primas não eram evangélicas e tinham a felicidade como amiga. Realmente havia se enganado, e somente agora percebia que Deus estava em todos os lugares.

Kleber e Nicole já pensavam na possibilidade de morar definitivamente no Rio, diante da amizade que estava se formando entre as garotas. Eram três adolescentes, de idades próximas e, o mais importante, estavam se dando muito bem. Nicole lembrou-se de um versículo que lera na Bíblia, uma noite, antes de dormir: "Lança o teu cuidado sob o Senhor, e Ele te sustentará, e nunca permitirá que um justo seja abalado".

Mas algo falou bem mais forte ao seu coração. Desde que Nath começara a se envolver com os novos amigos e apresentar um novo comportamento, houve uma ruptura imaginável entre ela e o pai. Era algo que, se fosse colocado em uma roda para conversa, ela não saberia explicar, mas podia sentir. Não deveria ter acontecido, mas as constantes discussões entre Nath e Kleber tinham criado uma barreira entre eles, e, de certa forma, Nicole ficara no meio. Sabia que Kleber, como pai, estava certo em não permitir certos comportamentos de Nath, mas sentiu também que ele havia se afastado de Deus. Talvez esse tivesse sido um erro deles, sair de perto dos amigos em uma situação de crise familiar, mas para eles era apenas uma situação nova. Se Nath fosse afastada por algum tempo dos antigos "novos amigos", seu comportamento voltaria a ser o de sempre: uma menina responsável, estudiosa, carinhosa... A mudança iria ajudar nesse processo.

Contudo, uma mudança não deve ser aplicada apenas ao lugar. Quando há a abertura de um canal que possa transportar nova água para outro reservatório, o que se deve colocar em pauta é o percurso que essa água vai percorrer, se ele está em condições de transmitir uma água equivalente ou ainda mais limpa do que a que receberá, e se o lugar estará apto para novas mudanças.

Com base nisso, Nicole e Kleber tinham errado muito. Ou por não conhecerem a situação suficientemente ou por buscarem para si o ditado do pior cego. Em qual nível um pai pode considerar seu filho um dependente ou experimentador? Sinceramente, esse ângulo da vida ainda não era visível para eles.

12
O gatilho

O tempo começou a correr depressa, como sempre faz quando as atividades são muitas. Sempre a quem muito tem a fazer pouco tempo sobra. É até verdade o antigo ditado que diz "mente vazia é oficina do diabo", mas os muitos afazeres poderiam atrapalhar. Nathalie preenchia todos os segundos que o dia lhe proporcionava com aeróbica, dança, aulas de natação, atividades extras que lhe eram oferecidas pelo cursinho e pelo colégio.

Após o período das chuvas, de agosto e meio de setembro, sua convivência com as primas já estava começando a esfriar, por causa das tarefas de cada uma. Passavam a semana apenas se falando pelo celular, pois, quando Nath retornava de qualquer evento, ou não as encontrava em casa ou elas já estavam dormindo. Resolveram reservar os fins de semana para banhos de piscina e churrasco com a família, mas dessa vez teriam de encaixar-se nos planos dos pais, que também procuravam ter um tempo em família. A solução encontrada foi marcar uma festa e aproveitá-la.

A ideia foi aceita com unanimidade pelas famílias. Nicole, percebendo que a filha estava se virando muito bem sozinha, deixou que ela aprendesse a voar também sozinha. Parecia que aquela jovem destemida e sonhadora de meses atrás estava vindo novamente à tona.

A festa foi marcada no salão de festas do prédio, e foram convidados colegas de Kleber e do seu irmão Kleison. Todos compareceram, com suas respectivas famílias, para animar aquela noite de sábado. Até um DJ foi convidado para dar à festa uma identificação jovial. Havia jogos de luzes em todas as direções, e não parecia existir uma idade-limite, embora a maioria dos filhos dos convidados passasse dos dezesseis anos. Nathalie pôde perceber a diferença entre as culturas de paraibanos e cariocas. Por muito tempo tivera de suportar piadas por sua maneira de falar, pois alguns, só depois de se divertirem muito, resolviam curtir outras coisas.

Havia muitos rapazes bonitos, lindos mesmo, de corpos sarados e com um futuro brilhante. Mesmo que alguns não tivessem assunto para conversar além de carros, motos, viagens ou o negócio do pai, havia aqueles que diziam coisas que mereciam atenção. Nath sentiu uma diferença muito grande em relação às festas às quais estava acostumada a ir com os pais. Não era só por não ser uma festa cristã... mas sua essência, com risos altos provocados pelo alto teor de álcool, produzia neles uma euforia que os envolvia em uma bolhinha de sabão, e apenas aquelas que tomavam das gotas mágicas podiam voar ao céu com tal encanto.

Nath subiu devagar para o apartamento, sem ser notada. Não sabia ao certo o que desejava fazer, mas sabia que deveria tomar alguma decisão. Naquele impasse é que as coisas não poderiam ficar, afinal já fazia meses que havia ido morar ali. Decidida, pegou o telefone e discou sem pensar para o celular de Ric. Caiu na caixa postal. Que saco! Era a pessoa com quem ela mais desejava conversar naquele momento... E se tentasse Alex? Correu até a bolsa e procurou, desesperada, o número do celular dele. Pegou o telefone sem fio e o levou para a varanda. Entre uma brecha e outra dos edifícios, no sétimo andar, conseguiu ver um brilho de água que ela sabia ser do mar. Esse brilho lhe enviou coragem, e ela finalmente discou para Alex.

Alex atendeu no segundo toque. Ao fundo havia um barulho muito alto, e ele teve de dar um bom tempo (talvez se afastando de onde estivesse) para falar. Estranhou ser do Rio de Janeiro.

— Alô? Quem é?
— Alex? Sou eu, Nathalie.
Silêncio.
— Como vão as coisas? Tô morrendo de saudades de vocês.
Silêncio.
— Nossa, Alex, que barulhão é esse? Tá onde?
Silêncio. Nath estranhou e percebeu que se iniciava um monólogo.

— Alex, você está me ouvindo?

Alex deu um pequeno tempo e depois respondeu friamente.

— Estou, Nath. O que você quer?

Ela não entendeu o porquê de a estar tratando daquela forma.

— Aconteceu alguma coisa para você estar tão diferente comigo?

Alex apenas sorriu entredentes, mas do outro lado Nath sentiu que ele desdenhava. Alex, então, desabafou:

— Que direito você acha que tem, garota, de me procurar depois de tudo o que fez com a gente?

— Tudo que fiz? O quê?

— É. Já faz algum tempo, mas ninguém se esqueceu, não.

— O que eu fiz, Alex, para deixá-lo tão chateado?

— Tá se fingindo de doida, garota? Demorou, mas descobrimos.

— O quê, pelo amor de Deus! — Nath disse, já perdendo a paciência.

— Que aquele dia na Rodoviária Federal havia sido armação do seu pai para cima da gente.

Um *flashback* passou de relance na frente de Nath, que murmurou:

— Meu... meu pai? Foi... foi ele quem... armou aquela prisão?

E o terror daqueles momentos, sob a escolta da polícia, saltou aos seus olhos.

— É, sim, garota. E não foi prisão. Fomos detidos. É diferente. Vai dizer que não sabia? Seu pai reclamou o carro.

Uma confusão se passava em sua cabeça! Aquela humilhação havia representado muito em sua vida. Não conseguia acreditar que seu pai...

— O que aconteceu com você naquele dia? — perguntou Alex, após um tempo. — Voltou para casa sem nenhum interrogatório, certo?

As palavras ditas por seu pai retornaram à sua mente. A programação para ir morar no Rio...

— Eu... eu não sabia, Alex. Desculpe...

Afinal, Alex sorriu ao telefone. A tensão estava se dissipando.

— Eu acredito. Olha, estamos aqui em um barzinho na beira do açude. Tá muito maneiro. Queria que você estivesse aqui... também tô com saudade.

Por um instante Nath chegou a sentir o cheiro da pele quente de Alex. Sim, ela também estava morrendo de saudades.

— E não grila com esse lance do teu pai. Ele é coroa, você sabe. E coroa só atrasa a nossa vida.

— É... eu sei.

— Só foram algumas perguntas, um interrogatório chato, pessoas dando sermão, dizendo que você era menor...

Nathalie, instintivamente, desligou o telefone quando a porta foi aberta. Mas não eram seus pais. Resolveu descer e tentar curtir a festa. Uma onda de revolta estava se iniciando contra seu pai. Teria ele agido certo? Antes de o elevador chegar ao térreo, onde ficava o salão de festas, Nath apertou rapidamente o 1º andar e foi para o *playground*. Precisava pensar muito antes de tomar qualquer decisão.

Não sabia quanto tempo ficou parada sentada no escorregador. Mesmo já tendo passado da meia-noite, havia muitas crianças ali. Ficou olhando os faróis dos carros em direção a Jacarepaguá. Uma viagem. Parecia a sua vida, com muitas paradas obrigatórias que ela não queria realizar.

— Nath?

Ela virou-se e viu a prima Sheila se aproximando.

— Estava te procurando. Você sumiu.

Ficou um tempo calada, e quando se acomodou no escorregador, ao lado de Nath, Sheila reiniciou a conversa.

— Momento nostalgia? — perguntou, sorrindo.

— Não. Talvez um pouco... recordar é viver, não é? — Nath respondeu, sorrindo para a prima.

— Tá com saudade do namorado?

Ela estranhou a pergunta.

— Aquele cara que te liga sempre.

— Ah... Aquele é um amigo meu. Grande amigo. É o Lucas. Mas estava com saudade, também.

— De quem, posso saber?

— De um ficante. Alex.

Ficaram mais algum tempo em silêncio. Sheila a convidou para irem ao apartamento dos pais dela, pois todos estavam na festa. Dirigiram-se para a varanda e ficaram lá por algum tempo.

— Gostaria de beber uma cerveja... — Nathalie falou, distante.

— Você bebe?

— Bebia. Meu pai tá careta quanto a isso. Mas não acho justo. Tem um monte de gente bebendo lá embaixo. Por que a gente não pode beber também?

— É. E lá embaixo os caras não vão nos servir. Que tal tomarmos aqui?

— Aqui tem bebida?

Sheila não respondeu, mas puxou-a para trás de um balcão. Havia inúmeras garrafas de bebidas, pratos com frutas e energéticos para drinques.

— Eu nunca bebi. Nem sei fazer drinque.

— Eu sei. Aprendi com meu amigo Ric. Ele faz cada um mais fantástico que o outro.

E rapidamente deu "mãos à obra". Como não era uma *barwoman*, fez um improviso para a batida do gelo, com vodca, essências e carambola. Hum... esse estava bem cítrico, e seria o dela! Preparou outro para Sheila, que estava se lambendo toda, um mais suave, de maracujá. No fundo de cada cálice, havia pedaços das frutas.

Sentaram-se nos pufes e ficaram se deliciando um pouco com a bebida. Realmente, estava ótima. Ric havia sido um ótimo professor. Sheila acabou primeiro e se dirigiu para o balcão.

— Já?

— Já. Vou fazer um teste. Agora quem vai fazer o drinque sou eu.

A mistura de Sheila era bem mais excêntrica: vodca, pó de guaraná, energéticos e um gole da "branquinha". Fez dois cálices e jogou uma cereja. Correu para Nathalie e lhe entregou um cálice, ansiosa. As duas beberam como em uma corrida. Novamente Sheila foi com mais sede ao pote, sendo a primeira a sentir a garganta queimando; no entanto, em vez de cuspir o líquido de lava de vulcão, tomou-o todo de uma vez. Seus olhos se avermelharam e começaram a lacrimejar. Nath se levantou e pegou seu cálice. Tomou um gole e colocou os dois na mesinha do centro.

— Tem que ir com calma. Vamos comer alguma coisa?

E as duas seguiram para a cozinha, à procura de algo saboroso. Sheila começava a ter vertigens, devido à falta de costume com o álcool. Nath descobriu, ao lado do micro-ondas, uma carteira de cigarros da empregada. Sucumbiu a ela e foram para a sala.

Sheila passava os molhos em seu sanduíche quando percebeu que Nath acendia o cigarro. Como uma criança de dois, três anos, que tudo que vê quer, assim o fez.

— Me dá um.

Nath entregou o seu e acendeu outro. Sheila sugou a fumaça para os pulmões e correu desesperada para a janela, em busca de ar. Estava sufocada.

— É assim — Nath disse, mostrando a delicadeza de sugar e não se deixar ser sugada pela nuvem de fumaça.

Sheila pegou o cigarro de volta e tentou fazer como a prima. Mas isso sempre é mais fácil para quem já sabe. Após algumas engasgadas, enfim pôde experimentar aquele prazer.

Despreocupada com Sheila, Nathalie dirigiu-se para a varanda e foi fumar mais tranquila. Sheila voltou para trás do balcão e resolveu experimentar um pouco de cada bebida. Primeiro, o uísque de que seu pai tanto gostava. Ah... pimenta líquida? Vodca. Hum... parecia bebida de criança. Decidiu se servir de um pouco mais.

Nathalie voltou da varanda se mostrando animada. O álcool já havia atingido o seu nível mais alto no sangue, e a adrenalina começara a correr. Começou a falar dos amigos, de Alex, de Lucas... Sheila não estava nem aí. Ria um pouco, mas seu desejo era experimentar. Pegou um copo limpo e nele colocou aguardente, sentando-se no sofá. Nathalie sentou-se também e começou a falar dos seus planos. Tomou a bebida sorrindo sem graça e levantou-se para buscar mais. Contudo, suas pernas desobedeceram, e ela caiu desacordada no chão. Nathalie sorriu alto e deitou-se em cima de Sheila. Sorriu mais, ensandecida, e acabou dormindo.

Já passava das duas e meia da manhã quando a festa acabou. Cinthya havia percebido o sumiço de Nath e Sheila, mas não as procurara. Pensara que estivessem com alguém. O melhor a fazer era ficar com seus pais, em vez de ir sozinha para o apartamento.

Kleber e Nicole, como haviam percebido que Nathalie estava com Sheila, não estavam preocupados. Foram para o apartamento imaginando que, se ela não estivesse lá, era porque iria dormir na companhia da prima.

Kleison foi o primeiro a chegar ao apartamento e sentir o cheiro forte de bebida e cigarro no ar. Pensou se tratar de algum rapaz que as meninas tivessem levado, mas, ao deparar com os copos espalhados e as duas caídas no chão, entendeu imediatamente o que estava acontecendo.

— Chame o Kleber agora! — gritou para a mulher.

Kleber não demorou e se espantou ao ver as duas estendidas no chão. Enquanto seu irmão, desesperado, ligava para o pronto-socorro mais próximo, ele via a cunhada aos prantos, dando leves tapas no rosto da filha e tentando reanimá-la. Kleber se abaixou e, quando tentou levantar Nathalie, seu irmão partiu com fúria para cima dele.

— Foi a sua filha! Ela é uma má influência! Minha Sheila nunca havia bebido. E olha só como ela está!

— E quem pode dizer que não foi a sua filha sozinha?

— A sua filha é uma drogada. Uma inconsequente. Pensei que ela tivesse parado com isso.

— Que história é essa de parar? Minha filha não é viciada! Calma, Kleison.

— Nicole contou tudo para a Marta. Ela deu bastante trabalho antes de vir para cá. Foi por isso que você a queria tanto aqui.

Kleison correu em direção à filha e a sacudiu, tentando reanimá-la. Daí mais algum tempo o socorro chegou, e constataram que Nath havia se excedido na bebida, mas ficaria bem. Já Sheila estava em coma alcoólico. A ambulância levou-a para o hospital, onde seguiu diretamente para a UTI.

Nicole estava parada na porta do apartamento, que não tinha acesso para cadeirantes, e para ela só era possível entrar sem a cadeira de rodas.

Kleber pegou Nathalie nos braços, e os dois seguiram para o andar de baixo. Estavam sozinhos, sem a empregada, que tinha ido passar o fim de semana em casa. Nathalie foi colocada no sofá, e Kleber ficou olhando para ela.

— O que essa garota tem na cabeça? — E avançou com fúria para cima dela.

Nicole tentou se desviar dos objetos da sala, para impedir a ira paterna de Kleber entrar em ação. Mas não foi preciso. O que ela viu foi uma cena de cortar o coração: Kleber agarrar Nath e a puxar com força.

— Por que, minha filha, por que está agindo assim?

E as lágrimas rolaram pelo rosto de Kleber, que alisava intensamente o rosto de Nath. Ela abriu os olhos, meio sonolenta, e ficou admirando Kleber em seu estado, distante da lucidez. Começou a sorrir, a princípio apenas com os lábios, depois com a voz, fitando qualquer ponto no teto com seu olhar sem brilho. O riso forçado obrigou-a a tossir e, sufocada, se engasgou com a própria saliva. Com isso, levantou-se um pouco e olhou para Kleber, com aquele olhar morto e distante... Mas o olhar durou pouco, pois uma substância morna e gótica saiu de seus lábios, um odor semelhante ao de coalhada, em direção ao peito do pai.

Nicole aproximou sua cadeira, mas não precisou se achegar mais. Nathalie agora chorava feito criança. Kleber levou-a para o banheiro. A situação era embaraçosa, pois pai e filha estavam sujos de vômito, mas era Nath quem mais precisava de um banho, tanto para recobrar parte da sobriedade como para se livrar daquele cheiro horrível. Fazendo de conta que a filha ainda era uma criança, Kleber tirou sua roupa. Mas Nicole logo se aproximou e assumiu sua posição de mãe. Posicionou a cadeira embaixo do chuveiro, e Kleber colocou a filha em seu colo. A princípio, a água era gelada, Nath tremia de frio; eram quatro horas da manhã. Nicole deu-lhe o banho com sabonete, usando também xampu e condicionador nos cabelos. Era sua filha e precisava ser limpa. Nicole poderia fazer muito bem isso.

13
Miopia

Existe um ditado popular que diz que só se conhece um amigo quando surge a necessidade do seu apoio. Também só se pode aplicar a qualidade "forte" a uma pessoa se suas raízes sobreviverem aos vendavais. Tal qual um urso polar, que mantém em seu corpo uma reserva de gordura que lhe será útil para aquecê-lo no inverno, as pessoas devem ter dentro de si a força para ser usada nos momentos difíceis.

Existem momentos que nos revelam o quanto não nos conhecemos, quando suportamos mais do que estamos acostumados; se a situação se apresenta de modo tão familiar, conseguimos até ir além, sem nem ao menos ter certeza de que a suportaremos. Mas o pior é que nunca sabemos quando ela pode chegar e se estamos preparados. São os testes da vida.

Esse era o sentimento que assolava a casa de Kleber e Nicole. Durante uma vida toda, estiveram andando com Deus, fazendo Dele o alicerce da casa. Sempre fizeram, a cada dia, o MSD – Momento a Sós com Deus. Nath frequentara a EBD, Escola Bíblica Dominical, e passara pelos departamentos sempre feliz e satisfeita: berçário, primário, classe de crianças, classe de juniores, Mensageira do Rei, superfeliz com o departamento de adolescentes que tinha uma relação com o dos jovens. Em momento algum viram ver que ela se apresentava triste ou estivesse com problemas. Talvez ela tivesse conhecido más companhias que a seduziram, que não chegaram a lhe apresentar a droga, mas lhe deram a oportunidade de experimentar. Nath era apenas uma menina. Era apenas a filha deles.

Com base nessas teorias de uma vida toda, sentaram-se e posicionaram-se em uma conversa ao pé da mesa, com todas as dúvidas. Desde que ficaram sabendo do envolvimento de Nath com os novos amigos, tinham se concentrado em restringir ou controlar os movimentos da filha, como se pudessem ter o domínio de sua vida. Concordaram que trazê-la ao Rio fora a melhor coisa que haviam feito, pois os demais... haviam falhado como pais.

Por telefone, Nicole se aconselhou com Catharina, a mãe de Lucas, e relatou sobre o acontecimento e, pior, a consequência refletida na família de Kleber. Seu irmão praticamente passara a ignorá-los. Foram necessárias várias semanas para que Sheila fosse transferida e se recuperasse. Kleison agredira verbalmente Nath quando ela tentou visitar a prima no hospital. Disse que ela estava muito enganada se pensava que transferiria sua "rebeldia sem causa" para as filhas dele, e que amava muito Kleber, mas que as amava bem mais, e, ainda, que ao ver a felicidade de alguma delas em perigo ele não pensaria duas vezes em cortar o mal pela raiz.

Catharina pediu que Nicole continuasse confiante. Não precisaria ter o domínio das circunstâncias "porque o amanhã só a Deus pertence", e elas possuíam uma segurança, a de já terem depositado todas as suas ansiedades nos braços do Pai Amado. E Ele cuidaria com tanto amor... Uma prova de que Ele já estava investindo na vida daquela família era a reação contrária de Kleber aos acontecimentos. Ele poderia ter sido igual ao irmão; aliás, essa deveria ser uma sentença de sangue. Mas não. Agora ele já não se inspirava nas razões, estava se deixando guiar pelo Espírito Santo, mesmo sem se dar conta disso, pois havia muitas pessoas que intercediam constantemente pela vida deles, por isso estavam sendo abençoados.

Catharina os aconselhou a buscar mais fervorosamente a presença de Deus na vida deles. Não poderiam, de maneira alguma, deixar a vida espiritual descoberta. Deveriam sempre estar revestidos da armadura de Deus, da couraça da justiça e, sobretudo, com o Escudo da Fé que os ajudaria a enfrentar os dardos lançados, mas que de maneira alguma se esquecessem do capacete da salvação, que é a Palavra de Deus, a bússola da vida.

Poderiam, ainda, considerar o texto bíblico sobre a construção das duas casas sobre alicerces, que devia ser captado claramente na vida deles agora. A casa deles havia sido construída sobre a Rocha, sobre o próprio Cristo. Uma tempestade se aproximava, e só assim eles saberiam a diferença.

A fé nunca é provada em tempos de paz, porque o coração está descansado e sem conflitos. Tal qual a semente de mostarda, uma fé, quando aplicada, mesmo apenas com a certeza de que vai dar tudo certo, precisa atingir seu ponto mais baixo para crescer. O grão de mostarda precisa morrer para que uma árvore floresça.

Já passava das três da manhã, e Kleber ainda não havia conseguido dormir. Dirigiu-se para a janela e contemplou a escuridão do infinito à sua frente. O céu da Barra da Tijuca não se parecia com o de Campina Grande naquela noite. A lua e as estrelas mostravam-se escondidas, mas não por neblina, e sim por prédios imensos, com andares arquitetados que faziam o observador refletir o que poderia se passar por meio de um simples mosaico. Mais além estava o mar, em sua mais bela imensidão, reluzindo o brilho da lua. Lua. Como era lindo o seu brilho! Mas ele sequer sabia sua fase, ou talvez chegasse a pensar que temporariamente ela não existisse. E, em Campina Grande, talvez, não escondida por meio de tantos prédios, pudesse ser admirada por algum aventureiro que se arriscasse ao frio da madrugada no açude velho.

Em meio a tantos outros pensamentos, uma certeza assolou o coração de Kleber: Deus nos ama de forma especial, nos dá tanto valor que vem especialmente, como um Pai, responder às necessidades dos Seus filhos.

Assim, Kleber abriu a Bíblia em Daniel 10:12, 19a: "Não fique com medo, Daniel, pois Deus ouviu a sua oração desde a primeira vez que você se humilhou na presença Dele a fim de ganhar sabedoria. Eu vim em resposta à sua oração... Deus o ama! Portanto, não fique com medo. Que a paz de Deus esteja sempre com você. Anime-se! Tenha coragem".

Todos os sentimentos de Nicole também estavam ligados em Deus, e sua fé estava cada dia mais fortalecida. Contudo, algo precisava ser amadurecido, e ela ainda sentia que era o seu amor protetor de mãe. Não conseguia ver Nath como uma usuária, e sim como alguém que experimentara drogas um dia apenas, e após ter levado um bom sopapo da vida acabara sacudindo a poeira e dando a volta por cima. O mundo estava oferecendo suas portas para Nath descobrir a própria identidade e explorá-lo. Pensava que não era nada mais natural do que ela se sentir livre, mesmo não tendo consciência de onde pisar, mas tendo a certeza de que a descoberta viria das suas mãos. Já havia experimentado, conquistado cicatrizes, e agora seguiria em frente.

    Nicole abriu sua Bíblia e nela procurou refúgio. Foi folheando, esperando que uma resposta de Deus viesse diretamente aos seus olhos. E veio, como um relâmpago em noite de chuva. Estava no livro de Salmos, no capítulo 142.

> *Eu clamo a Deus, o Senhor, pedindo socorro;*
> *eu suplico que me ajude.*
> *Levo a Ele todas as minhas queixas*
> *E Lhe conto todos os meus problemas.*
> *Quando estou desistindo,*
> *Ele sabe o que devo fazer.*
> *No caminho por onde ando*
> *Os meus inimigos armam uma armadilha*
> *Para me pegar.*
> *Olho para os lados*
> *E não vejo ninguém que me ajude.*
> *Não há ninguém para me proteger,*
> *não há ninguém que cuide de mim.*
> *Ó Senhor, eu grito pedindo a tua ajuda.*
> *Ó Deus, tu és o meu protetor,*
> *És tudo o que eu desejo nesta vida.*
> *Escuta o meu grito pedindo socorro,*
> *Pois estou caindo no desespero.*
> *Salva-me dos meus inimigos,*
> *pois eles são fortes demais para mim.*
> *Livra-me do meu sofrimento,*
> *E eu Te louvarei na reunião do Teu povo*
> *Porque tu tens sido bom para mim.*

Isso era andar com Deus. Estar seguro em Seus braços, mesmo não sabendo o que poderia ocorrer amanhã ou depois. Era uma questão de "cegueira" confiar sem ver. Apenas teria de confiar em Deus, e Ele a guiaria. Não ficaria mais inquieta com o dia de amanhã, porque este a Deus pertence, e o presente Ele já recebera. Deveria acreditar no amor de Deus, que excede todo o entendimento.

Acordou mais disposta. Já estava mais do que na hora de se reerguer. Sua vida parecia um museu abandonado, vivia sempre do passado, não permitia imagens novas se firmarem em sua galeria. Lembrou-se de que quando soube que nunca mais voltaria a andar, que sua primeira decisão fora ficar trancafiada em casa, com vergonha de encarar as pessoas. Embora muitos chegassem para ela e a aconselhassem a agir de outra forma, a ver o mundo de um ângulo diferente, ela respondia:

— Já estou vendo. E não estou gostando da paisagem.

Seria agora o momento de olhar realmente esse panorama?

A primeira coisa que fez no dia seguinte foi procurar uma igreja que a pudesse auxiliar nessa guerra espiritual que iniciava. Precisava, mais do que nunca, de mais soldados para acompanhá-la nessa batalha.

Pediu ao motorista para saírem e rodarem sem rumo. Chegaram à Zona Sul, onde não teve vontade de parar. Havia muitas igrejas e comunidades evangélicas. Não buscou algo pela sua denominação, algo que estava relacionado com o que estava acostumada; queria algo sobrenatural. Nenhuma delas havia feito seu coração bater mais rápido e parar. E se não precisasse daquilo? Deus não habita templos feitos por mãos humanas.

O motorista mudou a rota, agora para Leopoldina. Nicole deixou que ele passasse pelo Jornal do Brasil, subisse a ponte e a fizesse se sentir muito pequena, naquele carro que percorria a ponte sobre a Baía da Guanabara.

O silêncio se fazia presente no carro. O motorista estava se apresentando como um novo amigo para a família, que, como outros, também havia vindo da "terrinha". Talvez conhecesse o Rio de Janeiro melhor que a Paraíba. Parecia pressentir o que sua patroa desejava, então parou o carro em frente a uma igreja evangélica. Nicole não protestou. A igreja estava aberta e tinha um grupo animado, apesar de ser meio de semana à tarde.

Nic ficou parada no carro. Olhava para a sua mão, mexia em sua aliança e escutava a música que era entoada pelo grupo.

Um senhor na casa dos cinquenta veio até o carro e a convidou para entrar. Ela sorriu e esperou o motorista montar sua cadeira de rodas. Foi conduzida pelo senhor e colocada ao lado de outras senhoras, que a cumprimentaram.

Nicole estava anestesiada. Um grupo se dirigiu à frente e, enquanto um rapaz dedilhava um violão, acompanhado pelo baixista, outro convidou a todos para fecharem os olhos e se deixarem guiar pelo Espírito Santo. Em seguida, iniciou-se uma música em meia voz. Era *Amigo de Deus*, de Adhemar de Campos:

> *Não existe nada melhor do que ser amigo de Deus*
> *Caminhar seguro na luz, desfrutar do seu amor*
> *Ter a paz no coração, viver sempre em comunhão*
> *E assim perceber a grandeza do poder*
> *De Jesus, meu Bom Pastor.*

— Deixe Cristo entrar no seu coração e curar suas feridas — convidou o vocalista, enquanto os demais componentes repetiam a música. — Ele é o Bom Pastor, que deseja guiar a sua vida.

Como uma terra que há muito tempo não vê água e se alegra ao sentir descer do céu a chuva, assim se fez o coração de Nicole. O motorista já havia estacionado o carro e estava sentado no último banco. Ela estava sozinha e sentia que sua ferida iria sangrar novamente. Como protegê-la? Kleber havia ido trabalhar, e Nath estava na escola. Estava sozinha.

O homem havia sido gentil em deixá-la entre as senhoras da igreja. Mas a cadeira estava em uma posição de difícil acesso para a saída, ou seja, para sair Nicole teria de pedir ajuda, e o jeito foi encarar. Mas ela entendia que para uma ferida ser curada deveria fazer a limpeza e colocar os remédios até cicatrizá-la.

O senhor que a havia ajudado a entrar dirigiu-se para a frente e pegou o microfone. Seria o pastor da igreja? Estava com uma camisa tão comum para um pastor...

— Agradecer a Deus por sua infinita misericórdia é um privilégio que nem todos os mortais são capazes de fazer. Agradecer pelo sol, pela chuva e pelo alimento. Pelo lugar em que podemos estar seguros ao findar do dia ou ser acolhidos no início dele. Um dia que é comum a muitos e privilégio de poucos. Um dia nos ensina muito mais do que esperamos. Como descobrirmos que um dia já se iniciou ou se encerrou? Pela claridade ou escuridão. E como reagiríamos em um quarto fechado? Eu já passei uma tarde toda em um quarto fechado e sem janelas. Não saberia ao certo se escurecera, não fosse o relógio ou minha curiosidade em saber que horas eram. Mas só pude comprovar esse fato porque vi. Aprender a agradecer a Deus, que muitas vezes está ligado a confiar, é uma questão cega. Você apenas confia, e Ele guia.

E o senhor se aproximou mais do auditório e deixou o microfone de lado. Pegou o violão e começou a cantarolar, sendo acompanhado a meia-voz pela congregação:

Que consolação tem meu coração
Descansando no poder de Deus.
Ele tem prazer em me proteger.
Descansando no poder de Deus.
Descansando nos eternos braços do meu Rei.
Vou seguro descansando no poder de Deus.
(314 – Estou seguro, Cantor Cristão)

— Não precisamos ficar inquietos com o dia de amanhã. — Apanhou uma tampa de caneta que estava no chão e continuou: — Esta tampinha me pertence agora, porque está em minhas mãos. Da mesma forma é o seu futuro. Quando Deus toma conta, Ele controla toda a situação. Só a Ele pertencerá sua vida.

Nicole estava imóvel na cadeira. Em menos de vinte e quatro horas, a mesma ideia fora proferida a ela. Estaria Deus falando consigo?

— Um dos versículos que eu considero poderosos é aquele que diz: "Quando o Senhor restaurou a sorte de Sião, ficamos como quem sonha. Então, a nossa boca se encheu de riso, e a nossa língua de júbilo; entre as nações se dizia: grandes coisas fez o Senhor por nós e por isso estamos alegres. Restaura, Senhor, a nossa sorte!".

Olhou um pouco para os irmãos, à espera da reação diante de sua afirmação.

— Deus pode mudar a nossa sorte se o fardo estiver pesado demais. Ele apenas deseja saber até onde irá o nosso amor por Ele. Assim o fez com muitos, como Abraão, Jó, Daniel e seus amigos. Mas em toda boa obra e recompensa também há renúncia. Abraão renunciou ao seu desejo de continuar sendo pai, em troca de ver seu amor por Deus crescer. Uma aplicação sem busca de lucros lhe rendeu o quê? O título de "amigo de Deus", tal qual a música que cantamos. Será que compreendemos quão magnífico foi isso? E o que poderíamos falar de Jó? Sua frase célebre diz tudo: "Deus deu, Deus tomou. Louvado seja o nome do Senhor". Quem de nós tem tamanha audácia de falar isso? A recompensa dele foi grande, desde coisas materiais e físicas até a melhor de todas: "Antes eu te conhecia de ouvir falar, mas agora os meus olhos te veem". E, por fim, o jovem Daniel, que mais parecia estar vivendo na Rússia comunista, em que se apresentar como servo de Deus era semelhante à pena de morte. Mas ele se privou do máximo que podia: sua vida, apenas por amar a Deus. E Deus o recompensou rica e abundantemente. Ele também restaurou sua sorte. "Ao que vencer dar-lhe-ei a coroa da vida".

Voltou para a plataforma e pegou o microfone de volta.

— Seja qual for o teu problema, reflita no que Deus poderá fazer por você. Ele pode restaurar a sua sorte. Mas como está a sua vida? Um restaurador, quando vai restaurar uma peça, antes de tudo a limpa e verifica qual será o processo necessário, pois algumas sofrem danificação na pintura, outras precisam de restauro na moldura ou até mesmo nos rasgos.

Existem outras, porém, consideradas irrecuperáveis, devido aos estragos apresentados. E, após a restauração, não se assemelham a uma obra-prima. Agora, me pergunto: por que um ser humano pede a Deus que restabeleça sua vida para ser como antes? Qual será o prazer maior que ele tem de cometer os mesmos erros do passado? Quando buscamos ser restauradores por Deus, já sabemos que parte que precisa ser modificada. Algumas áreas da nossa vida nos escravizam e nos manipulam. Às vezes, é um problema de saúde constante, que impede o sorriso de brilhar nos lábios; ou o dinheiro, que é pouco e torna a convivência do dia a dia com os familiares um caos. Às vezes é algo que vem de nossos filhos, um desinteresse total pelos estudos ou indiferença quanto a um futuro que está batendo à porta. Ou até as drogas, que estão assolando nossa nação como uma úlcera que a todos causa dor.

Nicole deu um meio sorriso. O destino de sua família poderia ser mudado. Contudo, um fato muito conhecido era que mães chegavam a dar a própria vida em troca dos seus filhos, desde a concepção. Era algo que estava ligado apenas ao ato de um acolher o outro, como a galinha acolhia os pintinhos debaixo da asa, ou a mulher que, ao encontrar uma criança abandonada na rua, a acolhe e a concebe em seu coração. Tudo é instantâneo e muitas vezes selvagem. É amor de cria. E, em meio a esse amor, céus e terra são movidos.

Contudo... existe um poder sobrenatural que transpassa esse amor. Um poder que está ligado ao mundo espiritual. Somente uma mãe que está acobertada pelo poder de Deus pode vencer a batalha espiritual travada diariamente.

E esse fora o erro de Nicole. Para ela, a droga já estava bem longe da porta de sua casa. Certamente, para esse inimigo invisível ela não estava preparada. Mas, como saberia até onde iria aguentar? Como saberia que ainda estava sendo provada por Deus?

14
Um pão que não era de açúcar

Como conseguiria sobreviver em um mundo em que tudo é permitido e oferecido, e no fundo só há descobertas de sofrimento? Para viver, deveria haver uma linha-limite, como nas estações de trem, para ter certeza de onde pisar para não cair.

Esses sentimentos angustiavam Nath. É claro que ela estava tranquila consigo mesma, pois, pelo menos dessa vez, as consequências físicas não haviam sido destinadas para ela.

Tempos depois, Sheila saiu do hospital. Não houve sequelas, mas sim a proibição de contato com Nath. No edifício Joana D'Arc, viam-na como se tivesse "lepra". A solução seria seus pais se mudarem. E assim o fizeram; foram para a Tijuca. O pensamento de morar no Rio de Janeiro já não mais permanecia na cabeça deles. Esperariam apenas o ano letivo se encerrar para retornarem à cidade natal, Campina Grande.

Impressionante como apenas um erro faz com que tantas peças da vida sejam mudadas. Nath teve de ser transferida de escola, de cursinho, de academia, e os poucos amigos que havia conseguido fazer se perderam no percurso.

Quanto ao assunto que a havia levado ao estado de angústia que antecedera a bebedeira, não comentou com os pais. Embora desse razão a eles por tudo o que estavam fazendo, não conseguia deixar de lado a revolta que estava se travando em seu ser. Era algo sem explicação, até para si mesma. Sabia que não era mais aquela garota que um dia havia "reconhecido as necessidades do mundo perdido nas trevas do pecado". Sabia, mais do que tudo, que em seu peito não havia um novo coração dado por Deus.

Sem amigos, agora mais do que nunca, Nath procurou refúgio na natureza. Milla e Lucas ligavam constantemente, mas seu desejo não era conversar com eles. Estava inibida, calada e bastante solitária. Se desejava beber ou fumar, procurava sempre um lugar reservado em casa, ou fora dela, que se mostrasse mais seguro, pois as facilidades de conseguir um cigarro eram muitas, assim como comprar um chocolate. Só precisava controlar o cheiro que se impregnava nas suas roupas e no seu hálito.

Começou a perceber que muitas pessoas tinham se afastado de seus pais por sua causa. Qualificavam-na como uma "rebelde desclassificada sem causa". Dessa forma, adquiriu alguns hábitos que poderiam ser classificados como "inibidores de problemas", como andar sempre com perfumes e balas fortes que pudessem sobressair ao cheiro do cigarro. Quanto à bebida, tratava sempre de comer algo, para não ficar bêbada. Assim, convivia de maneira "pacífica sem ser notada" pelos pais.

Uma tarde, sentindo-se sozinha, foi até a Praia Vermelha. Sentada no calçadão em frente ao mar ladeado pelo Morro da Urca e pelo bondinho, tentou entender o que estava acontecendo. Tudo começara a desandar no dia em que colocara na cabeça que iria se envolver com Ric. Ela se envolvera... mas perdera um pouco o controle. Antes era jovem, linda, feliz, equilibrada. E agora? Seu corpo parecia estar desfalecendo, seu sorriso aparecia com hora marcada, e suas reações surpreendiam a todos, principalmente a ela mesma. Sem entender, a cada dia se complicava mais.

Lembrou-se de muitos filmes americanos a que assistira na infância, com escoteiros e lobinhos. Eles passavam por trilhas altíssimas ou pontes que pareciam balanços. Atravessavam e, muitas vezes, ficavam encalhados, mas nunca desistiam de pegar a estrada de volta; chegavam a criar uma nova, para conduzi-los novamente à trilha certa.

Nesse momento, seus olhos se desviaram para o lado esquerdo do mar, e Nath observou uma pequena estrada que dava em uma trilha. Muitas pessoas se dirigiam para lá, em uma espécie de excursão. Mais do que depressa andou e, em poucos minutos, juntou-se ao grupo. Ainda bem que havia deixado um pouco de lado as costumeiras roupas pretas que lhe encantavam os olhos e colocado um *short jeans* curtinho branco, uma camiseta rosa-bebê, com o biquíni por baixo, e um tênis. Eles estavam começando a subir o primeiro morro da Urca, enquanto outros, mais aventureiros, se dirigiam para o segundo, começando a montar o equipamento para escalar.

O grupo começou a viagem animado, subindo por uma trilha quase inexistente. Com as constantes chuvas, as plantas rasteiras estavam crescendo rapidamente, e o chão se mostrava úmido como uma cerâmica molhada, fazendo com que um ou outro escorregasse. Contudo, Nath não deu a sorte de só escorregar, e sim de também cair. Ia rolar morro abaixo, não fosse a mão misericordiosa de um bom rapaz.

— Obrigada — ela disse, olhando sem graça para ele. Havia sujado as mãos, as pernas e o *short* com o barro molhado. — Logo hoje o *short* tinha de ser branco!

— Beleza! Segura nas raízes que dá certo.

Nath obedeceu e sentiu-se mais segura. Algumas vezes as raízes se esticavam, e ela via-se pendurada morro abaixo, mas logo as pernas se firmavam, e antes de alcançar o topo do morro ela já havia aprendido a se equilibrar.

Do morro ao lado podia observar os mais corajosos fazendo rapel. Em alguns segundos, sua adrenalina aumentou, mas em seguida se lembrou de que o melhor na vida era ter os dois pés no chão, e que mesmo escorregando sempre apareceria alguém para ajudá-la.

Quando o grupo se reuniu, no alto do morro, Nath contabilizou umas quinze a vinte pessoas. Pareciam não se conhecer também, pois mal notavam que havia "intrusos" entre eles. Sentaram-se em círculo, depois da trilha que os havia levado até ali, um pouco afastados do bondinho que acabara de subir passando por cima de suas cabeças. Do grupo, a maioria eram rapazes. À medida que cada um foi se acomodando, os outros iam tirando bebidas de sacolas e colocando-as à sua frente. Eram cervejas, uísque, vodca, Montilla, cachaça, rum... Para todos os lados uma nova bebida era apresentada.

"Só pode ser brincadeira!", Nath pensou.

— O que foi que você trouxe?

Era o mesmo rapaz que a havia ajudado. Ele sentou-se ao seu lado e retirou da mochila umas quatro garrafinhas de bebidas energéticas.

— Trouxe — ela disse, sem saber como continuar —, é...

— Você não trouxe nada? — ele perguntou baixinho, se aproximando dela. — Toma duas para você.

Bastou Nath recebê-las para o líder do grupo iniciar a brincadeira. Era uma espécie de "jogo da verdade", em que, em vez de verdade ou consequência, eram feitas bebidas consideradas quentes. Uma garrafa foi colocada no meio e girada de acordo com a posição em que as pessoas estavam. Se pudesse, Nath giraria aquela garrafa para acontecer como no prêmio da loto acumulada, que não atinge o alvo nunca. Por que ela havia se metido onde não fora convidada? Por que iria recomeçar uma brincadeira que havia levado sua prima ao coma? Ficou de pé. Todos olharam para ela automaticamente. Sentou. Foi sorteada. Preparou a bebida. Seguiu a sequência. Viu que muitos se divertiam, como acontecera na noite em que Sheila se dera mal. Seria sempre essa porcentagem? Onde um sofre, há a alegria dos outros?

Como Nath temia, a garrafa foi parada de novo na sua frente. Afinal, um temor ou uma vontade? Em seu íntimo, havia o medo do que aquelas substâncias poderiam fazer em seu corpo até chegarem ao cérebro. Mas havia também a necessidade de se sentir querida, amada, aceita. No Rio de Janeiro, estava muito mais sozinha do que antes.

Sua escolha foi gim puro. E daí os comentários? Tomou o meio copo oferecido e ficou de cara fechada. Não era liberdade o que desejava? Por que estava naquela agonia agora? Liberdade também tinha limite?

Lembrou-se de uma noite em que havia feito muitas ligações e muitos colegas lhe repetiram a mesma coisa: "Não, Nath, não poderei sair esta noite. Tenho um compromisso". Esses comentários, para ela, só poderiam ter dois fundamentos. Ou todos realmente tinham compromisso, ou sua fama havia se espalhado rápido demais. Ligou para Lucas. Ele devia estar a par de todos os acontecimentos dos últimos dias, pois Nicole constantemente conversava com Cath, a mãe dele. De todos os conselhos que ele havia dado a ela, o que mais a impressionara era que as pequenas coisas que acontecem no dia a dia e nos incomodam alimentam nossa revolta quando lhes damos espaço. Ela deveria tratar disso. O seu interior estava se tornando um subterrâneo de amargura. Tristemente, observou que a vida era uma areia movediça. A cada dia estava sendo sugada para baixo com mais força.

Resolveu se isolar. É certo que fizera algumas novas amizades, em substituição às que não haviam entrado mais em contato com ela. Estava indo ao colégio regularmente e saía nos fins de semana. No início não quis ir à igreja com os pais, que não a forçaram. Para Kleber, Nath parecia feliz, apesar de estar reservada. Talvez confusa pelas mudanças bruscas, talvez tivesse de se habituar, mas se encaixaria novamente na vida. Não podia obrigá-la a fazer o que não quisesse. Já havia tido essa atitude ditatorial. Já havia cometido esse erro no passado. Talvez a filha precisasse de um pouco mais de espaço para se encontrar.

Contudo, o ser humano necessita de limites para sentir-se seguro. Essa é uma regra básica do bem viver.

Quanto a Kleber... Passava as noites com Nic na sala, assistindo à TV ou ouvindo música. Nenhum dos dois comentava sobre retornar a Campina Grande; limitam-se a concordar que "da maneira que estava, estava bom". Ele havia diminuído a leitura bíblica, por crer que sua mente estava agitada demais para se concentrar. Limitava-se a sentar e ouvir o som alto que vinha do quarto de Nath. "Ela está se adaptando!", esse era seu pensamento.

Mas o que poderia estar ocorrendo com Nath? Reclusão social?

Os amigos que ela lhes dissera que havia feito eram os mesmos do passeio no Morro da Urca, mas omitiu esse fato dos pais. Eles haviam conversado muito, trocado telefones (só valia se fosse celular) e se falavam constantemente. Tinham-lhe ensinado que não precisava ficar em casa e se limitar aos programas de sua idade. Nath aprendera a falsificar a carteira de estudante e a frequentar as baladas mais quentes.

Mas como poderia sair à noite sem ser notada e sem a proteção dos pais?

No colégio, acabou se identificando com uma garota que curtia o mesmo estilo de roupa, preta (em pleno Rio 40 Graus), com botas baixas de cano curto e medalhões de prata, além da maquiagem pesada às sete horas da manhã. De início, Nic e Kleber estranharam a mudança gótica do guarda-roupa, mas, quando deixavam a filha na escola, percebiam certa moda entre os adolescentes e aceitavam. Com as visitas ao colégio, Nath conseguiu que Nicole e Kleber ficassem amigos de outros pais e, mais tarde, pôde exercer o plano de dizer que dormiria na casa de uma amiga.

Foi em uma dessas noites de aventura que foi levada a uma danceteria na Zona Sul. Havia ido para a casa de Jupiá, o rapaz que a ajudara no passeio do Morro da Urca. Caprichou na maquiagem, conseguindo ficar com a aparência de uma garota de 20 anos, e com a falsificação da carteira garantiu sua entrada. Na verdade, estava a apenas alguns meses de completar dezessete anos.

O som, o jogo de luzes, a bebida grátis, tudo contribuía para elevar a sua adrenalina. Mesmo assim, Nath procurou se abastecer. Andava sempre com um *beck* de maconha no bolso, e dessa vez o tirou despreocupada com o ambiente. Mal o havia iniciado quando alguém passou, vendendo "balinha". Vasculhou o bolso e percebeu que não poderia comprá-lo. Dormir na casa da amiga não lhe rendia dinheiro extra... Pedir emprestado ali seria piada... O que poderia fazer?

Viu uma galera com um maço gordo de dinheiro. Com certeza, iriam gastar tudo ali. Será que não lhe dariam um bocadinho? Arquitetou um plano para se aproximar e pegar distraidamente cinquenta reais. Talvez não dessem pela falta...

Mas perceberam. Nath era inexperiente. A vítima foi um cara que não pensou duas vezes em lhe dar uma bofetada no meio da cara, fazendo-a sentir o rosto queimar e sair de mansinho. Mesmo o som não tendo parado, Nath imaginou que o tapa tinha ecoado pelo salão. Percebeu que até, para a perfeição de um simples roubo, deveria ter um plano, um local e as pessoas certas.

Alguns dias se passaram sem que Nath esquecesse o ocorrido. O tapa dado pelo cara deixara uma mancha roxa em seu rosto, o que por sorte não foi notado pelos pais. Estavam preocupados apenas com o que se passava com a filha.

Então sua colega sugeriu de irem a uma festa eletrônica, uma *rave*. Agora elas teriam a oportunidade de experimentar com abundância as drogas que sempre tinham ouvido dizer que eram magníficas. Só havia um problema: Nath teria de chegar cedo e levar bastante dinheiro.

Agora ela tinha dois problemas: como conseguiria muito dinheiro? Seu pai estava limitando sua mesada a compras no cartão de crédito em lojas já conhecidas. Dinheiro na mão nem para doce, nem para vendaval.

Com o aprendizado na boate, optou por roubar novamente, só que dessa vez no lugar certo, com as pessoas certas: sua casa. Abriu o cofre escondido atrás do armário da cozinha e pensou em pegar apenas mil reais. Mas havia tanto dinheiro que retirou mais. Ninguém daria falta.

Sair de casa não foi problema. Seus pais estavam confiantes de que, em uma boa escola, com rapazes e moças da média e alta sociedade do Rio e constantes compromissos, Nath não teria tempo de se envolver com drogas. Se ao menos se preocupassem apenas em deixá-la na casa dos amigos, em vez de permitir que ela entrasse em um táxi e partisse, perceberiam que os pais da outra garota estavam como eles, no mesmo barco, só que como "gaiatos", levados pelas enxurradas da vida.

A festa acontecia em uma área ampla, indicada para acampamentos de escoteiros. Havia muitas barracas de *camping* e muita gente. Muita gente mesmo. Garotas lindas, perfumadas (mesmo em meio à nuvem negra de fumaça que pairava no ar pelo uso da maconha, ainda era possível sentir o aroma adocicado do perfume de algumas delas). Mas os rapazes não ficavam atrás. As regras ali pareciam as mesmas da danceteria a que tinham ido. Valia tudo, só diferenciando a forma como as drogas eram oferecidas.

E Nath se propôs a experimentar de tudo. Começou *light* com a maconha, o *ectasy*, e viu com olhos iluminados um sujeito com algumas pedrinhas de *crack*. Sempre ouvira no colégio que uma das drogas mais pesadas era o *crack*, embora quimicamente fosse considerada uma "droga pobre", por ser feita de restos de cocaína. Se era pesada ou não, teria de provar. Comprou uma pedrinha, com o cachimbinho de brinde, e foi procurar um lugar para curti-la. Deu um trabalhinho encontrar um lugar reservado em meio à euforia. Também comprou uma cerveja e sentou-se separada de todos, embaixo de uma árvore. No momento em que havia chegado à festa, sentia frio, por ser um lugar aberto. Lamentou não ter levado um casaco, mas agora o suor lhe escorria pelo rosto, inundando a sua camiseta.

Devagar, Nath tomou a cerveja e tragou o "cachimbo", sentindo a adrenalina só de ouvir o estalido da pedra. Nossa, que viagem! Mal havia acabado, e sentiu como se uma onda quente percorresse todo o seu corpo. Correu para uma barraquinha e mexeu o esqueleto. Muitos ao seu lado deviam estar sob o efeito da mesma droga, pois, quando um já não conseguia imaginar passos diferentes para a música eletrônica que entrava tímpanos adentro, o outro tomava a frente e se encarregava de animar a galera.

A roupa de Nath estava ensopada de suor. Teve vontade de tirá-la para torcê-la ou deixá-la em um canto para secar, mas achou melhor sair um pouco e procurar algo para tomar. Tinha tantas bebidas variadas que o melhor era experimentar todas. Enquanto bebia, dançava, sacudindo a cabeça, as mãos e os pés. Nesse meio tempo, alguns sujeitos passaram com comprimidos, e, à medida que Nath repassava o dinheiro, um comprimido era depositado em sua boca. Muitos se juntaram a ela, com garrafas na mão, e ficaram ao seu lado. Daí a pouco parecia uma competição de vômitos.

Nath sentia os pés flutuarem. Não sabia o que havia tomado, mas queria mais. Olhou para o lado e viu as roupas das pessoas com um brilho muito mais vivo. E isso lhe deu prazer. Percorreu o local, em busca de cores mais vivas, para que tivesse mais efeito. Sentiu os olhos lacrimejarem, porém queria mais. Queria sentir de novo o barato que o *crack* lhe dera. Tinha de conseguir mais. Só mais um.

Às cinco horas da manhã, a festa começou a diminuir seu curso. O lucro para os vendedores de drogas indicava que a propaganda boca a boca tinha rendido. Nath ainda estava elétrica, porém com o corpo todo empolado. Sentiu os lábios ressecados e imaginou que era efeito dos três cachimbos que havia fumado. O primeiro havia vindo em uma tampa de garrafa PET coberta com alumínio, tendo uma caneta como cachimbo. Como havia sido brinde da primeira pedra, o segundo e terceiro uso causaram-lhe um aquecimento maior nos lábios. Mas nada que uma manteiga de cacau não resolvesse.

Durante três horas seguidas, Nath havia dançado sem parar, apenas perdendo tempo para comprar alguma bebida e voltar imediatamente para junto de seus companheiros. Sentiu vontade de ir ao banheiro, mas não conseguiu sair do local e fez na roupa mesmo. O importante era se divertir. Agora estava se coçando toda, pela alergia do seu próprio suor.

Uma ambulância chegou alarmando, porém não foi notada por muitos, pois o som emitido pela sirene não alcançava os decibéis das caixas de som da festa. Poucos, apenas os que estavam próximos à cena, puderam ver um rapaz ser levado em coma alcoólico. Talvez, se Nathalie estivesse por perto, poderia se lembrar do que acontecera com sua prima e sentiria remorso. Talvez se lembraria de que nem tudo que reluz é ouro.

Mas ela não viu. A vida iria ensiná-la a enxergar isso em outra ocasião.

15
Na mira do alvo

Aquela noite havia sido marcada pelo retorno às drogas. Durante o dia, Nath passava agitada, agressiva e cada vez mais solitária. No início, parecia crise da adolescência, por não saber o que fazer da vida, mas agora estava nítido aos olhos de Kleber e Nicole.

Nicole, que havia muito nutria o costume de ter algum dinheiro em casa para as emergências cotidianas, principalmente as suas próprias, era a única que sabia a quantidade exata do dinheiro do cofre e, portanto, a responsável pelo roubo. A princípio, pensou em denunciá-lo como algo relacionado à empregada, mas no fundo sabia de quem era a culpa. Já havia visto esses acontecimentos na vida de outras pessoas, mas nunca em sua casa.

Iniciou uma pesquisa para saber sobre drogas, seus efeitos e consequências. Curioso que, na concepção dela, um viciado só poderia ser considerado como tal se fizesse uso de drogas por muitos anos. Mas, na prática, bastariam poucas doses, dependendo do uso e da droga escolhida. O que deveria fazer? Não saberia dizer como Kleber reagiria. Ele parecia pouco animado com as alterações de humor de Nath; na verdade, estava se sentindo culpado por ter permitido que as coisas chegassem àquele ponto. Ao contrário de Nicole, sua reação foi a fuga psicológica, em que nenhuma atitude era tomada e ele parecia indiferente ao que se passava ao seu redor.

E Nicole? Não estava 100% segura. Continuou visitando a igreja e a cada dia estava sentindo Deus operar. A luz no fim do túnel estava brilhando em sua vida. Sentia que Deus a amava e deveria lutar por esse amor. Não sabia explicar como, mas estava sentindo a diferença do amor de Deus em sua vida, mais do que toda aquela que havia vivido. Deus estava se tornando o sentido de sua vida, e isso a animava cada vez mais. Decidiu conversar com Nath.

Para Nathalie, o efeito das drogas vinha em sucessão lenta. Em seu modo de pensar, essa era a fase de experimentar. Sentia-se agora bem mais amadurecida em relação às drogas, de maneira que conseguia controlar as doses. No dia que tivesse vontade, provaria uma nova, ou então voltaria a qualquer uma que lhe desse prazer. Mas todos os dias havia sempre um barato para lhe dar prazer.

Nicole pegou o carro e foi apanhá-la na escola. Há muito havia combinado com Kleber de fazerem isso, mas a falta de tempo não lhe permitia. A solução era ir sozinha. Sentia-se muito só. Kleber não estava reagindo da forma que ela esperava; não estava batalhando com ela. Parecia cansado de lutar, sem forças para reagir. Sentia seu lar desmoronando e seu casamento enfraquecendo. Esse seria o momento em que Kleber deveria ser companheiro, mas ele apenas repetia que aquela era uma fase passageira. Com isso, a única caminhada que persistia era a do tempo, que sorrateiramente ia consumindo os dias daquela família.

Tamanha não foi a surpresa de Nicole quando chegou ao colégio e avistou Nath, às 13 horas, fumando em frente ao estabelecimento educacional. O cigarro era de tabaco, mas Nic havia alertado sobre os males que ele causava à saúde e pedido à filha que não fumasse mais. Nath prometera que não iria mais fumar. Nic já havia concordado com Kleber que aquela era apenas uma fase.

Nath identificou o carro, mas não imaginou que a mãe estivesse dentro. Veio fumando e, ao abrir a porta, deparou com ela sentada no banco de trás. Teve ao menos a delicadeza de jogar o cigarro fora e bater a porta, como se nada estivesse errado.

Nicole sabia que deveria se controlar. Tinha de ser calma, paciente com a filha. Esse era um momento que teriam para passar juntas. Não estava feliz pelos últimos acontecimentos, por ver a filha envolvida com produtos incertos... Será que deveria investigar o que ela estava fazendo fora de casa? Isso não seria roubar sua privacidade? Não seria por meio da liberdade que muitos jovens encontram a independência? Ou seria dependência? Não fora em uma situação semelhante a essa que nas décadas de 1960 e 70 o movimento *hippie* chegara ao ápice? E quanto ao roubo do dinheiro?

Às vezes, quando pensamos muito em um assunto e divagamos para outros mais próximos, não controlamos a sequência de nossos pensamentos, e o que acaba saindo da nossa boca nem sempre é o que pensamos. E isso ocorreu com Nicole, que pensou em iniciar uma conversa amigável, com a simples intenção de encontrar algum atalho para chegar ao coração de Nath, mas o caminho percorrido fora além da sutileza.

— Você roubou o dinheiro do cofre?

Nath se assustou e olhou para a mãe. Retirou um chiclete da mochila e respondeu, rispidamente:

— Foi só por isso que veio me buscar? Pela grana?

— Não, meu bem. — Nicole se esticou, para alcançar os cabelos da filha. Por que era tão difícil encontrar o caminho para chegar ao coração de Nathalie? — Me perdoe. Sua mãe está muito preocupada com tanta coisa... não queria falar isso.

— Mas falou. Espero que não venha me estressar com seus problemas.

A rispidez de Nathalie só fez com que Nicole ficasse mais desconfiada de que algo muito estranho estava acontecendo. Havia deixado a meiguice de lado. Mas o que ela podia fazer? Nath se transformara em uma rocha para proteger seus sentimentos. O que uma mãe sábia faria em uma circunstância como essa?

Se em seus pensamentos se sentia perdida, retornar para a vida real era um pesadelo. Algo martirizante que percorria o seu corpo em frações de segundo. Nicole se colocava dia após dia ao lado de Nath. Sempre soube que, em muitos casos de pessoas envolvidas com drogas, os conflitos familiares acabavam se acumulando e adoecendo a todos por completo. Isso já havia acontecido com seu cunhado, Kevin, e agora estava se refletindo em Kleber.

Nicole começou a perceber que Kleber estava rejeitando a filha. Kleber não aceitava mais Nath, e a situação estava se apresentando de forma tão inesperada e rápida na vida dele, que a única coisa que conseguia fazer era se enclausurar. Sonhava dia e noite com Nath se preparando para o vestibular, ingressando em uma faculdade e até iniciando um namoro. Mas não era isso que a vida estava mostrando a ele. Estudos fragmentados... mentiras... roubos... aparência desconstruída. Sentia que a esposa precisava dele, mas não sabia o que fazer. E percebia que sua presença, talvez, não fizesse tanta diferença. Achou que o amor que Nic sentia por Nath supriria todos os vazios.

Como o casal definiria a sua vida cristã para um espectador? Que tinham passado a vida toda na igreja e depois percebido que não era nada daquilo? Sabiam muito bem que a experiência que haviam tido com Cristo ia muito além das convicções deles próprios, Jesus Cristo era o Salvador da vida deles. Dera-lhes o sentido da vida, alegria. Mas por que viviam em crise? O mesmo Deus que habita no templo seria o mesmo que os livraria daquele deserto? Como poderiam continuar vivendo daquela maneira?

Quanto a Nath... Ainda era jovem e tinha muito que viver. Aos poucos, Kleber se deu conta de que não podia barrar as saídas dela, mesmo ela sendo menor. A rebeldia de Nath minava a resistência de seus pais, que tinham medo de que ela pudesse chegar a fazer algo que ferisse a todos.

O tempo de Nath se resumia a esperar ansiosa pela noite, para poder sair para a balada. Dia após dia os seus resultados eram todos na calada da noite. Aprendera a se divertir, a controlar a ansiedade em experimentar drogas, a se relacionar com os rapazes, ficando com vários na mesma noite, a sentir prazer na vida. Finalmente estava aprendendo a viver e ser feliz. Demorara, mas estava valendo a pena. A única coisa com que se preocupava eram as baladas, buscando estar sempre por dentro das *raves* que aconteciam. Conhecia pessoas fabulosas nessas *raves*.

Foi em uma dessas festas que Nath conheceu André. Ele tinha o dobro de sua idade, mas aparentava ter uns vinte e poucos anos. Apresentou-se como professor de História. Estava sempre com os seus novos companheiros de festa e se mostrava disposto a ensinar a Nath tudo o que ela desconhecia. A turma era fechada entre garotas ricas e filhas de pais renomados. Era uma espécie de regra para conhecer mais ou menos o cartel da droga. Talvez tivesse sido esse o motivo que levara André a se tornar tão amigo de Nath.

Sua amiga mais próxima, sua parceira de mentiras e de colégio, logo começou a perceber o interesse excessivo de André por Nathalie. Ele a buscava no colégio e muitas vezes a levava para casa, com o pretexto de lhe dar aulas. Seus pais tinham achado ótima a ideia de um professor estar interessado no progresso da filha. E André foi, cada vez mais, ganhando espaço na casa. Para Nicole e Kleber, parecia ter caído do céu, em que passaram a depositar toda a confiança quanto ao futuro de Nathalie.

Contudo, o sujeito era um picareta, aproveitador e ex-detento, condenado por agressão a mulheres. Estava em condicional e nas horas livres se limitava a contrabandear armas e drogas. Mas, para se dar bem, tinha de ter um álibi, uma testemunha idônea que estivesse sempre disposta a lhe servir de esperança. Foi então que se ofereceu para ser professor de Nath; não de História, como Nicole supunha, mas de baladas.

No princípio, respeitava o ritmo de Nath: era calmo e fazia-se de acima de qualquer suspeita. Com o tempo, as aulas passaram a ser constantes. Para Nathalie, André estava se tornando uma pessoa muito mais que especial, pois assumira em sua vida uma posição que estava desocupada havia muito tempo: o lugar paterno. Sentia orgulho por estar sendo incluída na turma dele, de rapazes bem mais velhos e um pouco fechados, para falar a verdade. Em geral moravam no subúrbio ou em alguma comunidade próxima de sua casa. Mas Nath não precisava conversar com eles ou namorar, como algumas de suas amigas preferiam; bastava acompanhar André quando ele fosse visitar alguns de seus amigos e lhe emprestar alguma de suas mochilas, que geralmente voltava muito suja. Ela não chegava a saber por que a sujavam tanto, mas se conformava em ficar sentada na laje, esperando André. Todos os observavam quando subiam o morro...

O relacionamento se manteve neutro por um bom tempo, até André sentir falta do sexo. Aos poucos ele conseguiu fazer com que Nath se afastasse da sua turma e se mantivesse apenas com a amizade dele, a visita aos "amigos dele" e, é claro, o empréstimo das mochilas. E olha que ela tinha uma grande variedade delas. A confiança de Nath em André chegou a tal ponto que começou a incomodar Nicole. Ele estava sempre por lá. Que professor era aquele, cujas aulas se resumiam a uma aluna? Começou a investigar de que lugar ele havia saído. Do colégio não, do cursinho também não... Buscou ajuda na Secretaria de Educação... nem diploma de História André tinha. Nicole levou o assunto ao conhecimento de Kleber, e ambos resolveram puxar a ficha dele na polícia. A decepção deles foi enorme ao saber que o sujeito que passava o dia colado na filha era um socador de mulheres!

Kleber não pensou duas vezes antes de correr para casa com Nicole. Estava de saco cheio das conversas de Nath sobre o tal André, que, na verdade, se chamava Juarez. Recebera o sujeito em sua casa, pensando se tratar de uma solução, uma motivação para os estudos da filha, e agora a filha estava na toca do lobo.

No entanto, embora o desejo de André desde o princípio fosse usar Nath para ser um "aviãozinho", Nath transferira sua carência amorosa para ele de forma tão intensa que ele passou a senti-la. Apesar de Nath estar muito magra, só por ser uma adolescente André se sentia atraído por ela. Ela ainda tinha meiguice e carisma. Suas aulas de reforço tornaram-se cada vez mais longas, ele sempre procurando uma oportunidade de Kleber e Nicole não estarem em casa para poder agir. Até que a oportunidade lhe foi dada: um dia Kleber e Nicole saíram e deixaram o apartamento somente para os dois. Não tinha nenhuma entrega ou contato com os colegas... por que não se divertir um pouco à tarde com Nath?

— Nath, meu bem — ele disse, levantando-se da mesa da sala onde estivera ensinando sobre a Revolução de 1930. — O que acha de descansarmos um pouco?

Nath apenas sorriu. Não sabia por que seu raciocínio ultimamente estava tão lento... Como se fosse uma tontura, que a impedia de coordenar as sentenças de perguntas ou respostas, até mesmo de algo que ia fazer; de repente, deparava com uma sensação de completa incapacidade, perdida no espaço sem saber o que fazer, ou dizer, pois as palavras se perdiam na boca. "Talvez a mistura de drogas esteja afetando alguma parte do meu cérebro", pensava.

— Venha cá. — André a colocou em cima da mesa, como se ela fosse uma garotinha de três anos. — Estou te sentindo um pouco preocupada. Algum problema?

André estava se mostrando um amigão. Por que não confiar nele?

— Meus pais. Ou aqueles que me colocaram no mundo. Eles me enchem tanto o saco. Querem controlar minha vida, me impedir de ser feliz. Você acredita que eles pensam que podem mandar em mim? O... — Nath parou um pouco, tentando se lembrar do que ia falar.

— Estou entendendo. Realmente, é algo difícil de suportar. Mas talvez seja como na Crise de 29. Muitos se suicidaram covardemente, sem condições de encarar uma mudança que rasgava países e dizimava povos. Para haver mudança, deve-se ter coragem. Adolf Hitler foi um homem corajoso e muito sábio, pois começou a agir no momento certo e na hora certa.

Nath tentava conciliar o que eles haviam estudado com o que ela sabia e os fatos do passado. Mas que saco de memória, que empacava no momento errado! Talvez, se fizesse um esforço, percebesse que a coragem defendida por André, embora não se encaixasse na fase da História que ele estava apresentando, havia deixado uma nuvem negra sobre a humanidade.

— Não pense nessas coisas agora. É sobre isso que estou falando... — E ele começou a acariciar seu rosto e cabelos. — Vamos curtir o momento.

Nath abaixou a cabeça sorrindo, mas confusa. O que estava acontecendo?

— Isso não! — Ele levantou o rosto. — Olhe nos meus olhos. Veja a verdade dentro de mim.

Ela assim o fez. Os olhos dele pareciam tão sinceros, cheios de segurança. Nath sentiu prazer em se aprofundar neles. André deu-lhe um selinho, e ela gostou da sensação do toque em seus lábios. Ele continuou olhando em seus olhos e aprofundou o beijo, e Nath retribuiu e o abraçou. Permaneceram abraçados, e seu coração começou a saltitar, como se estivesse sendo arrancado. Então, como um raio de luz, decidiu: André teria de ser seu primeiro homem. Sentiria orgulho de se transformar em mulher nos braços dele. Dessa vez seu prazer não lhe seria roubado.

André pareceu ler os gestos expressos pelo corpo dela. Deitou-a sobre a mesa, derrubando os copos postos para o lanche e manchando os cadernos. Aos poucos, suas roupas foram tiradas e lançadas ao chão.

Uma chave foi introduzida na fechadura da porta, e a maçaneta foi girada. Nicole entrou de cabeça baixa, preocupada em como dar a notícia à filha. Kleber fechou a porta de repente, e Nicole soltou um grito agudo que ecoou no apartamento fechado.

A cena era de revoltar qualquer pai e fazê-lo vingar a honra da família. Nathalie estava deitada seminua na mesa, André por cima. Os dois ficaram tão assustados que Nath se desequilibrou e caiu. André Juarez não pensou duas vezes e sacou o revólver. Suas mãos tremiam quando engatilhou a arma.

— Kleber, meu bem — Nicole se aproximou, temerosa —, não vale a pena!

André ficou paralisado pela surpresa do momento e suas mãos tremiam. Não sabia como agir, ainda mais com Kleber empurrando a cadeira de Nicole e se aproximando dele. A arma e as suas mãos não estavam em harmonia com o corpo.

— Peraí, meu chapa. — André levantou um dos braços, tentando amenizar a situação. — Vamos conversar. Não é nada disso que você está pensando. Não quero machucar ninguém.

— E desde quando um bandido, vagabundo e safado sabe dos meus pensamentos?

Nathalie vestiu a roupa rapidamente e foi para a frente de André.

— Pai! Você não tem esse direito!

— Você sabe quem é esse pilantra? Um marginal perigoso!

— E daí?

— "E daí"? Ele não presta! Está apontando uma arma para a sua família!

— Eu não acredito mais em você. Você mentiu para mim, me fez acreditar que meus amigos lá em Campina tinham feito alguma coisa errada. Se ele está armado hoje, é para se defender de homens como você. Eu te odeio! Eu não suporto mais a tua cara!

— Você não sabe o que é a vida, sua fedelha! Sair toda noite não é viver, não! Uma vida é baseada em colher os frutos do passado para servirem como base para o futuro. E tudo isso de acordo com a vida que você vive no presente.

— Você manchou o meu passado.

Nathalie lembrou-se das palavras de André minutos antes: "Agir no momento certo, na hora certa". Por que eles tinham de interferir, se ela estava feliz?

— Esse assunto não é para o momento. Ele não presta para você e isso basta. — Kleber se esticou um pouco para trás e tentou ver a reação do covarde, que se escondia atrás de sua filha ainda com a arma na mão.

Bastou esse movimento para Nathalie avançar e pular com fúria sobre o pai. Kleber se desviou habilmente dela e entrou em luta corporal com o marginal, tentando desarmá-lo; em seguida, Nath se atirou sobre eles. André, sentindo que a arma havia escapado de suas mãos, aproveitou o momento para sair daquela confusão de corpos. Nicole foi ao encontro deles com a cadeira de rodas, tentando dar um fim àquela situação, quando foi recebida com uma bala.

André, percebendo a tragédia, aproveitou a porta aberta e tentou fugir antes de Kleber reagir, mas este, percebendo sua intenção, pôs-se de pé, disposto a segurá-lo a qualquer preço. Nath segurou suas pernas e gritou com ele, impedindo-o de prosseguir. Kleber deu-lhe deu uma bofetada no rosto e guardou a arma. Nicole estava desmaiada na cadeira de rodas; muito sangue escorria em seu colo. Kleber, desesperado, ligou para uma ambulância e providenciou os primeiros-socorros, ignorando os soluços descontrolados de Nath.

Nathalie correu para o quarto e ficou contemplando o vazio. O que estava acontecendo? O que havia acabado de fazer? Amava a mãe... Num impulso se dirigiu à sala e viu o desespero de Kleber com Nicole. A ambulância devia estar chegando. Seu pai iria entregá-la à polícia, e seria presa por tentativa de assassinato da própria mãe... não! Tinha de fugir imediatamente.

Foi correndo ao quarto dos pais e procurou dinheiro. Depois, com movimentos rápidos, trocou a roupa que estava com os respingos do sangue da mãe. Não quis olhar muito, nem haveria tempo para isso. Kleber falava agitado ao telefone com um advogado. Devia estar armando para entregá-la à polícia, como fizera da outra vez, com seus amigos em Campina Grande. Tinha de ir embora dali.

Nath se assustou ao ver Kleber entrar no quarto com o telefone sem fio.

— O que faz aqui?

— Eu... eu... — ela gaguejou, tentando pensar e ao mesmo tempo guardar o dinheiro que havia conseguido pegar antes de ele entrar. — Estava separando algumas roupas para a mamãe. Vai me entregar?

Kleber franziu a testa sem entender e continuou falando com o advogado pelo telefone. A campainha soou. Era a ambulância. Ou a polícia? Nath correu até a sala e olhou pelo olhou mágico, mas não conseguiu ver nada. Não haviam avisado a portaria, então...

Correu para a cozinha e saiu pela área de serviço. Não podia cruzar com os policiais. Devia chegar à rua antes deles. Teve uma surpresa quando viu a ambulância estacionada na garagem. Está bem, teve sorte. Mas a polícia não demoraria a chegar.

Saiu desesperada garagem afora. Mal olhou para o porteiro, abriu o portão e ganhou a rua. Andar não adiantava. Tinha de correr. E correu. Nem mesmo os faróis vermelhos, confundidos entre os táxis amarelos que ela ultrapassava, davam-lhe senso de realidade. Estava apavorada e não sabia como seguir nem que direção tomar. As pessoas que transitavam olhavam-na, espantadas. Nath chorava tanto que se engasgava com as lágrimas e os soluços. Muitos tentavam oferecer-lhe ajuda, pensando ter sido vítima de um assalto.

De fato havia sido assaltada. Sua vida estava sendo saqueada.

16
Evadindo de um rio sem barco

O Ônibus 606 parou ao seu lado, e Nath sentiu-se fortalecida. A cor verde do ônibus parecia lhe indicar esperança. Entrou e sentou-se separada dos demais passageiros. Contou o dinheiro. Quinhentos reais. O que faria com aquele dinheiro? Alugaria um espaço para morar? Quem sabe poderia revender drogas? Sempre soube que dava grana. Mas quem iria indicá-la? André havia dado no pé, contrariando a coragem ensinada minutos antes. Se pelo menos tivesse alguém que pudesse estar ao seu lado, ajudá-la com um conselho...

Ric seria capaz de entendê-la e lhe dar a maior força. Mas como, se ele estava a milhares de quilômetros?

O ônibus deu uma parada brusca e estacionou no ponto final. Nath olhou para o lado e viu um hospital. Seu coração deu um salto, e ela desceu novamente, desesperada. Diante do intenso tráfego da avenida, não correu, mas andou muito rápido. Parou em frente ao viaduto que ligava o Rio de Janeiro a Niterói, ao lado do Terminal Rodoviário Novo Rio.

Procurou um guichê para comprar uma passagem. Já era tarde da noite, e não havia mais passagem para Campina Grande naquele dia. E seu dinheiro não dava para pagar uma passagem de avião. O jeito era esperar. Sentou-se na área de espera e ficou assistindo a um programa de televisão. Estava toda suada, com sede e fome. Sobrariam alguns trocados, e ela pensou: "Se terei de passar 42 horas em um ônibus, que seja chapada. Pelo menos será mais rápido".

Como não havia nada a perder, foi andando até a Central do Brasil. Se não conseguisse esquemas lá, iria para a Cinelândia, mas sem droga ela não viajaria.

Seu aspecto era de dar medo a qualquer pedestre que passasse pela Presidente Vargas naquela hora. Mas, conforme diz o ditado, "diga-me com quem andas e te direi quem és", Nath não demorou para achar droga. Contudo, seu dinheiro não daria para muito, pois estava acostumada a consumir *ectasy*, LSD. O rapaz, vendo seu estado, deu-lhe apenas duas carreiras de cocaína. Ela já ia esticar os olhos, para reclamar que ainda não havia cheirado, quando pensou que melhor seria ter algo forte do que ficar careta a viagem toda. A maconha, ou a pedra de *crack*, a denunciariam aos demais passageiros.

A volta para Leopoldina lhe causou dor. Sua vontade era acabar com aquela droga toda, sentir-se mais calma, livre, sem os últimos acontecimentos a lhe encherem a cabeça. O que deveria fazer? Só tinha duas cheiradas, e deveria aguentar até o fim da viagem que nem havia se iniciado.

Percebeu que havia muitos tocos de cigarros no chão em uma parada de ônibus. Talvez se conseguisse uma boa quantidade... Dobrou a blusa e foi enfiando todas as bitucas encontradas no chão. Algumas já estavam na marca final, outras ainda davam uma boa tragada; encontrou um cigarro quase inteiro. Muitos, ela notou, eram de mulheres, pois estavam com marca de batom. Já havia deixado alguns como aqueles por aí. Mas e daí? Estava mudando. Uma mudança de vida, cidade, escolha, ambiente.

Já estava quase amanhecendo, e Nath ficou a assistir à TV com os passageiros que haviam chegado durante a madrugada ou estavam esperando como ela. Os restos de cigarro a mantiveram ligada por um bom tempo. Preocupara-se em fumá-los sucessivamente, como que querendo manobrar a mente, e ainda tinha de se manter ligada, para não queimar os dedos. Mas esse fator era quase inevitável, pois alguns já estavam no fim e a queimavam. A cada queimadura, soltava um palavrão em voz alta.

Os passageiros e as pessoas das lanchonetes próximas ficavam a observá-la. Seus olhos se dividiam entre a TV e Nath, que todos percebiam não estar bem. Passaram a acompanhar seus atos. Avisaram a polícia, que se limitou a lhe perguntar se estava esperando alguém. Prevenida, ela retirou a passagem do bolso. Pelo menos assim a deixariam em paz.

Quando o ônibus finalmente foi liberado, já passava do meio-dia. Nath subiu tranquila, sem o estresse da bagagem. Deu sorte de sua poltrona ser a da janela, porém no meio do ônibus. Os passageiros estavam animados, muitos alegres por estarem finalmente retornando à sua terra. A lotação ainda não estava completa, entrariam outras pessoas, e sobrariam poucos lugares.

Nath se contorcia de dor na cadeira e suava frio, embora o ar-condicionado estivesse fraco. Passar pela Ponte Rio-Niterói e seguir pela rodovia Niterói-Manilha lhe causava uma angústia maior ainda. Levantou-se e foi ao banheiro. Uma ânsia de vômito provocada pela concentração de perfumes embrulhava seu estômago. Esforçou-se para melhorar, provocando mais ânsia, mas não saía nada. Seu estômago estava vazio. Sentiu as forças faltarem e só deu tempo de virar-se, caindo no chão, desacordada.

Tempos depois, uma batida na porta fez com que ela despertasse daquele pesadelo. Suando, com um calor insuportável provocado pelo motor, sentindo apenas uma pequena brisa que entrava pela janela, Nath lavou o rosto e tomou um pouco de água da torneira. Abriu a porta e olhou para a senhora que aguardava para entrar, mas seu estômago se embrulhou novamente e, dessa vez, vomitou toda a água que havia tomado.

— Você está passando mal?

"Que pergunta idiota", Nath pensou.

— Deve estar enjoada. Vamos descer um pouco para respirar.

Descer? Já haviam chegado? Nem tinha notado que o ônibus estava parado. Era horário do almoço e estavam em Campos dos Goytacazes. A senhora ajudou-a a descer do ônibus e ir até o banheiro do ponto de apoio. Todas as mulheres presentes olhavam para ela e começaram a opinar sobre a sua saúde ou o que deveria tomar. Nath lavou o rosto e desejou dar aquela cheirada, mas a senhora insistente que estava ao seu lado a convidou para comer alguma coisa e começou o interrogatório: "Vai para onde? Está sozinha? É de menor?".

Nath esquivou-se um pouco e sentou-se em um conjunto de cadeiras em frente à lanchonete. Não tinha fome. A senhora ofereceu-lhe uma laranja, para passar o enjoo, e ela aceitou, para ficar em paz. Muitos passageiros se aproximavam, demonstrando preocupação. Nath retornou ao ônibus e começou a chupar os gomos da laranja. Engraçado, não saberia que sua boca estava tão carente de vitaminas, caso o líquido ácido de vitamina C não molhasse sua boca e revelasse as aftas.

Procurou se concentrar. Deveria ter feito uma carreira no banheiro e cheirado. Mas e o sacolejo do ônibus? Não podia perder nada. Era melhor esperar do que perder a droga toda.

E que agonia era esperar! A cada parada a agonia aumentava para conseguir um banheiro. Em Vitória, do Espírito Santo, chegou a fazer a "carreira", havia até conseguido cortar um canudo para cheirar, quando uma mulher empurrou a porta, quase fazendo com que ela derrubasse tudo. Chega! Já estava sóbria havia 24 horas. Estava tendo uma crise de abstinência. Decidiu que, assim que chegasse à próxima parada, Feira de Santana, ela cheiraria.

Para os demais passageiros, Nath era uma "coitadinha". A mesma senhora que a havia ajudado continuou a servir-lhe de "anjo da guarda" pelo restante da viagem. Arranjou-lhe uma camiseta e um *short* de algodão da filha, que por sinal olhou-a atravessado, e a fez se alimentar. De certa forma, Nath acabou se sentindo bem e protegida.

Enquanto os demais passageiros tomavam banho enquanto a viagem não terminava, Nath ficou a observar um ônibus que chegava para o almoço. Os passageiros foram descendo, e um casal com o filho parou à sua frente, começando a programar o que fariam nos 50 minutos da parada. O menino soltou-se dos pais e chutou uma embalagem vazia que havia pelo chão, distanciando-se deles, que pareciam distraídos e concentrados no que deveriam priorizar. Nesse momento, um ônibus que estivera fazendo limpeza se aproximou da plataforma e buzinou com vontade, ao mesmo tempo que gritavam os demais passageiros, pois o menino estava no espaço reservado para o veículo. A mãe deu um pulo e o puxou pelo braço, entregando-o ao pai, que o chamou de lado e disse-lhe alguma coisa séria, enquanto gesticulava agitadamente. O garoto olhou para o lado e para o pai. Parecia um pouco envergonhado, mas não saiu dali. Pelo contrário, seguiu o pai até onde estava a mãe e ficou olhando para as pessoas. Viu o pai retirar uma escovinha do bolso e pentear o cabelo. O menino vasculhou a bolsa da mãe, achou sua escova e fez o mesmo gesto no cabelo. A vida tinha voltado ao normal.

Enquanto o ônibus já avançava pelo estado da Bahia, Nath comia o espetinho que havia ganhado da boa senhora e meditava sobre o acontecido na hora do almoço. Já fazia mais de vinte e quatro horas que estava viajando. Será que os pais estavam sentindo sua falta?

E era assim que o mundo da educação era regido... O filho se apresenta em perigo, os pais veem, aconselham, dão exemplo, e ele obedece? Que pena que esse esquema não era mais realidade em sua vida.

17

Um mergulho na alma

O tiro em Nicole havia sido de raspão. No momento em que ela havia se movimentado, em socorro do marido e da filha, o disparo fora efetuado e a bala acertara a parte lateral de ferro da cadeira, produzindo um ferimento mais pelos fragmentos da cadeira do que pela bala.

Kleber, preocupado com qualquer envolvimento de sua família com a polícia, ligou para o advogado buscando orientações. Chamou um médico que estava se tornando amigo da família e que já havia examinado Nath, o Dr. Ramalho. Kleber lhe explicou o caso. O médico compreendeu imediatamente, e Nicole passou a ser cuidada em casa. Como não houvera ferimento pela bala, também não houvera necessidade de internação hospitalar. Mas Kleber fizera questão de fazer um boletim de ocorrência, por Nath ter saído de casa e o tal de Juarez estar foragido.

Apenas depois que Nicole se mostrou melhor é que a preocupação de Kleber se voltou para Nathalie. Onde estaria? Com quem estaria? Teria ela procurado abrigo com seu irmão, Kleison? Nessa hora a família fazia falta, seria um bom lugar para se refugiar dos problemas.

O doutor que estava atendendo a família demonstrou preocupação com os problemas que estavam evoluindo. Kleber o convidou para uma conversa aberta sobre o estado de saúde de Nicole. Sentiu que seu abalo se dava muito mais pelo emocional do que pelo físico. Na realidade, interiormente, sentia-se muito pior do que ela.

— Doutor, a nossa situação está séria. Digamos que é uma catástrofe familiar. E, para piorar, minha filha sumiu de casa.

Mesmo com aquela declaração, o médico não se sentiu impactado. Acomodou-se na cadeira e cruzou as pernas, preparando-se para ouvir mais.

— Não sei bem identificar a data em que tudo isso começou. Eu acho que é uma fase e vai passar. Mas o problema é que não estamos preparados para lidar com esse intervalo.

— Uma fase?

— Sim... uma fase... — Kleber mexeu nos cabelos, nervoso. — Uma fase ruim... é que ela, é... ela bebeu...

O Dr. Ramalho gesticulou com a cabeça e fez um gesto para Kleber prosseguir.

— Ela bebeu... mas não creio que deva ter sido muito... é uma fase... só uma fase... vai ser algo passageiro, não é, doutor?

Kleber juntou as duas mãos e sentiu que tremiam. Estava nervoso. Essa era a primeira vez que colocava para fora o que estava realmente sentindo. Gostaria muito que o doutor confirmasse sua linha de raciocínio, mas o semblante dele não lhe dava segurança de que seguiria por esse caminho. Kleber continuou.

— Ela tem estado ausente, sim... agindo com rispidez, às vezes. Descontrola-se outras vezes. Mas está estudando. Ela conversa conosco. Está tirando boas notas... é certo que algumas caíram bastante, mas talvez tenha sido a mudança de cidade, certo? Ela deve ter se sentido sozinha... Mas depois que tornar a ter amigos, vai ficar boa.

O Dr. Ramalho colocou a cadeira em frente à de Kleber. As mãos dele tremiam visivelmente, e seus olhos denunciavam o pavor de algo que ele não queria enxergar. Segurando as mãos de Kleber, o médico tentou passar-lhe um pouco de segurança.

— É... é só uma fase não é, Dr. Ramalho? Logo ela vai voltar a ser a minha menina, não vai?

— Não, Kleber. Não é uma fase. Não estamos falando de um cabelo que se corta hoje e amanhã volta a crescer com a mesma cor e textura. Estamos falando de sua filha, uma moça que está passando por mudanças e não voltará a ser a mesma. Ela mudará de acordo com as escolhas que fizer. São as consequências da vida.

Kleber colocou a mão na boca e a mordeu, tentando sufocar o choro. Mas o doutor tinha mais a dizer.

— Meu amigo, me perdoe, mas antes de ajudar sua filha você terá de se ajudar. Você precisa se levantar primeiro. O que é isso? Você não pode se entregar à vida como um barquinho de papel que se deixa ser levado, ciente do seu naufrágio. Você tem de reconhecer a situação que está vivendo. Sua filha não é mais sua menininha. Ela é uma usuária de drogas.

Kleber o olhou, assustado.

— Mas ela ainda é minha filha, Dr. Ramalho... a minha filha que conversava comigo, a filha que compartilhava seus problemas, a filha que ia à igreja. Doutor, nós a criamos no caminho em que ela deveria andar: o caminho do bem, o caminho da Palavra de Deus. Todos os domingos íamos à maior escola do mundo: a Escola Bíblica Dominical. Ela participou das organizações da igreja. Todas elas. Do Departamento Infantil, Amigos de Missões, Mensageira do Rei, estava com os adolescentes. Minha filha era uma moça feliz, doutor. Por isso eu digo que é uma fase ruim. Ela vai voltar para casa e vamos esquecer essas coisas todas.

— Kleber! Como você me contou, ela começou a ter comportamentos estranhos como fugir de casa para ir a festas! Começou a beber! Kleber, amigo, ela deu indícios visíveis de que estava usando drogas. Foi uma forma de alertá-los de que algo não estava bem.

— Doutor...

— Eu sei. Não te culpo, amigo. Você é pai. Às vezes, existe uma selagem protetora de sofrimento automático. Outras vezes, precisamos quebrar esse lacre.

Nicole entrou com sua cadeira no quarto e surpreendeu a ambos.

— Doutor, acho que posso identificar o que aconteceu conosco.

Kleber trouxe a esposa para mais perto e esperou confiante suas palavras. Seu perfume se mesclava ao cheiro dos esparadrapos que envolviam seus ferimentos e pomadas anti-inflamatórias.

— Kleber, nossa filha adoeceu espiritualmente. Não estávamos preparados e adoecemos juntos. Sentimo-nos seguros apenas pela segurança em que a havíamos criado. Conformamo-nos em sermos pais... mas os pais precisam ser "os pais". Estar juntos no desenvolvimento dos filhos.

Compartilhar das alegrias, tristezas e sonhos. Saber dos seus medos. O que levou nossa filha a experimentar as drogas? Houve uma brecha, um momento em que deixamos Nath livre demais, e ela procurou abrigo para preencher essa lacuna.

Kleber olhava seriamente para o doutor. Sentia-se envergonhado por ter em sua casa um problema que ele enxergava a milhares de quilômetros de sua porta.

— Nossa filha não é uma delinquente, querida...

— Não disse isso, meu amor. — Nicole pegou nas mãos dele. — Mas, e se fosse, como deveríamos agir? Durante esses dias, fui impactada por vários sentimentos de depressão, ansiedade, abandono, fuga... Deparei com uma realidade que não foi planejada. Mas sabe o que me fez me levantar do buraco em que estava me enfiando? A realidade, meu amor. E o primeiro passo foi o reconhecimento de que Nathalie precisa de ajuda. E nós também. Não poderíamos, mas adoecemos com ela e agora precisamos nos reerguer para trazê-la de volta. E sabe o que Deus me lembrou? Da história que o Mestre Jesus pintou, na mente dos seus discípulos, sobre as duas casas. Uma fora construída sobre a rocha, e quando vieram as tempestades ela permaneceu firme, não cedeu. A outra foi construída sobre a areia, e quando veio a tempestade ela foi ao chão. Daí posso imaginar nesse quadro que as casas poderiam ter sido iguais, e a tempestade, a mesma para as duas. Os moradores das casas souberam que a tempestade estava passando por ali e presenciaram sua fúria. Mas, diferente dos que estavam na casa feita de areia, os que estavam na casa firmada na rocha puderam descansar, pois estavam em segurança.

— Nic — Kleber disse, pensativo —, você está me dizendo que nossa filha é igual à casa de areia?

— Não, meu amor. — Nic alisou o rosto do marido, com carinho. — Não estou me referindo a ela. Estou me referindo a nós, ao nosso lar. Firmamos tal qual o conselho do Mestre em Mateus 7, uma casa na rocha. Estamos enfrentando a tempestade. Vamos sentir a fúria dela, mas estamos firmados em uma rocha que não nos abalará. Quanto a Nath... não podemos saber. Também a criamos firmada sobre a rocha. Mas somente a ela cabe a escolha de onde deve se firmar. Sabe o que devemos fazer? Devemos ser para ela a cidade-refúgio citada em Josué 20. Mesmo sendo destinada a criminosos com crime culposo, sem intenção de matar, o motivo da criação da cidade-refúgio foi a misericórdia de Deus; dar uma segunda chance à pessoa que errou, que foi judiada pelas circunstâncias que a cercaram e a levaram às suas falhas e escolhas. É a chance de um novo recomeço, uma cidade que expressa por meio do homem o amor de Deus para com sua criatura.

Kleber ficou a observar a mulher, surpreso. Algo dentro dele compreendeu o que precisavam fazer, e ele completou o pensamento da esposa.

— Sim, querida. Nós somos a cidade-refúgio de Nath. Devemos ajudá-la nesse processo.

O que vem a ser pior em uma circunstância em que não se sabe o que fazer é não ter a dimensão do problema. Quando os pais ficam sabendo do envolvimento de um filho com as drogas, sempre o é por terceiros: ou pela polícia, ou por um flagra, ou por um fator que acaba levando a essa indução. Mas o que veda os olhos para que os sinais gritantes do dia a dia não sejam percebidos? Muitos filhos chegam a negar, mas por dentro existe um clamor de que nessa luta invisível alguém fale mais alto e venha ao encontro de quem se sente fraco. E essa fraqueza muitas vezes se mascara, podendo se mostrar em baixa autoestima, decepção, curiosidade, fuga da realidade, casualidade. Ela sempre encontra um aliado, tal qual uma esponja suga a água e a retém até certo tempo, para depois liberá-la, ficando novamente vazia.

Assim é a vida, e assim ela passa. Para muitos, ela apenas é. Para outros, ela só passa.

18
Remendo novo em tecido velho

Nathalie chegou com segurança ao Terminal Rodoviário Argemiro de Figueiredo. Os demais passageiros se contentaram em vê-la tranquila em seu lugarzinho. Sim, ela parecia uma adolescente revoltada. Sim, ela parecia alguém que fugira de casa. Sim, ela parecia alguém que vinha sendo molestada. Sim, sim, sim! Seus problemas se assemelhavam aos de muitos outros que já haviam cruzado o caminho daquelas trinta e sete pessoas que desceram em Campina Grande, por isso acharam melhor descer e se encontrar com os familiares queridos que as aguardavam havia tantos dias/meses/anos, do que se envolver com um problema logo na chegada. Dessa forma, ao passar pela catraca, Nathalie sentiu retornar à sensação de abandono que a havia dominado na saída do Rio.

Perceber as pessoas se distanciarem, o ar abafado e o vento forte e quente do fim de ano só a fazia sentir-se mais triste. Desceu a ladeira da rodoviária e viu o *shopping* à frente. Quantas e quantas vezes não passara as tardes ali, com sua mãe e amigas? E isso não devia fazer muito tempo. E agora? Não adiantava nem chegar perto, pois não tinha dinheiro para comprar sequer uma bala. Seria mesmo verdade que só damos valor a algo quando o perdemos? Sua casa ficava no bairro do Mirante... não muito longe dali. Mas não poderia ir para lá. Nunca mais.

Ao ver de relance seu perfil por um carro que passava, Nath pôde classificar como natural seu estado de envolvimento com as drogas. Se trocasse de roupa, tomasse banho e agisse normalmente, constatariam apenas o seu emagrecimento, que poderia muito bem ser atribuído a outros fatores. Era adolescente e poderia estar com anorexia ou bulimia. Não estava dependente de nenhuma droga, e isso lhe permitia a vantagem de passar algum tempo sem usá-la. Havia, é claro, a necessidade de tóxicos em geral, e aí sim que ela se salvava ou se enforcava. Salvava-se porque não havia a exclusividade de nenhuma droga ainda em sua vida, devido à dificuldade constante em obter dinheiro ou até encontrar suas drogas prediletas disponíveis. E se enforcava porque, a cada dia, aumentava a mistura de tóxicos, trazendo um efeito maior ao seu corpo e, consequentemente, maior dependência.

Forçou-se a andar muito. Estava exausta, e a última coisa que desejava era fazer qualquer esforço. Desceu a Avenida Severino Cabral, passou pelo açude velho com o sol escaldante a lhe esquentar a cabeça. Se tivesse como retirar água dele, mesmo não estando tratada, aquela seria a melhor água do mundo.

Sentou-se um pouco no parapeito do açude e percebeu algumas pessoas olharem fixamente a água. Eram os jacarés, que aproveitavam o calor do sol e saíam para se esquentar. Engraçado... se pudesse, daria um mergulho até o fundo e ficaria por lá um bom tempo.

Não tinha celular e não sabia como entrar em contato com ninguém, nem se recordava do telefone de Ric nem de Alex. Não sabia ir à casa deles. O que fazer? Nath não andou muito mais, pois suas pernas não permitiam. Tinha de encontrar Ric, Alex ou Laura, mas não fazia a mínima ideia de como ter contato. Deveria ir a um orelhão e discar vários números até chegar ao de Ric? Lembrou-se de que os orelhões estavam fazendo ligação direta. Quem sabe? O problema era encontrar um que não estivesse danificado e funcionasse. Sabia que os números iniciais do telefone dele compunham uma sequência óbvia, 9876. E daí se sua cabeça congelava? A culpa era da discagem rápida que sempre usara. Ou da maconha?

Umas três vezes foi interrompida por outras pessoas, que insistiam em usar o aparelho. Aproveitou para sentar-se e descansar. Com certeza não estava em um lugar perigoso. Sentou-se de volta no parapeito do açude e assoprou os dedos que estavam com as pontas queimadas de cigarro. O indicador da mão direita parecia de plástico, pois, com a queimadura, inchara e criara várias bolhas, que ao estourarem se encolheram acima da unha. Mas Nath não se importava. Com o tempo, ficaria com as unhas lindas de novo.

Já estava começando a arquitetar um roubo com os pedestres que faziam caminhada. Povo doido, fazer caminhada a uma hora daquela! Estava precisando de tudo, principalmente de um amigo conhecido. Mas não podia aparecer na casa dos seus amigos do colégio. A galera da igreja, nem em sonho! Eles entenderiam por um tempo e depois... pimba! A entregariam aos seus pais. Deveria ficar calma e... Eureca! A voz grave de Ric ao telefone. Quase não conseguiu segurar a emoção, por falar com alguém conhecido após tanto tempo.

Ric não fez muitas perguntas. Em dez minutos, chegou com a moto e ficou parado um instante, olhando para Nathalie. Sim, ela estava diferente. Teria tido ele participação naquele processo? Chegou bem perto dela e a abraçou. Nathalie retribuiu e deixou-se proteger por um tempo. Queria chorar, mas o choro estava sufocado, preso em algum lugar. Percebeu que ultimamente havia chorado muito, mas por dentro. A realidade exterior era outra.

Nath tomou banho, vestiu uma cueca e um camisão e ficou na casa de Ric. Ele havia mudado do apartamento que ela conhecera antes e morava sozinho agora. Na verdade, era um quartinho nos fundos de um beco apertado. Ric ofereceu-lhe comida, mas ela não quis comer. Estava com ânsia de vômito só de pensar que deveria comer algo; achou que era pelo grande tempo que passara sem se alimentar.

Ric foi compreensivo. Deixou que ela se readaptasse ao clima e descansasse um pouco e só depois foi conversar com ela. Como sempre, foi sincero e direto.

— O que aconteceu no Rio? Brigou novamente com seus pais?

— Eles não me amam. Ficam pegando no meu pé o tempo todo.

— Eles vieram com você?

— Não. Eu... eu vim sozinha.

— Eles pagaram sua passagem?

— Que droga, Ric! Papo chato.

— Só porque estou interessado em algumas respostas sobre sua vida?

— E o que você quer saber? Se eu me ferrei? É verdade. Eu sempre me dou mal. E você me abandonou.

Nathalie sentou-se no sofá e encolheu-se. Deixou que os soluços falassem por si e por um tempo coordenou as frases na cabeça. Ric sentou-se à sua frente e não a tocou. Ela levantou a cabeça e deu com os olhos sinceros dele, à espera de uma palavra. Então ela começou. Contou o que ele já sabia, sobre o roubo do carro do pai, sua experimentação com as drogas na viagem a Itamaracá, sua briga e ida para o Rio e seu envolvimento com as drogas nas *raves*. Contudo, seu coração pediu para omitir o caso do estupro. Talvez por vergonha... talvez por proteção. O certo era que, embora Ric fosse um grande amigo e estivesse pronto para defendê-la, existem coisas que se apresentam bem mais seguras se ficam guardadas no coração.

— É, parece que sua vida foi bem agitada nesse tempo. Mais de um ano, certo? Mas não é verdade que eu a abandonei. De maneira alguma. Só percebi que você estava entrando em uma fase nova da sua vida e que eu deveria dar mais espaço para você se conhecer.

— Parece que deu espaço demais.

Ric sorriu e discordou.

— Parece que você ainda não apreendeu os limites.

— Não entendi...

— Pode entender a teoria, mas só com a prática é que você vai descobrir. Bom, se eu te der um carro e te mandar passear pela cidade, o que vai fazer?

— Hum... Ir a algum lugar que tenha vontade.

— Certo. E depois?

— A outro lugar, Ric. Não me venha com ideias bestas.

— Não estou falando de ideias bestas, mas de algo que aconteceu na sua vida. Você teve a liberdade de sair de casa, conhecer outros lugares e fazer o que achasse melhor. Cara, seus pais a enviaram para outra cidade com a proposta de um novo rumo de vida. E você desprezou.

— Não, não é verdade. Eu não tive liberdade.

— E o que você teve, então?

— Eu saí de casa.

— Fugiu. Roubou a liberdade que deveria ter conquistado.

— Eu não... — E as imagens do Rio se passaram nos olhos de Nathalie. De repente, um temor tomou conta do seu corpo, e ela se levantou aflita, correndo para a porta.

— Calma, princesa. Calma. Conte-me o que aconteceu.

— Eu não posso ficar aqui. Me deixa ir embora. — Nathalie soluçava.

— Eu deixo. Mas antes me diz o que está acontecendo.

— Pra quê? — Ela gritou, soltando-se de Ric. — Estou farta de tentar ser compreendida. Eu vou embora...

— Para onde? Quem pagou sua passagem do Rio para Campina?

— Eu.

— Quem a levou para o aeroporto? Não, aeroporto não. Você estava a uns dez minutos da rodoviária e a meia hora do aeroporto. É claro que veio de busão.

Nathalie começou a enxugar as lágrimas. Seus olhos estavam cheios de raiva.

— Vim de ônibus, sim. Vim sozinha, e daí? Vai me dedar? Faça isso. Pega o telefone e liga para o 190 e diz que Nathalie Kissyw matou a mãe com um tiro no Rio de Janeiro e fugiu para a Paraíba. — E parou para soluçar. — Eu matei. Matei minha mãe. Eu matei!

E, encostada na porta, foi escorregando até o chão, chorando e gritando ao mesmo tempo:

— Eu matei. Eu matei minha mãe! A minha mãezinha! A única pessoa que me amava e eu desprezei. Eu a matei, eu a matei...

Seus olhos estavam embaçados, mas ela pôde ver ao longe uma faca sobre a mesa. Dessa vez, não ia pensar. Não imaginava o que alguém ia pensar sobre o que ela estava disposta a fazer ou até com o que viesse a sentir. Em um impulso, agarrou a faca e a levou ao pulso.

— Vou acabar com tudo isso. É melhor agora, antes de ser presa.

A paciência de Ric pareceu chegar ao fim.

— Sabe por que sua vida é uma merda? Porque você se considera um coco. Todos erram, mas aprendem a lidar com os erros. Até uma criança. Você não. Idealizou uma vida na sua cabeça e pensa que ela deve ser desse jeito.

— Cala a boca, Ric! — gritou Nath entredentes, com a faca no pulso direito.

— Eu não vou calar, e você vai me escutar. É muito atrevimento! Você veio até mim com uma ideia de conhecer o meu mundo. Mesmo com as drogas, a bebida e seja lá o que for, tenho limites. Não são essas coisas que controlam a minha vida. Sempre tive de lutar pelo que quero. Mas uma luta justa com a vida. E você? É uma garota que vivia dentro da igreja e resolveu de uma hora para outra experimentar uma nova vida, uma vida de mundão e se meter de cara na bebida e nas drogas. E o pior é que você não tem ideia do que está fazendo! Tem pais perfeitos, que iriam por você até o fim do mundo. Mas pelo jeito você prefere outro caminho.

Em um movimento só, Ric arrancou a faca da mão de Nath.

— Eu sei que você não quer se matar. Chamar a minha atenção dessa forma é furada.

Nathalie ajeitou o cabelo, envergonhada. Gostaria de dizer alguma coisa, de pedir desculpa, de se acertar com Ric.

— Sabe como estou me sentindo? Como aquela música de Legião Urbana.

— *Pais e filhos*.

— É. É estranho me imaginar tão errada. Ainda bem que os meus pais não me deram nome de santa... — E riu um pouco da piada boba. — Foi muita sorte você não ter mudado de celular.

— Mudar, eu mudei. Mas continuei com o mesmo *chip*. Não posso mudar o número, senão muita gente vai ficar perdida, até eu... mas deixa isso pra lá. O lance é seguir em frente. Quem anda para trás é...

Agora Nath sorriu. Não um sorriso de alegria, mas de alívio, pois há muito tempo precisava de alguém ao seu lado. Não para acompanhá-la nos erros, mas para orientá-la.

— Caranguejo. Eu não quero ser um crustáceo. Quero ser um mamífero veloz, livre para ficar tanto no fundo como no raso do mar, tanto em águas frias como quentes, que nade e voe ao mesmo tempo. Serei um golfinho.

Ric sorriu. Era impressionante como a presença de Ric fazia com que o melhor de Nath viesse à tona. A sua essência, o seu vocabulário, a sua meiguice eram todas transmitidas quando estava com ele. Ao lado dele, sentia-se mais segura e protegida. Por que insistir em ficar longe dele?

Ric se encarregou de apresentar mais alguns amigos a Nath. Aos poucos ela foi se entrosando, readquirindo a alegria. Contudo, não mencionou mais o nome de Alex ou Laura. De certa forma achava que Ric estava certo em afirmar que eles não lhe transmitiam segurança. E de instabilidade já bastava a que ela tinha, de sobra. O melhor a fazer era ficar perto de Ric. Ele, sim, era uma rocha de segurança.

19
Como sonhadores

Nicole ligou para Cath, a mãe de Lucas, e a alertou sobre a situação atual, caso Nath desse notícias. Não imaginava que ela estava em Campina Grande porque não conseguia imaginar a filha com recursos para isso. Fora tudo tão impetuoso... Mas pensava que a filha poderia entrar em contato com Lucas ou a irmã dele, Camilla. Contou sobre o descontrole familiar e a fé testada dos dois. E o desejo de Nicole foi atendido. "A um coração contrito e abatido Deus não desprezará." Deus honrara Sua promessa. A cada nascer do sol ela podia observar que as misericórdias do Senhor se renovavam em seu lar. E como era agradável sentir a Sua presença!

Após o sumiço de Nath e a conversa com o médico, Kleber parecia ter tomado as rédeas da situação e voltara a frequentar o culto com Nicole e a ter o seu MSD – o Momento a Sós com Deus. Os dois haviam reconhecido que, embora uma tempestade tivesse se aproximado da casa deles, não fosse Cristo a rocha em que seu lar estava alicerçado a família seria abalada. Quantas famílias não se dividiam em uma situação como aquela? Quantos pais não buscavam forças em uma garrafa de bebida ou em algo que não edificasse o lar, mas o destruísse? Kleber alegrou-se com Nicole e disse que ela era uma mulher sábia, pois sustentara uma casa com seus joelhos no pó. Agora eles dividiriam o fardo com Jesus, e os leves fardos que restassem carregariam juntos. Iriam resgatar a filha das garras do inimigo.

Uma tarde, após a visita do médico e do advogado que estava tomando conta do caso do disparo dado no apartamento, Kleber e Nicole sentaram-se na varanda do apartamento e ficaram a observar o movimento dos carros e das pessoas. Depois do boletim de ocorrência, aguardavam a decisão da Justiça sobre o que aconteceria e como deveriam agir.

— Estive pensando em voltarmos para Campina Grande — Nicole revelou, após um tempo.

— Mas e Nath? Ela deve estar aqui. Ela não tinha dinheiro para ir...

Nicole parou. Dinheiro Nathalie não tinha, mas ela podia roubar, como já havia feito outras vezes. Kleber já conseguia enxergar além das evidências. A venda dos olhos lhe havia sido retirada.

— Ela... — Kleber falou, cauteloso — roubou um dinheiro que estava em nosso quarto.

— Eu sei. Ela já fez isso antes.

— Já? — Kleber estranhou. — É nisso que precisamos atuar. Não podemos mais ser negligentes como pais. Ela necessita de nós. Temos de exercitar o diálogo, primeiro entre nós, para depois chegamos a ela.

— Eu tentei aconselhá-la, entender o que ela estava sentindo. Mas ela se mostrou distante. Talvez pelo fato de que eu abomine todas as novas formas de vida dela.

— Eu sei. Cigarro, bebida excessiva. — Kleber a olhou, envergonhado. — Entrei em crise, meu amor. Cheguei a pensar que a havíamos trancado demais dentro de uma igreja e ela se sentiu sufocada.

— Kleber, meu bem, não a trancamos. Nós a instruímos sobre o caminho que ela deveria seguir. Para isso servem os pais. Se assim podemos dizer, o nosso erro foi ter deixado que ela tomasse algumas decisões sozinha. Mesmo com as pequenas decisões da vida, devemos impor limites. Essa é a segurança. E deixamos que ela corresse solta.

— Nic, meu bem... nunca iríamos imaginar que ela não dormia na casa dos amigos. Só soubemos agora, porque estávamos à procura dela.

— Sim, mas não poderíamos ter permitido que ela "dormisse" — Nicole disse, dobrando os dois dedos indicadores, fazendo aspas — esse tempo todo em lugares que nem sabíamos qual era. Ela usava drogas mesmo, Kleber. Fumava maconha e era usuária de outras. Li um pouco sobre drogas e fiz uma pesquisa na internet. Aquele comportamento, ora eufórico, ora depressivo, ora agressivo, me deu essa certeza.

— E isso tudo debaixo do nosso nariz!

— A mãe da Daniela, a amiga que ela dizia dormir em casa, disse que ela dormiu umas duas vezes lá. Mas as duas haviam se afastado muito. E sabe por quê?

Kleber deu um sorriso amedrontado.

— Porque Nath se apresentou liberal demais. Chegou até a fumar na casa dela.

— Que absurdo!

— Pois é. E Nath prometeu não fazer mais. A mãe da moça aceitou, com a ressalva de que Nath nunca mais iria dormir lá. Quando falei ao telefone com ela hoje cedo, ela reconheceu que cometeu um erro em não me informar sobre esse comportamento. E eu reconheci o meu, de não ter conversado com ela sobre as dormidas das meninas. Não estranhei quando Nath foi dormir na casa dela e usou a desculpa de que era mais legal estar lá por causa dos irmãos da moça. Isso tudo foi omissão nossa, Kleber.

Kleber foi até a cozinha e pegou um cacho de uvas. Lavou-as delicadamente. À medida que a água escorria entre as uvas e ele as esfregava delicadamente, tentava entender tudo o que estava acontecendo. Seria possível isso mesmo? A vida de uma pessoa podia ser desorientada de uma forma surpreendente assim? Olhou para o cacho em suas mãos... teria como determinar a primeira uva que nascera naquele cacho? Como poderia entender certas coisas que aconteciam no seu mundo exterior, se o seu interior se mostrava turbulento?

Envolveu as uvas em um pano e começou a secá-las. Era um processo que necessitava de delicadeza, pois, além de as uvas serem as pretas, estavam maduras demais, e pressioná-las com força faria com que estourassem e manchassem o pano de prato. Kleber as olhou por um instante e pensou na situação de Nath. Mesmo não sabendo como tudo havia começado e o porquê de ela ter tomado um novo rumo na vida, o importante era que ele fosse com cuidado ao seu encontro.

— Ela nos acha careta — Nicole disse, ajeitando sua roupa para Kleber colocar a vasilha com as uvas no colo, e olhou desconsolada para o outro lado.

— E nós somos. Acho que voltou para Campina Grande, pois não há outro lugar para ela ficar aqui no Rio.

— Kleber — Nicole disse, lançando ao marido um olhar apavorado —, só espero que esteja certo, porque no Rio de Janeiro sempre existe lugar para mais um dependente. Meu Deus! Meu coração chega a doer quando penso no que o delegado disse... tínhamos um traficante como professor da nossa filha!

— Deus foi misericordioso, Nic. Quantas famílias teriam conseguido sobreviver a esse caos ao qual nós sobrevivemos? Podemos cantar como o salmista Davi, no Salmo 126: "quando o Senhor restaurou a nossa sorte, vivíamos como quem sonha. Mas então nossa boca se encheu de canto e nossos lábios de alegria". Sabe por que, meu bem? Porque Deus restaurou a nossa sorte. Você não diz que devemos ser a cidade-refúgio de Nath? A sorte dela será mudada, como a nossa também, com esse privilégio que Deus nos deu de começar de novo.

Nicole olhou para Kleber, com os olhos brilhando de alegria. Sim, Deus realmente muda e reescreve as histórias. As peças estavam se encaixando, e a ela só restava confiar. Kleber reassumira seu papel de chefe da casa, e ela retornaria ao seu posto de mulher de oração, agora muito mais feliz e confiante, porque não estava sozinha. Agora tinha Kleber ao seu lado e Cristo como salvador.

— Vamos para Campina e você vai se recuperar. Sairei e trarei nossa filha de volta. E, se ela estiver no fundo do poço, descerei até lá e a trarei de volta para você. Confie em mim. Nossa casa passou pela tempestade e sobrevivemos. Nossa base é Cristo.

Nicole apertou o braço de Kleber com força e, depois de certo tempo, disse-lhe:

— Eu confio.

20
O primeiro olhar

A vida aos poucos ia entrando nos eixos. Kleber e Nicole não retornaram imediatamente para Campina Grande; antes foram a um Encontro de Casais com Cristo, na igreja que Nicole havia começado a frequentar.

Aguardavam o retorno do caso referente ao tiro de Nicole. Já haviam entrado em contato com a Justiça sobre quem era Juarez, e tudo ficara mais fácil.

Nath começou a se entrosar com a turma de Ric, que não havia dito verbalmente que revendia drogas, mas ela sempre percebera que as ligações eram intensas e que ele não parava em casa. Quando isso não acontecia, estava sempre com visita.

Contudo, Ric estava demonstrando ser um chato. Para ela só era permitido o uso de cigarro de maconha. Mas isso era apenas um detalhe que ela poderia suprir, afinal necessitava de algo que a mantivesse alerta e fora de órbita por algum tempo. Nath passava o dia ociosa, levantava e tentava dar um jeito no pedaço de Ric, esperava-o levar alguma coisa para ela comer e ia para a cama dormir. Isso era um prazer, pois dessa forma não precisava pensar que havia cometido um mal contra a mãe. Pior, não precisava lembrar que havia matado aquela que lhe dera a vida.

Com o tempo, conseguiu fazer amizades com pessoas que vendiam pulseiras, brincos e anéis confeccionados por elas mesmas nas praças da cidade. Ficava com elas boa parte do dia, observando os transeuntes apressados. Às vezes, sentia-se observada e examinada pelos passageiros que desciam apressados dos ônibus.

À noite as coisas se complicavam. Muitas vezes Nath procurava uma boate para se divertir ou um barzinho. Mas suas roupas já não eram as mesmas. Não era a mesma. Ric até lhe dava alguma grana, mas o seu ambiente já não era o mesmo. Com o dinheiro, conseguia chegar até o *shopping*, mas o atendimento não era dos melhores. Permanecia por um bom tempo parada, admirando as peças e até as experimentando. Separava alguma coisa e, quando encontrava alguém que a atendesse, escutava a mesma frase, que durava um bom tempo: "Me espere um pouquinho". Ela até podia questionar ou brigar, como havia aprendido com Nicole para defender seus direitos. Mas sentia-se excluída. Ao passar por um espelho, não reconheceu a moça que nele viu, mas também não se deteve ao reflexo. Talvez as circunstâncias estivessem se adaptando a essa nova imagem que surgia.

Nathalie passou a ver as festas de outro modo. Juntava-se à turma de Ric, e todos iam para o Parque do Povo ou para alguma casa de *show*. Não se preocupava em encontrar um namorado, mas sentia-se vazia. Assim que chegava a uma festa, tinha de tomar uma cerveja, um uísque ou um coquetel. Nas primeiras festas, se limitou ao cigarro de maconha.

Ficou surpresa ao notar que a droga lhe produzia efeitos visíveis. Talvez pelo fato de estar sendo de uso exclusivo. Só agora percebia que sua capacidade de raciocínio estava diminuindo. Contudo, mesmo com esses efeitos, achava muito bom se sentir leve, sem pensamentos. E pensava que só um bom baseado poderia produzir essa sensação. Já estava cansada de ir a festas, dançar e tentar se divertir. Depois, chegar em casa e voltar à mesma incógnita. Por isso, aos poucos, começou a pertencer a outro mundo.

Os amigos de Ric vendiam muitas drogas poderosas, além das de efeito moderado. Nathalie já havia provado LSD e seus leques de comprimidos, estes tão fáceis de serem conseguidos nas *raves* do Rio, além de *ectasy*, maconha, cocaína e até *crack*. Mas coisa pequena, doses mínimas, que pareciam lhe assegurar que na lista dos dependentes não constava seu nome. Passou a aumentar a quantidade de baseado e a se aventurar com outras drogas; afinal, como poderia lhe fazer mal, se ainda tinha o controle da situação?

Em uma festa, Nath procurou um revendedor que não fosse Ric e comprou LSD. A boate estava lotada. Foi para um canto e ficou dançando. Depois, começou a perceber que algumas pessoas estavam subindo para o primeiro andar, para usar drogas. As pessoas que iam para lá não queriam apenas se divertir; na verdade, desejavam muito mais usar drogas, tendo a dança e a saída de casa como álibis, aliados de suas ações. Mas Nath não tinha nada a perder.

Estava quente. Muito quente. As luzes brilhavam intensamente e davam-lhe a impressão de que o teto e as paredes estavam se movendo. Nath gostou da sensação e foi para a pista dançar. As cores pareciam muito mais escuras. De repente, um carro surgiu entre a multidão, fazendo manobras perigosas. Ela tentou desviar, mas o motorista acelerou e foi para cima dela. Nathalie se desesperou e correu pelo salão, gritando e acenando para que as pessoas saíssem da frente, que tomassem cuidado. Muitos sorriram, parecendo a ela ignorar o carro. Nathalie pegou as garrafas das mesas e atirou-as em direção ao carro, até ser tomada por uma turbulenta dor de cabeça que a atirou ao chão.

Quando abriu os olhos, viu Ric à sua frente. Já haviam se passado quase vinte e quatro horas que tinha tomado aquele comprimido. Sentia o corpo todo doer, e seus músculos pareciam enrijecidos. Tentou sorrir para Ric, mas a expressão do seu rosto permaneceu séria.

— O que pensa estar fazendo, Nath?

— Não entendi.

— Você pensa que veio morar comigo por quê?

— Que papo careta, Ric.

— Se você veio atrás de um teto, eu te dou. Mas não tô a fim de ver de camarote você se matar.

— Ridículo, Ric. Eu só tomei um comprimido. E não se preocupe, que não o roubei de você. Fiquei um pouco chapada, mas não estou viciada.

— Sabe o que todos diriam antes de jogarem terra na sua cara?

— Não lhe pedi para controlar minha vida.

— Nem eu quero. Sabe quando você se dirige a uma loja e compra uma TV? Você sabe que ao chegar em casa e instalá-la, ela irá funcionar. Mas se você for a um ferro velho e comprar uma televisão, não terá certeza de que ela funcionará. Ela poderá ligar, mas você não terá a garantia de que funcionará bem.

— Tá me chamando de falsificada?

Ric se aproximou dela e alisou seu rosto.

— Estou te aconselhando a rever um pouco sua vida. Já está mais do que na hora de você se acertar e encará-la.

— Você me falou de falsificação, mas é você quem tá sendo falso... vende todo esse bagulho e vem com essa ladainha? Poupe-me, mano veio!

Nathalie saiu. Detestava aquilo. O certo é que, desde o momento em que começou a buscar uma nova vida, procurava fazer tudo o que estivesse ao seu redor, menos escutar a voz que vinha do coração. Mas ela sabia que, ao ouvir essa voz, a esfera que a envolvia seria rompida, e ela poderia enxergar o que estava fazendo.

Os costumeiros amigos agora estavam sempre por perto. Um deles, Pelota, foi ao seu encontro e a levou para sair. O apelido era por causa da sua vasta cabeleira e sua doçura com as meninas, principalmente com as garotinhas. Pegaram um carro com outros amigos e foram passear. Pelota estava se mostrando muito amável com Nath.

— O Ric tá um porre. Putz, não me deixa usar nada, veio!

Pelota mexeu a cabeleira que lhe honrava a fama e fez uma expressão de desagrado. Havia algum tempo que Nath observava que eles não iam muito com a cara de Ric.

— Tu virou capacho agora?

— Não. Mas...

— Mas nada. Ô gracinha, consegui a pílula do amor. Sei que ela pode te ajudar a sair dessa deprê. Sei muito bem que você é chegada nesses lances.

Nath viu Pelota pegar um comprimido. Era *ectasy*. Ela já havia experimentado no Rio, mas em *raves*. Seria que essa do amor era diferente?

— Para onde estamos indo?

— Para onde você quer ir?

Nathalie olhou para os outros no carro. Eram pessoas comuns, alguns rapazes com cabelo comprido e moças que se vestiam como quaisquer outras. Não estavam repletos de tatuagem, como alguns que ela estava acostumada a conviver na praça, nem se pareciam com zumbis. Por que eles deveriam lhe representar alguma zona de perigo? Ric deveria estar com ciúmes dela...

Nath tomou a pílula com vinho e olhou para a rua, com seu pouco movimento naquele fim de noite. Até que estava se divertindo. Talvez a pílula do amor fosse um relaxante. E relaxar era tudo o que ela mais queria...

O carro parou em um sinal, enquanto a música de Raul Seixas enchia o ar com a sua "mosca da sopa...". Nathalie olhou para um lado e viu alguns poucos estudantes que deviam ter ido lanchar no Centro. Sorriu um pouco e olhou para o outro lado. Não havia ninguém, mas uma música que parecia viva e estava mais alta do que os alto-falantes no carro. Nath se esticou na porta e tentou perceber de onde vinha a melodia. O cara que dirigia o carro pareceu ler seus pensamentos e se deixou guiar pelas ondas sonoras daquela melodia que cortava o ar.

Que música era aquela? Seria efeito da famosa pílula? Era como se fosse uma antiga amiga que buscava ser encontrada...

Quero voltar ao início de tudo, encontrar-me contigo.

O sujeito entrou na rua seguinte e desviou-se da música.
— Para o carro! — ela gritou, abrindo a porta.

Nath não se voltou para trás quando o carro parou, nem escutou as palavras de Pelota questionando-a sobre o que fazia.

Quero voltar ao início de tudo, encontrar-me contigo.
(*Primeiro amor, Rebanhão*)

Nath olhava desesperada para os dois lados. Devia ser alguma serenata, algum cara apaixonado que lhe suplicava amor. Teria encontrado algum príncipe encantado, que saberia que ela iria passar ali? Quem sabe o seu Romeu havia ressurgido do túmulo frio para lhe roubar um beijo? Tinha de encontrar de onde vinha aquele som. Aquela música pertencia à sua alma... seu peito queimava sufocado. Abria os lábios com força para sentir o oxigênio em seu pulmão.

Ao chegar à esquina, observou um grupo de jovens sentados, comendo pizza em frente a uma casa. Um deles dedilhava o violão e era o que parecia cantar a música. Nath resolveu passar em frente sem olhar, embora estivesse desejosa de ver o rosto do Romeu. Depois, seguiu caminho a pé. Caminhou devagar e sentiu os olhos do grupo em sua direção. Como será que a estavam vendo? Passou um pouco depressa, para não ser notada. É, talvez isso fosse mais fácil do que ela imaginava. Só o que ela precisava fazer era apressar os passos e não tropeçar nas próprias pernas.

O solo do violão parou, e ela teve vontade de olhar e pedir para que ele continuasse. Aquela música parecia estar aquecendo o caminho para que ela andasse na noite fria. Nath não conseguia mais saber o que acontecera com ela.

— Nathalie! — Uma voz alegre ecoou na noite.

Ela se virou e saiu correndo, com os braços estendidos. Nesse simples abraço, sentiu conforto. O seu perfume lembrou-lhe pureza. Aquele sorriso e aquela voz no seu ouvido lhe trouxeram de volta um sorriso aos lábios. As batidas do seu coração a lembraram de que o tempo estava passando rápido demais. Aquele abraço era de Lucas.

Milla e Jemima a envolveram do outro lado, em um conjunto de abraços, risos e lágrimas. Os demais jovens, aos poucos, foram reconhecendo-a e juntaram-se todos em um aglomerado de proteção e aconchego em volta de Nath.

Passaram algum tempo abraçados, enquanto ela sentia Lucas acariciar seus cabelos, que não estavam sedosos e cheirosos como da última vez. Pelo contrário, estavam oleosos, quebradiços e opacos. Mas ele os beijou da mesma forma carinhosa.

— Por onde você andou? — perguntou ele. Ficou a segurar as mãos de Nath e as alisava e beijava delicadamente.

Nath sorriu e se deixou olhar. Suas lágrimas agora desciam com tanta facilidade... viu refletida no olhar de cada um deles sua juventude perdida. Mas sentia-se acolhida. Sentia-se amada e protegida. Sentia-se de volta ao lar.

— Come uma pizza com a gente, Nath! — convidou Márcia, uma das amigas de infância de Nathalie, enxugando uma lágrima que descia de seu rosto sorridente.

— Senta aí. Tem sorvete, queijo quente...

Mas o convite não surtiu o efeito esperado. Nath escondeu o rosto no ombro de Lucas e começou a chorar descontroladamente. Ele apenas fez sinal para os outros e a puxou, rumo à sua moto. Lá permaneceram algum tempo, até ela se acalmar. Lucas sustentava seu corpo para que seus soluços não a levassem ao chão e ela não se sentisse sozinha. Milla alisava seu rosto e também chorava sem parar. Novamente os três amigos estavam juntos. Nath sentiu que sua pílula do amor se transformara em melancolia.

— Vamos lá para casa? — Jemima disse, enxugando algumas das lágrimas que nublavam o rosto da amiga. — Você pode tomar um banho e descansar.

Nath balançou um pouco a cabeça, rejeitando o convite. Sorriu, indicando melhora.

— Nada disso. Seus pais... — e fungou fundo, sem saber mais o que falar. Como poderia descrever aos amigos tudo o que havia acontecido? Com certeza, após saberem o que ela havia feito, eles a rejeitariam.

— O que tem eles? Eles amam você e ficarão muito felizes em tê-la em casa conosco. Por favor, amiga!!!

Nath começou a se afastar. Sentia-se sufocada, com a possibilidade de ter uma lembrança de família completa, o que lhe cortava o coração. Saiu andando...

— Não posso, amiga...

— Então vamos lá para casa, linda... — Lucas a segurou pela mão e a puxou de novo. — Meus pais estão viajando. Só estamos Milla e eu. Você pode dormir lá também, Jemima.

Nath enrolou um pouco o cabelo e enxugou o restante das lágrimas. Aceitou o convite e foi para a casa dele. Era uma opção. Sabia que tinha de aceitar. Estaria com os amigos de novo. Eles não a rejeitariam. Apenas a amariam. E o que poderia haver de mal nisso? Más intenções eles não tinham.

21
O retorno

Milla abraçava Nath a todo instante. A felicidade se estampava no seu rosto ao olhar para a amiga e para os outros dois amigos que também estavam abraçados a ela. Não estava acreditando que a amiga estava em sua casa. Lucas sorriu para ela, acalmando-a com o olhar, e disse:

— Nós pedimos, e Deus mandou.

Nath sorriu, sem entender. Existem situações na vida em que é melhor estar na ignorância.

Milla lhe emprestou uma roupa e ela pôde tomar um banho. Foi uma sensação tão boa... uma vontade de estar em casa... Olhou o quarto de Milla e lembrou-se de já ter tido um parecido. Andou um pouco pelo quarto e viu as fotos da família. Chegou perto da estante de CDs e reconheceu amigos distantes... cantores que tinham feito parte da sua vida! Ah, cada música compunha uma trilha sonora. Sua vida? Parecia tão distante agora... Tocou delicadamente em um CD e sentiu como se as músicas saltassem dele e entrassem em seus poros. Sentou-se um pouco na beirada da cama e contemplou o espelho. Havia alguém olhando para ela. Porém, resolveu não lhe dar atenção. Ainda não era hora de acertar as contas com o seu reflexo.

Levantou-se e pegou uma foto de Milla. Estavam ela, Lucas e os pais. Lembrou-se por um momento do dia em que aquela foto fora tirada. Fora num evento, um congresso da família, que tivera uma gincana: as famílias que levassem todos os seus membros nos três dias de congresso ganhariam um pôster com todos e miniaturas para os filhos. A foto fora tirada em um mural que tinha como paisagem uma casa e uma fechadura. Todos seguravam a chave da casa, simbolizando a temática do congresso: *Minha casa é aberta para Deus, vedada para o mundo*. Sua família também havia tirado a foto. Lembrou-se das músicas cantadas, das palestras aos filhos, das dinâmicas. Família... Onde essa palavra se encaixaria novamente em sua vida? Havia matado a mãe. Será que o pai a aceitaria algum dia de volta?

— Ah, você já tomou banho? — Jemima entrou alegre no quarto com Milla, saltitante ao lado dela. — Vamos lanchar?

Nath deixou-se conduzir até a cozinha. Haviam posto uma mesa enorme, com guloseimas que mexeram com sua alma, despertando-lhe quatro dos cinco sentidos. Na casa de Ric nunca lhe faltara nada, mas agora ela percebia o ingrediente mais importante: a harmonia de um lar. E isso estava na pamonha, no cuscuz com ovos, no bolo de mandioca, no queijo coalho, no queijo de manteiga, no biscoito sete-capas, no café com leite, no suco de cajá... Coisas tão simples, mas tão pessoais!

— Vamos sentando, mocinha. — Lucas puxou uma cadeira. — Como papai e mamãe estão viajando, nosso cardápio permanece ao nosso gosto.

— Mais ao seu gosto, Lu. Eu preferiria frutas, mas como não estou com tempo de ir comprar, tenho de me contentar com o que Lucas gosta.

— Não que eu não aprecie frutas, mas nada como começar o dia com um café reforçado. Passo o dia na UFCG, e lá pelas dez horas como uma fruta. E esse cardápio a gente encontra na padaria da esquina.

— Nem tudo, meu querido. — Milla colocou a cadeira no meio de Lucas e Nath. — Cuscuz como esse só euzinha sei fazer. E esses ovos mexidos? Nem chefe de cozinha suíça consegue fazer.

— Menos, Milla. — Lucas deu um cutucão nela. — São só nove da manhã!

Milla fez uma careta para ele e mostrou a língua. Depois, olhou sorrindo para Nath e piscou um olho.

— Liga para esse chato, não. Sabe fazer nada e ainda bota banca.

— É mesmo, Nath, sirva-se. — Jemima colocou um pouco de suco no copo dela. — Nada como a mãe da gente para quebrar o galho. Galho, não. Ela é uma peça fundamental na nossa vida. Tenho certeza de que esse café sairia melhor se tia Cath estivesse aqui.

Nath abaixou os olhos e começou a se servir, meio sem jeito. Jemima percebeu que havia falado demais e começou a se justificar.

— Me desculpa, mas é que eu me esqueço. Não consigo acreditar como tudo pode ter acontecido... você e Nicole sempre tiveram um relacionamento ótimo. Tenho certeza de que vocês vão se acertar...

— Jejê, você não sabe de nada...

— Creio que nenhum problema seja intransponível a um bom diálogo. Convide Jesus para ajudá-la e participar da conversa.

— Fique quieta, Jemima. Para o nosso problema não há mais solução.

— Quem falou uma besteira dessas? A solução está à altura dos seus olhos. Basta você querer.

— Não creio que exista uma solução que possa transpor a barreira da morte.

Jemima abriu o *grill*, mas não retirou dele o misto quente que fumegava. Olhou para Lucas sem compreender. Milla rompeu o silêncio.

— Para Deus não há nada impossível. Até mesmo alguma coisa que envolva a morte. Mas esse não é o nosso caso.

As lágrimas começaram a escorrer dos olhos de Nath, à medida que ela petrificava o ar frio daquele princípio de manhã com suas palavras amargas:

— Deus não pode resolver nada na minha vida, porque eu dei fim à vida da minha mãe.

Um pesado silêncio se fez na sala, e Lucas se aproximou de Nathalie. Seu café já devia estar um melaço, de tanto que ela reforçava com açúcar. Lucas sentou-se à sua frente e tentou entender a situação. Sabia que a mãe dele havia feito um pedido de oração por Nath e mencionado o tiro. Ele se contextualizou um pouco no tempo e viu uma oportunidade de Deus para dar bálsamo a um coração ferido.

— Sei que para nós três é muito difícil entender tudo o que aconteceu com você, minha amiga, mas sei muito bem o que está acontecendo dentro de você. Chama-se sede. Seu coração está seco, clamando pelo amor de Deus.

Nath se endireitou e tentou olhá-lo dentro dos olhos. Onde a história deles, que haviam sido criados juntos, havia se difundido?

— Nath, você sabia que Deus te ama muito?

Ela fungou alto e ficou olhando o micro-ondas de longe. Viu sua imagem nele e não se reconheceu. Aquele era o seu reflexo? Aquela era a pessoa em que havia se transformado?

Olhou demoradamente para cada um dos amigos. Lucas, um rapaz de 22 anos, começando o seu período de residência na faculdade. Estava mais lindo do que antes, com seus cachinhos pretos definidos na cabeça. Lembrou-se do apelido que tinha entre eles, os amigos, de "anjinho moreno", referindo-se ao personagem da Turma da Mônica. Seus olhos castanhos tinham um brilho lindo. Seu corpo era musculoso, mas não de academia; era genético. Daria orgulho a qualquer moça que o quisesse como esposo, pelo jeito romântico que tinha ao tratar uma mulher e pela sinceridade que demonstrava em seus sentimentos.

Seus olhos se desviaram para Jemima. A Jejê. Ela era a mascote predileta da turma nas piadas, pois interpretava e imitava tudo e todos. Em um movimento de cabeça conhecido e praticado em toda uma parte da vida juntas, veio-lhe a memória da eterna amiga, companheira e confidente. Como a vida pudera se distanciar em um espaço tão grande e deixar registrados apenas sinais de que tudo aquilo existira? De que houvera uma infância feliz com o sorriso sincero da amiga? Que o fechar dos seus olhos ainda poderiam ser segredos revelados através de sussurros? Que o jeito de se preocupar e estar em sua vida era uma forma de dizer "eu te amo"?

Finalmente seus olhos se encontraram com os da amiga de infância, Milla. Diferente de Lucas, havia nascido com a cabeleira lisa e castanha, mas alternava a genética de acordo com as "fases", como Milla dizia. Ora eram vermelhos, ora loiros e até escuros. Quando se juntava a Lucas, diziam ser gêmeos nascidos em datas diferentes. Algumas pessoas sorriam, acreditando na brincadeira, e questionavam a diferença entre os cabelos dos dois; a menina sorria, jubilante em poder continuar a prosa: "Daí, vai a diferença das datas!", com seus olhos travessos e sinceros. O ar de criança permanecia em seu rosto de moça. Já passava dos dezoito anos, e Nath sabia que logo ela faria dezenove. Como ela mesma. Só alguns meses as diferenciavam. Milla havia conseguido uma vaga na universidade como a primeira colocada em Pedagogia e estava encantada com o encerramento do segundo período, ciente de que havia feito a escolha certa. E pensar que haviam feito planos juntas com relação ao futuro! E Nath nem chegara a concluir o ensino médio... Haviam combinado de que contariam uma para a outra sobre o primeiro beijo, como tinham se sentido, com tinha sido... Será que já estava namorando? A vida delas havia se distanciado completamente.

— Eu sei. — Nath ficou de pé e tentou organizar seus pensamentos. Sentia-se tonta. — Eu sei de tudo isso, mas não me encaixo mais nesse grupo.

— Grupo? — Jejê se aproximou dela. — Não estamos falando de um trabalho de escola, Nath. Estamos falando de escolhas. Deus escolheu nos amar, mesmo que não mereçamos. Foi por isso que Ele enviou Jesus, Seu único filho, porque Ele escolheu nos amar.

— Falar de amor para você é tão fácil...

— E por que para você não seria, Nath? — Lucas a fez se sentar novamente. — Você viveu esse amor conosco. Você esteve conosco, ouviu sobre o amor de Deus e viu o que Ele pode fazer em nossa vida. Você vem testemunhando que Jesus transforma, que quando entregamos nossa vida a Deus, passamos a ter um novo coração.

— Sim, minha linda. — Milla alisou seu ombro carinhosamente. — Não se lembra do acampamento a que fomos em que o tema era clonagem? Nossa! Aquele foi um divisor de águas na minha vida.

— Sim, Nath! — Os amigos se aproximaram, felizes, e a abraçaram. — Vimos que é da natureza humana procurar e fazer o mal. É assim com todos. E quando não temos Deus habitando dentro de nós, o pecado se espelha em nossa vida e nos deixa fracos. Como disse o salmista Davi, chegamos até a adoecer e envelhecer espiritualmente. Jesus é a vida que nos falta. A vida que nos impulsiona. Por isso Ele veio com o Seu sangue, para cobrir todas as coisas ruins que fazemos. Deus tirou o nosso coração desejoso do mal e refletiu amor por meio do Seu sangue. Agora podemos ser considerados filhos de Deus, pois a Sua palavra nos diz que Ele nos deu um novo coração.

Nath ergueu a cabeça, como se alguém tivesse proferido um absurdo. Sentia-se tão distante da realidade deles! Aquele acampamento havia sido marcante para todos. Menos para ela mesma. Havia selado o seu destino naquele fim de semana.

— Lucas, eu não tô a fim...

— Não tenho ideia de como você conseguiu chegar aqui. Sabia que seus pais estão muito preocupados com você?

— Meu pai só deve estar preocupado em me trancar na cadeia. Ele deve me culpar pela morte da minha mãe. Mas eu não fiz de propósito. Eu só queria tirar a arma da mão deles...

Nath procurou um lenço de papel na mesa e ia recomeçar a chorar, mas Lucas a impediu. Ainda não era tempo de chorar.

— Meus pais chegam hoje à noite. Os meus e os seus.

— O meu pai...

— ...e a sua mãe.

Nath continuou olhando para a mesa. Seria mesmo verdade? Sua mãe estaria mesmo viva? Sentiu o corpo todo tremer, um calafrio o percorria todo. Sim, era verdade! Deus tinha poupado a vida da sua mãe?

— Deus... — Agora, sim, sentia seu coração se aquebrantar, uma sensação forte lhe fazia faltar o ar. — Foi Deus quem salvou a minha mãe para mim?

— Exatamente. No Salmo 46.10, está escrito: "Fiquem quietos e saibam de uma vez por todas que eu sou Deus!". Por quanto tempo mais seu coração irá resistir? Deus está restituindo a sua família.

— A minha mãe está bem? — Nath perguntou, tentando entender a realidade. — Você está dizendo que ela não morreu? Que ela chega hoje?

— Sim. Hoje à noite eles chegam. Está recuperada. Creio que o tiro tenha sido um acontecimento, arrisco dizer, um livramento. Mas creio que a obra que Deus operou na vida dela a marcará mais do que a cicatriz da bala.

Nath olhou para Jemima. O calafrio continuava a lhe percorrer o corpo. O que devia ser?

— Estou sentindo algo estranho acontecer comigo...

— É o Espírito Santo! — Jemima pegou em suas mãos. — Ele está pedindo permissão para atuar em sua vida. Por que você não deixa?

Nath olhou para Lucas. Uma nova vida era tudo por que ela ansiava. Deus trabalhando, investindo em tudo o que ela não havia conseguido mudar. Desde a briga com os pais, sua vida dava saltos, procurando barreiras para ultrapassar. Algumas ela conseguira driblar, mas em outras ela se sentia impotente e acabava percebendo que perdia as forças pelo caminho, despencando de cada uma delas com marcas. Deus! Ele seria a única alternativa para salvar sua vida. Caso Ele não conseguisse, estava perdida.

— Sim, sim e sim. Eu desejo que Deus tome conta da minha vida, ou talvez do bagaço em que ela se encontra. Só Ele pode me ajudar.

As lágrimas começaram a surgir em seus olhos, e a lembrança de uma melodia ressoou em sua memória: Quero voltar ao início de tudo, encontrar-me contigo, Senhor!

— Então vamos orar, pedir ao Espírito Santo de Deus que venha selar sua vida. Deus vem há muito te protegendo, guardando você e sua família de todo o mal. Agora Ele tem a sua permissão para agir, investir diretamente na sua vida.

Uma segurança brotou no coração de Nath; uma certeza de que, embora muita coisa de errado pudesse ter acontecido, ela teria a proteção daquele que a amava. Sim, Jesus era a única esperança para qualquer vida. E Ele já estava cercando seu coração de esperança. Será que um dia poderia chegar a amar novamente?

22

Um espelho quebrado

Após o almoço, Nath foi dormir um pouco. Uma cama com cheirinho de amaciante, roupas macias, em um quarto transbordando de amor, trouxeram a Nath um sono tranquilo. Assim que se deitou, uma paz inundou seu coração, e ela sentiu-se mais feliz e segura. Isso a fez sorrir e acreditar que tudo daria certo, não importava o que estivesse por vir. Pela primeira vez, em muito tempo, não precisou tomar nenhum remédio para dormir. Leu um versículo que estava em um quadro em frente à cama de Milla: "Em paz me deitarei e dormirei, porque só tu, Senhor, me fazes repousar em segurança" (Sl. 4.8). Em paz se deitou, e nenhuma preocupação a incomodou. O sono logo chegara.

Lucas foi para a faculdade apenas no período da tarde, deixando Milla com Nath. Os três se revezavam, dando-lhe atenção, mesmo enquanto ela dormia. Pensaram em acordá-la na hora do lanche, para que se desabituasse a ficar dormindo horas sem se alimentar, mas preferiram que ela descansasse. Jemima ficou vigiando seu sono e percebeu que ela estava tranquila. O melhor mesmo seria deixá-la descansar.

Às cinco horas da tarde, Nath despertou. Estava sozinha no quarto e ficou olhando para os lados, dando tempo para que sua memória retomasse os últimos acontecimentos. Sim, não fora um sonho! Estava a caminho de casa novamente. Sua mãe e seu pai iriam chegar. Tudo poderia ser como antes, ou até melhor... Levantou-se e foi ao espelho pentear o cabelo. Que aspecto estranho! Lavou o rosto, e um gosto amargo percorreu sua garganta. Há tempos seu hálito não era dos melhores. Se continuasse daquele jeito, não conseguiria um namorado nunca mais. E Deus? Será que Ele sabia o que estava acontecendo com ela há quase três anos? Ele a aceitaria mesmo assim?

Se Nath tivesse se aberto com alguém na época do seu estupro em Itamaracá, hoje se sentiria mais livre para falar com Deus sobre essa mancha negra em sua vida. Mas esse era um acontecimento escondido no quarto escuro da amargura do seu coração, tendo adquirido vida própria e a enchido de vergonha. Sentia-se impura, sem valor, indigna de ser amada. Deus ia querer alguém assim? Não. As pessoas que se mantinham ao lado de Deus eram pessoas alegres e felizes... E ela não poderia ser feliz nunca mais.

Olhou seu reflexo no espelho... era a imagem de Deus? Sério isso? E qual vergonha não estaria estampada nos olhos de seu pai, ao saber tudo o que ela havia passado? Mesmo não sabendo de tudo, via a decepção estampada no rosto dele a cada cruzar de olhares... A imagem de horror e desprezo que vira estampada no rosto dele quando a bala explodiu da arma era algo que não conseguiria remover da sua memória.

Chegou à porta do quarto de Lucas e percebeu que ele fazia um trabalho no computador. Lucas... um rapaz tão bom, com uma família tão perfeita... e a dela, estaria se tornando assim também? Não! Deveria sair dali. Essa era a melhor opção.

Quando uma pessoa foge de casa, o primeiro questionamento que fazemos é: como isso foi acontecer? Nath sabia que existiam situações propícias e que um erro acobertava outro.

Saiu do quarto sem pensar e, sem pressa, atravessou a casa toda. Ao fechar a porta devagar atrás de si, sentiu uma pontada no coração. Agora sabia que não precisava se preocupar em estar pura perante Deus. Poderia ficar em sua vida normal, sem se preocupar com mais nada.

Desceu pelo açude novo e resolveu sentar-se em um dos bancos. Só então percebeu que estava de camisola. Mas o que importava? Olhou para os lados e tentou ver se alguém a notava. Novamente era mais uma na multidão, alguém que passava, apenas. Seus sentimentos não teriam mais importância.

— Nath?

Virou-se com um brilho no olhar. Seu coração palpitou, e pensou que Deus estaria enviando Lucas para ajudá-la, para levá-la de volta. Mas não era ele.

— Alex! — Levantou-se sem ânimo e o abraçou. Estava feliz por vê-lo, mas ele não era seu preferido.

— Que cê tá fazendo aqui?

— Nada.

Ele sentou-se ao lado dela, e ela percebeu que ele estava bem de vida. Cabelo bem cortado, roupa limpa e de marca e muito cheiroso.

— O que cê está fazendo?

— Tô no comércio. Já viu quem tá ali?

Nath esticou os olhos e viu Laura e Du namorando mais adiante. Os dois levantaram-se e se dirigiram para o local onde estavam os amigos.

— Tava sumida, muié! — Laura se levantou para abraçá-la.

— Eu liguei para o Alex quando ainda estava no Rio. Mas agora tô morando com o Ric.

— Aquele chato! — Alex soltou-a, zangado. — Vem morar com a gente!

Nath sorriu. Seria a segunda vez que abandonaria Ric para estar com Alex. O chato era ter de decidir. Com Ric ela se sentia mais segura; com Alex, sentia-se livre. O que seria melhor, segurança ou liberdade?

Pensou em um passarinho em uma gaiola. Estava seguro, com comida e água garantida todo dia, tendo alguém para brincar. Mas ele não era feliz. Pelo contrário, sua felicidade era reprimida pelas grades. Com certeza, não seria essa a forma certa de ser feliz. Quando um passarinho consegue sua liberdade, ele atinge o mais alto céu e voa cada vez mais alto. E era difícil os que retornavam ao antigo pouso. Não foi assim com a pombinha da arca de Noé? Era bíblico, então. E para Nath essa era a sensação de estar com Alex: liberdade para escolher o que queria fazer e como deveria agir, sem ter de se preocupar com o que Ric iria pensar.

Nathalie foi morar com Alex. Não enviou nenhum recado para Ric. Um dia eles se encontrariam novamente, e tudo estaria mais equilibrado na vida dela.

A vida com Alex era legal. Passou a morar na casa dele, com Laura e Du. Contudo ele fazia questão de que ela ficasse em um quarto separado. Quem sabe havia entendido que não estava pronta ainda?

Os dias para Nath eram agradáveis. Sempre aparecia uma festa. A turma toda se reunia em um bar, ela jogava conversa fora e dançava bastante. Alex, para ela, era seu namorado. Não era nenhum cretino porque se mantinha paciente em tê-la como mulher, mas sempre estava por perto, fazendo-lhe carinho.

Para Nath, a dificuldade era se manter longe das drogas pesadas. Não estava viciada, isso não. Mas o prazer que as drogas lhe davam era tão grande que ela superava qualquer mal-estar após o uso. Já sabia quais eram os fornecedores e estava sempre por perto, como amiga. Também se mostravam discretos e pacientes. Muitas vezes ela tinha de fazer algumas tarefas mais básicas, como pequenos roubos, para obter a droga. Em outras, acompanhava pessoas distraídas e pegava algo esquecido, como um celular e o dinheiro reservado para a passagem de ônibus. Não era especialista nisso; simplesmente aproveitava as oportunidades que apareciam e executava seu plano.

E por que fazia isso? Não se sentia feliz apenas em sair com a turma. Percebia que viam nela uma pessoa alegre, feliz demais... e era isso que não era. Contudo, tinha de manter as aparências e se empenhava para que sua felicidade reluzisse em primeiro lugar. Deveria ser a luz que iluminava o grupo. Sua vida passava como se ela tivesse uma máscara. Sempre que alguém se aproximava, Nath a colocava. Suas lágrimas foram todas recolhidas em uma caixinha e guardadas no recanto do seu coração.

A maconha era uma droga comum a todos. Os cigarros e as bebidas eram as mais badaladas, pois eram "as sociais", as mais encontradas. Mas quando pretendia fumar *crack*, Nath sabia o que fazer. Procurava uma turma mais animada. Estavam sempre alegres e se ajudando mutuamente. Eram parceiros e percebiam certa descriminação dos demais. Alex não demonstrava nada. Para Nath, havia até a suspeita de que ele gostava quando ela passava um tempo fora com essa turma. Parecia saber, mas ignorar. Bem diferente de Ric.

Os efeitos provocados pela droga também não se mostravam diferentes. Nath emagrecia cada dia mais. Estava sempre com os olhos vermelhos e com tosse. Durante alguns meses se preocupou em manter a vida dupla, entre Alex e a nova turma.

Percebeu que ele não se mostrava preocupado com sua ausência. Foi investigar e, surpresa: descobriu que ele tinha outra. A Rosa.

Alex estava reunido com a turma de antigamente. Só faltava Ric, o único com quem ele não se dava bem. Nathalie ficou triste ao perceber sua indiferença. Ele continuava a lhe dar casa e comida, sim, mas não queria mais nada além de ser um companheiro no mesmo teto. Seus sentimentos já não eram os mesmos.

Pela mente de Nath passava a cena que mais lhe trazia dor: o estupro em Itamaracá. Sentia-se manchada. Estaria essa mancha tomando maiores proporções e fazendo-a refletir?

Saiu andando. Precisava de algo forte. Quem sabe heroína? Já havia cheirado, mas sabia que o poder estava na aplicação nas veias. Sempre soube que essa era a rainha das drogas, algo potente, de valor maior, mas não de fácil acesso. Era uma droga programada. Mas ela iria conseguir a droga, e as duas se tornariam íntimas.

Uma ideia de quem nunca experimentou droga alguma é que, para chegar a ela, a dificuldade é grande. Mas quem já está no meio sabe que apenas um desejo a traz para perto. Quando conseguiu a sua porção, Nathalie dirigiu-se para o banheiro público do bar. Lavou a seringa na pia enferrujada e dirigiu-se a um compartimento fechado. Não teve a modéstia de guardar um pouco mais da droga para uma segunda picada. Aquela devia valer a pena. Estava revoltada, amargurada. Sentia-se sozinha. Tinha de se fortalecer.

E, agora, o pior já estava feito. Negara e rejeitara a ajuda de quem poderia reerguê-la. Como poderia abrir a boca para explicar ou ao menos contar o acontecido após tanto tempo? Sentiu grande prazer naquela dose. Certamente conseguiria eliminar qualquer dor que viesse a surgir, mas nunca poderia limpar a mácula do coração.

23
A cidade-refúgio

A viagem de Kleber e Nicole até Campina Grande transcorreu calma. A vida recebera uma nova dosagem de interesse após os últimos fatos ocorridos. Havia a essência de mudança no ar, embora não fosse claramente explícita, mas estava acontecendo sem que eles sentissem.

Para Nicole, a vida deveria passar por uma metamorfose semelhante à de uma borboleta. Embora a lagarta se apresentasse feia, todos que a olhassem veriam que ela ficaria bela por alguns traços, só precisando de um espaço para a mudança acontecer e as formas se refletirem do lado certo.

Contudo, a vida de Nicole estava mais parecida com o processo pelo qual passa a cobra, que nasce cobra e todos se acostumam a vê-la assim. Mas um dia ela tem de mudar de pele. É um processo grotesco, asqueroso e que apenas alguns poucos se aventuram a acompanhar. Mas ele acontece porque é necessário e essencial para a permanência e melhor sobrevivência na Terra. Ele traz uma pele vistosa e revigorada, que prevalece por anos, preparada para suportar o aquecimento que lhe é transmitido de baixo para cima.

Esse tempo serviu também para um amadurecimento conjugal. A notícia de que Nath estava em Campina Grande não ocasionara a dor que no passado poderia ter pesado no coração deles. Ao contrário, trouxe-lhes alegria, por fazê-los perceber que Deus estava dirigindo a vida deles e que, embora o quebra-cabeça tivesse sido montado de maneira errada e que muitas peças pudessem ter se perdido, Deus sempre conseguia reuni-las para o encaixe de uma nova moldura.

A conversa com Lucas trouxe um pouco de dor para Kleber. O encontro de casais do qual havia participado no Rio de Janeiro lhe abrira a mente para um novo horizonte. Ele sentia que o propósito da sua vida estava em

Deus. Sabia que a mudança estava se travando em seu interior, mas era necessário certo tempo. Percebeu que, por meio de uma simples palavra, Deus tomava conta da sua vida e também das providências. E com hora extra.

Mas eles sabiam, também, que deveriam tomar uma atitude com relação a Nath. Mas não sabiam onde ela estava. A dor de saber que a filha ainda estava usando drogas rasgara o coração de ambos, pois tudo indicava que ela permanecia sem um propósito na vida.

Na existência de ambos se travava um tormento: o desconhecido. De que ponto partir, se nem entendiam como aquilo havia acontecido? Como eles, pais, podiam ter negligenciado uma parte da vida da filha, permitindo aquele envolvimento com os amigos e deixando-a fazer aquelas escolhas? Mas não deixá-la fazer escolhas era uma invasão, como não deixá-la ser livre, escolher os amigos, ir ao acompanhamento? Todo esse poder, em poucos segundos, reforçaria ou desfaria a construção de valores de uma vida toda.

Nesse ponto, Kleber e Nicole estavam de mãos atadas. Quais eram os amigos de Nath? Os que eles conheciam, que haviam compartilhado com ela as experiências de infância e adolescência, que estavam à procura dela e do desconhecido que se tornara sua vida. Sabiam que, para conhecer o inimigo, deveriam estar muito mais perto dele do que dos amigos.

Mas o que haviam feito, ao perceberem em Nath o distanciamento deles e a aproximação dos novos amigos, para Kleber e Nicole desconhecidos, os quais rapidamente classificaram como "inimigos"? Tinham se colocado em uma zona neutra, conforme diz o famoso ditado: "o que os olhos não veem o coração não sente". E assim tinham feito: afastado a presença dos "amigos" da vida de Nath, mas os problemas haviam tomado um caráter mais profundo.

Muitas vezes pedimos sinais para evitarmos erros futuros. Uma rajada de água ao cruzar com um carro em um dia de chuva? Um tropeçar e embolar de pernas em uma corrida para atingir um alvo? Como poderiam ter enxergado os sinais de que os olhos vermelhos não correspondiam, necessariamente, a esforços de leitura? Que a perda de peso ressaltada em um corpo poderia ser bem mais do que fruto de uma dieta rigorosa? Que queimaduras nos dedos não significavam um aprimoramento na cozinha? Certamente uma avalanche de problemas poderiam ter sido evitados... a ponta do *iceberg* agora se apresentava em um imenso oceano desconhecido.

Para Kleber só havia uma missão: ir ao encontro da filha. Não conhecia seus atuais amigos, nem os lugares onde poderiam estar. Sentou-se com Nicole na biblioteca, em busca da palavra de Deus.

É curioso como um livro se apresenta para muitas pessoas de diversas formas; por exemplo, a Bíblia. Para alguns, é um livro mitológico, cheio de histórias fantasiosas e lendas criadas por um povo sedento de um guia. Para outros, um livro de capa preta, cheio de regras que intimidavam um povo com repressões mescladas de ódio e amor. Para o casal, aquele não era um simples livro. A Bíblia era a Palavra de Deus, uma forma direta de Ele interagir com Seu povo por meio do Seu amor, da Sua correção de Pai, do reflexo da Sua presença na vida dos Seus filhos. Sem essa interação de Deus na vida do Seu povo e sem o sopro do Seu Espírito, as pessoas não passavam de bonecos de barro.

E esse fator, para Nicole e Kleber, ficou mais evidente quando descobriram que a vida necessitava de um significado para ser completa. E esse significado era Jesus, alguém que preenchia completamente quem O buscasse. E Ele estava em muito mais lugares do que uma mera reunião de pessoas que cantavam ou liam a Sua Palavra. Ele Se expressava vivo dentro deles. Kleber decidiu não permanecer entre quatro paredes. Não podia se render ao sofrimento de ficar em casa, sem saber onde Nath estava. Com Nicole, buscava a sabedoria de Deus para resolver seus problemas. Mas seria sensato esperar pela providência de Deus sem fazer nada? Como poderiam ter essa certeza? Como sairia em busca da filha?

Na Bíblia, encontraram um conselho dado por Salomão aos jovens. Sua filhinha andava em caminhos tão errados que nem se daria ao prazer de ouvir a um simples mudo! Em Eclesiastes, está escrito: "Lembra-te do teu Criador nos dias da tua mocidade, antes que venham os maus dias e cheguem os anos em que você dirá: não tenho mais prazer na vida". Para

Kleber, estava muito bem definido esse papel, o de que a filha estava habitando na roda dos escarnecedores transcritos no livro dos Salmos. Era como uma árvore que não produzia frutos e que apodreceria em pouco tempo, não tendo mais prazer na vida.

Os planos que estavam se travando na mente de Kleber eram profundos e procuravam um aliado em seu inconsciente para ser executado. Tinha de trazer a filha de volta para casa. Sozinha ela não retornaria, e ele tinha de partir ao seu encontro. Quem poderia ser seu aliado? Kleber sentia que ainda não era a hora de revelar a Nicole o que fluía em seu interior.

O sol que entrava pela fresta da janela do escritório parecia trazer-lhe uma força maior, que encheu o seu coração de esperança. Era o mesmo sentimento que o profeta Jeremias descreveu no livro de Lamentações: "Quero trazer à memória aquilo que me traz esperança". Sempre ouvira dizer que as mães faziam tudo pelos filhos. Até na natureza se viam casos de risco imposto pelas mães aos filhotes. Nicole fora guerreira em relação à filha até mesmo antes de ela nascer. Nem toda mãe estaria ao lado da filha depois do que aconteceu. Mas que sentimento era aquele, que ligava duas almas após o parto, entrelaçando duas vidas além de um cordão? Como era considerado o amor de mãe, que ultrapassava todas as barreiras somente para proteger a cria?

E quanto a si mesmo? De que forma poderia expandir e expressar o seu amor? O sensato seria compartilhar todas as dúvidas com Nicole. Mas, no momento, iria apenas esperar, agir e orar. Haveria na Bíblia uma relação entre homem e Deus que desempenhasse uma ação em favor de alguém? Para Kleber, a busca por Nathalie valia muito mais do que a própria vida. Para ele, era a recuperação de uma alma que já estava perdida e que necessitava apenas de alguém que lhe pudesse trazer de volta ou pelo menos indicasse o caminho.

Kleber, no entanto, tinha um plano simples. Sairia todas as noites em busca de Nath, fosse onde fosse, até encontrá-la. Não devia ser tão difícil achá-la. Talvez essa busca o fizesse compreender que mundo era aquele que seduzia tantos jovens. Mas antes iria comunicar Nicole, que, como sua companheira, tinha de lutar com ele em casa, em oração.

— Você está pensando em sair sem rumo em busca de nossa Nath? — Nicole perguntou, pegando nas mãos dele e o olhando profundamente.

— Sim, meu amor. Algo que nos ajude... algo que...

— Estarei aqui, pedindo ao Pai Celeste que guie seus passos aos caminhos onde a Luz Dele deve resplandecer. Vamos entregar nossas ansiedades para Ele carregar, porque Ele tem cuidado de nós. Esse sentimento germinou em meu coração, mas como não posso agir dessa maneira permanecerei em oração. E agora que ele floresceu no seu interior, é pela vontade do Pai, e isso me alegra. — Nicole alisou o rosto do marido. — Essa batalha não é só nossa. Deus estará pelejando conosco. Ele é o nosso Guia, o Farol que iluminará essa escuridão toda. Só devemos confiar e esperar Nele.

Kleber pegou as mãos da esposa e beijou-as carinhosamente, olhando nos seus olhos. Tinha de falar o que incomodava o seu ser.

— E se chegarmos tarde? E se em busca...

Nicole o silenciou carinhosamente, com o indicador da mão direita. O doce aroma de amêndoas do seu hidratante trouxeram a Kleber a lembrança de dias calmos, dias que eles passavam tranquilos na companhia uns dos outros. Ele fechou os olhos e sentiu que seus dias atuais não se assemelhavam àqueles. Respirou fundo e sentiu uma paz lhe invadir a alma. Embora os tempos fossem de paz no passado, era no furacão que Deus estava Se manifestando de forma real em sua vida.

Ao abrir os olhos, Kleber sentiu-se mais leve e lavado por lágrimas que levavam para longe o peso que outrora havia se instalado. Nicole beijou suas lágrimas e pegou a Bíblia, abrindo-a aleatoriamente e trazendo com seus movimentos os olhos de Kleber. Olhando para aquelas páginas, Kleber e Nicole viram saltar palavras que serviram de combustão para a energia que sentiam: "Alegrai-vos na esperança, sede pacientes na tribulação, perseverai na oração" (Romanos, 12:12). Kleber beijou Nicole carinhosamente e fez uma oração de gratidão a Deus. Ele estava cuidando dos seus. O que Kleber precisava fazer era apenas crer.

Na primeira noite fora de casa, Kleber se limitou a procurar Nathalie em casas noturnas mais próximas. Infelizmente, percebeu o pouco que sabia sobre a filha, de que ela gostava e qual ambiente lhe era melhor para passar a noite. Não sabia nem mesmo definir o estilo de Nath, que tipo de música ela "curtia"...

Entrou em pelo menos três salões, lotados de adolescentes, jovens e adultos. Era uma danceteria comum da época, com muita dança, bebidas, namoros... e drogas. Onde estava a diferença da sua época, em que tinham a liberdade de sair e se divertir, para os dias de hoje? Talvez porque naquela época os lugares só eram aproveitados nos fins de semana, porque havia preocupação com trabalho ou estudos. Olhou curioso para os lados e observou alguns jovens dançando, tentando adequar o corpo ao ritmo das batidas emitidas pelo ritmo eletrônico. Talvez até fosse isso... uma música muito mais diversificada, cheia de mensagens subliminares, que induzia os jovens a decodificá-la. Poderia ser essa curiosidade ou até algo mais que estava fora do campo cognitivo de Kleber, chegando apenas a quem estivesse mais sensível.

Andou tranquilo pelo salão, à procura de Nath. É claro que ele podia usar outros caminhos para encontrá-la, como contratar um detetive, noticiar seu desaparecimento à polícia ou, em último caso, aguardar seu retorno. Mas queria fazer diferente. Sentia-se feliz por estar buscando a filha com suas próprias forças.

A primeira noite não lhe trouxe boas notícias. Tampouco a segunda. Nem o resto da semana. Não pretendia buscá-la pela internet nem televisão, pois não sabia o que se passava na cabeça de Nath. Sabia que ela tinha conhecimento do retorno deles, mas fizera a escolha de fugir. O melhor era continuar agindo daquela maneira. Apesar do cansaço, Kleber percorria uma lista de locais. Percebia tristemente que ela vivia naquela situação de troca de horário, do dia pela noite, como muitas outras pessoas. Não trabalhavam? Não estudavam? Não tinham compromissos no dia seguinte?

Tudo lhe parecia um grande mistério. Uma rotina maçante. Não era isso que achava antes. Na verdade, deviam existir várias faces da noite, como as festas que conquistavam noite adentro os jovens, levando consigo aqueles leigos noturnos. Também sabia que a noite era dos experientes, que se preparavam antes. E dos que a amavam ou odiavam, mas não poderiam se dar ao prazer de passar um dia sem tê-la, nem que fosse apenas para descarregar as mágoas da vida.

Para Kleber, era triste quando chegava a cada manhã exausto, apreensivo e sem notícias da filha. Campina Grande era realmente grande. Apesar disso, sempre encontrava Nicole acordada em seu MSD, cantando ou orando pela família. Via que não saía sozinho, que a esposa ficava no lar, intercedendo para que Deus o auxiliasse com os anjos em cada esquina. Essa era uma experiência familiar que realmente valia a pena, naquele turbilhão de dor que se acumulava no peito do casal.

Uma noite, antes de sair, recebeu a visita do pai de Lucas, Frederico. Ao contrário das esposas de ambos, os dois não tinham grande intimidade. Kleber, em particular, nunca fora de se envolver com outras pessoas, sempre fora reservado e sem muitos amigos. Infelizmente, essa opção lhe havia trazido muita solidão. Mas agora ele parecia estar se encaixando novamente nesse padrão da sociedade, de que, para cada ser humano, existia pelo menos um amigo em qualquer parte do continente, para dividir as tristezas e reunir tudo de bom que a vida pudesse dar. E Frederico parecia estar querendo assumir esse lugar na vida de Kleber.

— Como está indo a procura? Não quer mesmo que eu vá com você? — Frederico sentou-se ao seu lado no banco do jardim.

Kleber ficou a observá-lo por um tempo e depois respondeu:

— Não sei bem ao certo o que quero. Mas essa questão se tornou tão pessoal que não me sinto no direito de lhe tirar noites de sono. Aprendi que uma única noite não é suficiente. Mas muito obrigado pelo apoio. Estou realmente muito feliz em saber que posso contar com outras pessoas, caso me faltem forças.

Frederico esquentou um pouco as mãos uma na outra, para espantar o friozinho da noite. Kleber percebeu que ele desejava falar algo. Nesse momento, as palavras ditas por amigos eram colhidas e guardadas no coração.

— Ontem à noite orei muito por você. Creio que Deus esteja te levantando para algo muito maior do que podemos entender. Orei e pedi a Deus que estivesse contigo e que me ajudasse a compreender tudo isso.

— E, mesmo não entendendo, você está disposto a sair comigo à noite?

— Meu caro amigo Kleber, se quisermos entender os propósitos de Deus, nós nunca vamos agir. Já pensou se Moisés fosse questionar a profundidade do Mar Vermelho com Deus, tendo o exército de Faraó bem atrás? Se Sadraque, Mesaque e Abdnego colocassem termômetro na fornalha? Se Paulo e Silas sofressem a pressão dos grilhões? Se Deus está comigo, o meu alvo é apenas prosseguir. Mas Deus me revelou algo sobre você, sua família e essa situação toda pela qual vocês estão passando.

Os dois receberam sorrindo a xícara de chá fumegante que lhes foi servida. Frederico mexeu o chá e provou o líquido que exalava camomila.

— A Bíblia não descreve minuciosamente a família de Josué. Descreve-o melhor como líder e sucessor, como um homem de fibra, fé e coragem. As características que acompanhamos com os Patriarcas, ou até mesmo com o seu antecessor Moisés, como nome de cônjuge e filhos, são deixadas de lado. Somente absorvemos um desejo: eu e minha casa. Mas o que posso lhe garantir, meu amigo, é o que lhe trago como algo profético para famílias que buscam o crescimento: entrega, confiança e amor. Três ingredientes que formam o equilíbrio de um lar.

Kleber balançou a cabeça em acordo e não deixou a mente prosseguir em busca de entendimento. Estava disposto a trilhar o caminho do conhecimento e a descoberta do ouro, que não seria encontrado no fim do arco-íris, mas bem embaixo de seus pés, com o joelho dobrado na cinza do pó e o brilho do olhar nublado pelas lágrimas.

— A entrega de uma família a Deus faz toda a diferença, creio que ela seja a base do célebre discurso de Josué: "Eu e minha casa serviremos ao Senhor". Não importa o que venha a acontecer, estaremos com Deus e não abriremos mão Dele. Entregamos a vida a Ele. Daí vem o segundo ponto que se une ao primeiro: a confiança. Não importa como está o presente, o amanhã não nos pertence e se encontra em segurança porque "Eu e minha casa serviremos ao Senhor".

Kleber sorriu, satisfeito com as palavras pronunciadas pelo amigo. Mas precisava ouvir mais.

— Andar com Deus só pode produzir um efeito: ser semelhante a Ele. E a Bíblia não nos diz isso? Que Deus nos criou à Sua imagem e semelhança? Nesse ponto, a nossa família passa a refletir o quê?

Kleber ficou parado mais uma vez. Queria falar, mas nesse quesito o sentido da audição soava mais alto. Olhava atentamente para os lábios e olhos de Frederico, tentando conciliar o som das palavras com sua expressão facial.

— Nossa família deve refletir o amor. Deus é amor. Dessa forma, refletimos Deus. E, assim como Ele nos amou, devemos nos amar uns aos outros. Desta casa jamais se apartará o livro dessa lei. E essa foi a mensagem maior do líder. Ele Se entregou, confiou e amou no seu lar, com os seus. Houve muralhas e rios para transpor, mas...

Frederico gesticulou com as mãos, como se regesse um coral, e Kleber completou, como se fosse um corista:

— ...eu e a minha casa serviremos ao Senhor!

Os dois se abraçaram e se deram as mãos. Kleber sentia um peso nas costas, e se alegrou por seu coração estar buscando servir cada dia mais ao Senhor. Eles conseguiriam restaurar a casa deles ao Senhor. Juntos, elevaram a voz em clamor aos céus, em favor de Nath, para que ela estivesse sendo guardada e protegida onde quer que estivesse. A casa deles em breve voltaria a ser a casa firmada completamente na Rocha.

Os dois já estavam se despedindo de Nicole, quando ouviram acordes e vozes ao longe. Quem estaria cantando àquela hora da madrugada? Foi então que as vozes se aproximaram, e eles contemplaram um grupo de jovens alegres caminhando a pé com um violão, em busca das notas musicais certas para se unirem à canção:

Todas as cidades, povoados e aldeias
Percorria Jesus
Pregando o evangelho,
Ensinando e curando
Prosseguia Jesus

Vendo as multidões
Cheio de compaixão
A seara é grande demais.

Todas as cidades, povoados e aldeias
Percorreremos
Pregando o evangelho, ensinando e curando
Prosseguiremos
Somos igreja, os trabalhadores
Somos Teu corpo, Jesus.

Somos Teus pés
Andando em toda parte
Somos Tuas mãos
Curando e abençoando
Somos Teus olhos
À procura dos aflitos
Somos Tua boca
Proclamando o reino de Deus.

Enche toda terra
Do conhecimento da Tua glória
Através do Teu povo
Enche toda terra
Do conhecimento da Tua glória
Através da igreja,
Através de nós.
(*Frutos do Espírito 6, Trabalhadores, Daniel Souza*)

Kleber ouviu a canção e a reconheceu. Viu cada um daqueles jovens, que continuavam cantando e sorrindo em sua direção. Eram os jovens da sua igreja, os amigos da sua filha. Dentre eles, identificou Lucas com o violão e a amiga de tempos inseparáveis, Milla.

— Meus filhos! — Foi tudo o que conseguiu dizer, em meio ao acolhimento daqueles jovens.

— Nossa igreja está sentindo falta de vocês. Existem três lugares vazios que são cativos. — Lucas se aproximou. — Infelizmente, não deixamos a Palavra de Deus fazer diferença no nosso meio como deveríamos. Nosso corpo estava sofrendo, mas não procuramos saber qual cura deveríamos oferecer. Nath precisou da nossa ajuda, mas não pudemos ouvir seu grito de socorro.

Kleber viu quando a cadeira de rodas de Nicole se aproximou e ela se uniu ao grupo. O frio da madrugada parecia não intimidá-los. A lua, por outro lado, procurou identificar o brilho através do olhar deles. Foi nesse instante que Kleber percebeu lágrimas escorrendo pelo rosto de alguns. Lucas continuou seu discurso.

— Nosso corpo precisa estar unido. A Bíblia diz que somos unidos e ligados pelo auxílio de todas as juntas. Se um membro sofre, todo o corpo padece. Saibam que a luta não é apenas de vocês. Estamos juntos. Seremos as mãos que estarão estendidas para auxiliar quando não conseguirem suportar o jugo; os pés quando os seus estiverem vacilantes; os olhos quando buscarem um oásis em meio ao deserto; e a boca para transmitirmos o amor do nosso Deus que jorra em nosso sangue. Cristo, nossa cabeça, vai nos guiar.

— Viemos pedir perdão também... — Uma jovem se aproximou timidamente. Kleber sempre a via envolvida com os outros, mas não sabia seu nome nem de quem era filha. Concentrou sua atenção no seu pedido. — Desde o acampamento soube que ela não estava legal. Todos nós ficamos chocados com o fato de ela ter fugido do acampamento. Era algo por que ansiávamos, e ela quis se afastar. Aquele foi um sinal para que nos aproximássemos, mas achamos melhor permanecer onde estávamos.

— Não gostamos de saber que ela estava envolvida com drogas, mas também não nos agradou a ideia de ter de dar esse passo. Era como um retrocesso, entende? — outra moça continuou, mas foi interrompida por um rapaz ao seu lado.

— Não significava que não amávamos sua filha ou que a situação não nos causava dor. Mas nossa vida seguia, e ter de estar com ela era perder o ritmo ou não dar os passos que a vida nos incentivava. Era o cursinho, o vestibular ou a faculdade.

— Fomos egoístas — disse Timóteo, um dos rapazes mais espirituosos. Suas covinhas acentuadas bem no meio da bochecha lhe proporcionavam um sorriso até em momentos inapropriados, mas ele estava sério, como poucos já haviam visto. — Pensamos apenas que, se ela pedisse ajuda, daríamos, mas não teríamos tempo de ir até ela. Nesse caso, o pedido silencioso jamais foi ouvido.

Nicole os contemplava, fascinada. Aquele era um avivamento, um amor fraterno. Embora achasse que, se muitos deles estivessem mais presentes, como companhia, Nath não teria mergulhado nas drogas. Contudo, sabia que Deus dá o livre-arbítrio a todos, e que, mesmo ela sabendo dos riscos e recebendo sinais de que o caminho não era bom, escolhera continuar.

— Esta noite — disse Lucas, enquanto com uma mão pegava no ombro de Kleber e com a outra segurava as mãos de Nicole —, retomaremos de onde paramos. Não vamos perder Nath para as drogas. Pedimos misericórdia a Deus pelas nossas falhas, e que Ele nos permita outra chance. Resgataremos Nath das trevas para a luz.

Aos poucos, os jovens foram se aproximando e formando um círculo. O frio da madrugada foi envolvido pelo calor presente ali. Um clamor foi erguido, e lágrimas quentes foram derramadas e colhidas. Havia uma sensação de aconchego, como se braços fortes envolvessem todo o grupo e o apertasse. A presença de Deus e Seu amor era sentida em cada olhar.

24
O encontro

Nath ainda estava se adaptando àquela vida. Conhecia muito bem o que era diversão e a praticava constantemente. Saía com a galera para passear de carro, ia a bares, discotecas, vaquejadas ou qualquer Carnaval fora de época... frequentava até festivais de verão. E no frio rolava a festa de São João... Coisa boa! Poderia fazer tudo isso e muito mais, contanto que não desobedecesse à principal regra: pensar na própria vida. Quando isso acontecia, as demais regras eram quebradas, e ela tinha de pedir ajuda a forças maiores para tirarem do seu pensamento qualquer sentimento que a fizesse sofrer. E essas forças eram as drogas.

Alguns novos "amigos" lhe ensinaram que ela deveria agir com malandragem com as drogas, quando tentassem mandar nela. Não deveria parar de usá-las, mas só deveria adquiri-la em festas. Para Nath essa novidade foi perfeita, mas havia um problema: seu cérebro não queria aceitar isso. Dessa forma, passava o tempo lutando contra seus sentimentos e se escondendo dos amigos, fugindo de uma boate para outra, com vergonha por não ter o autocontrole que boa parte da turma aparentava ter.

Marquito percebeu o rodízio de locais de Nath e resolveu investigar. Não sentia ódio dela, e sim mágoa por tê-lo trocado por um sujeito que ela nem conhecia. Queria provar para Nath que sua escolha por estar com Alex não dera em nada: primeiro acabara indo morar com Laura e Du, dormindo em um sofá fedido. Segundo, estava em uma relação superquente com Rosa, que não dava brecha nem para Nath cumprimentá-los. Por último, queria que ela amargasse a ideia de ter deixado ele próprio e Ric para ficar com Alex, afundando-se cada vez mais nas drogas.

Marquito, então, preparou sua vingança. Achou que Nath estava fragilizada, sem dinheiro e com a alma sedenta por drogas. Sempre ao seu lado, tocava em assuntos que mais pareciam causar-lhe depressão. Nath estava acostumada a não conversar com as pessoas e não sentia nenhuma malícia nas palavras de Marquito, nem percebia a maldade que exalava do coração dele. E a cada dia ela buscava mais e mais drogas, certa de que poderia retornar ao local da partida e sair a qualquer momento do que lhe parecesse inconveniente.

E quais drogas ela estava usando? Para cada estado de espírito Nathalie se apegava a uma, como se fossem amigas particulares que as auxiliava em seus problemas. Quando queria relaxar, dava um tapa na maconha; quando se sentia alegre, tomava comprimidos de *ectasy*, e assim descontraía ainda mais na pista de dança; quando estava confusa ou triste, cheirava uma carreira de cocaína; quando a depressão apertava, usava *crack*.

Mas quis o destino (com a forte ajuda de Marquito) que o sentimento que mais a perturbasse fosse a depressão. Consequentemente, a droga mais presente em sua vida passou a ser o *crack*, que se tornou um amigo constante. E não bastaram muitas pedras para mantê-la presa.

Marquito lhe fez a gentileza de conseguir "um emprego", para ajudá-la a sustentar o vício. Era algo que Nath jamais imaginara fazer (nem Alex, que fora seu namorado, fizera algo parecido). Só aceitava ser submetida a tal humilhação, a tal agressão, para conseguir uma pedrinha que lhe garantisse prazer! Não havia outra forma de conseguir dinheiro... e ela consumia muitas pedrinhas por dia...

Iniciou seu "ofício" na mesma noite em que Marquito lhe fez a oferta. Parecia tudo tão fácil e simples, mas, na prática, Nathalie encontrou grande dificuldade. Até mesmo o ato de se aproximar das pessoas que estavam na pista de dança era difícil. Resolveu uma abordagem mais segura e se dirigiu ao bar. Encontrou um homem de meia-idade, tentando puxar conversa com algumas meninas. Seria fácil atrair a atenção dele. Afinal, passara a vida toda ouvindo que era linda!

— Cobro cem para lhe fazer tudo, menos transar.

O cara olhou curioso para ela e, de repente, sorriu, como se ela tivesse lhe contado uma grande piada.

— Cem, garota? Mesmo fazendo tudo, você não vale nem cinquenta.

— Tá bom. — Nath sorriu, sem graça. — Quarenta e não se fala mais nisso.

O homem olhou para a boca de Nath e fez cara de nojo. Depois, pegou seu drinque e dirigiu-se para a pista de dança.

Nath não iria desistir. Não tinha como. Resolveu que conseguiria pelo menos os cem, para dormir tranquila. Marquito fora maneiro em lhe conceder umas carreiras de coca para cheirar. Só assim se sentiria mais animada e disposta a executar sua tarefa.

Abordou o segundo sujeito, na saída do banheiro. O homem, no momento em que ela havia iniciado a conversa, colocou imediatamente a mão no nariz e se afastou, sem nem ao menos ouvir a proposta. Nath considerou sua atitude grosseira, mas entendeu que, estando na frente de um banheiro, não deveria esperar muita coisa.

Resolveu voltar ao bar. Ali havia uma concentração maior de homens, e ela poderia melhorar a situação. O que estava acontecendo com os homens, que não se mostravam atraídos por ela?

As pessoas tinham passado a ignorá-la e fechavam um muro invisível ao seu redor, blindando o corpo para que ela não se aproximasse. Devia haver algo errado com aquelas pessoas! Decidiu ir embora daquele lugar, antes que sua raiva aumentasse e a fizesse partir para cima de algum deles.

Olhou ao redor e não reconheceu ninguém que pudesse ajudá-la a voltar para casa. Casa? Na verdade, nem mais sabia o que era isso... Sentia os olhares pesados de Du e Laura sempre que a viam deitada no sofá. Sabia que já não era bem-vinda. Por isso, estava sempre com a galera de um lado para o outro, sem um local certo para dormir ou comer. Os dois mal apareciam para comer.

Seu sono vinha apenas quando seus olhos se fechavam após dias ligada. Então, onde estivesse, encostava a cabeça e dormia... por horas e até dias. Não sentia sono, e sim frio. Batia o queixo de tanto sentir o corpo tremer. Viu que seu lábio começou a se machucar, pelo trincar dos dentes incontroláveis. Abaixou-se perto do tronco da árvore de uma praça e ficou em posição fetal, procurando se aquecer. Apertou-se o máximo que pôde, porém logo percebeu que seu corpo necessitava de muito mais calor. Seus ossos começavam a doer.

Ao seu lado, viu uma caixa de papelão velha e suja, com lixo esquecido dentro. Jogou todo o conteúdo fora e desocupou algumas sacolas plásticas, para calçar os pés, sentindo imediatamente uma diferença térmica. Soltou o fundo da caixa e entrou nela, aquecendo seu tronco e voltando à posição fetal. Sentindo-se melhor, relaxou o corpo, torcendo para que os tremores fossem embora. Seu queixo começava a doer.

Não sabia se pelo cansaço, pelo frio excessivo, pelo sono acumulado de dias, pela fome, mas Nathalie dormiu o dia todo na grama, encostada na árvore. As pessoas que passavam pela praça estavam acostumadas a ver os chamados "moradores de rua", e, ao verem-na dormindo, muitos chegavam a verificar se era mesmo verdade. Em seguida, respiravam um ar de amena segurança.

No finzinho da tarde, Nath despertou do seu longo sono. Sentia um vazio enorme na barriga, uma agonia, como se algo a consumisse de dentro para fora. Levantou-se e procurou uma torneira próxima. Tomou um litro de água em pouco tempo. Depois saiu, sem rumo. Engasgou-se e teve um acesso de tosse, seguido por ânsias e um vômito de líquido escuro, que escorria por suas mãos e lhe sujava o rosto e o pescoço. Com esforço, fez xixi na roupa e caiu na grama, chorosa. Estava sem forças, não conseguia ir além. Na verdade, não sabia para onde ir.

Quando a mente está sobrecarregada por muitos pensamentos, acabamos ficando inertes. Muitas vezes, o famoso dito se faz presente: "na dúvida, não ultrapasse". Como Nath não sabia aonde ir, permaneceu quieta onde estava. Ouvia muitos sons e barulhos, mas não se atrevia a levantar a cabeça; limitava-se a olhar o que seus olhos conseguiam ver naquela posição. Gostaria de se levantar e sair daquela praça... ir para outro lugar. Mas sua mente não obedecia ao seu corpo. Quem sabe se dormisse mais um pouco? Fechou os olhos e esperou o sono aparecer.

Sentiu um comichão do pulso até a ponta dos dedos. Sem abrir os olhos, virou a mão e a esfregou na grama úmida. Sentiu um leve apertar na palma. Será que teria de abrir os olhos para expulsar aquele bicho? Ah, malditas formigas!

Ao abrir os olhos, contemplou dentes brilhando em sua direção. Piscou, imaginando ser um animal... mas percebeu que os dentes pertenciam a uma jovem que, além de sorrir, alisava sua mão. Tentou se mexer e entender o que ela queria. Teria alguma coisa a ver com aquele jardim?

— Olá, minha querida! — A moça alisava sua cabeça. — Me desculpe se te acordei. Meu nome é Joyce. Como é o seu?

Nath tentou sorrir, mas algo a impediu.

— Você está com fome?

Assim que Nath tentou se levantar, alguns outros jovens saíram de trás da moça e a ajudaram a se sentar. Nath olhou para o lado e percebeu que outras pessoas caminhavam em sua direção com outros jovens. Sentiu a moça pegar novamente na sua mão, enquanto perguntava:

— Você quer vir com a gente?

Assim, deixou Joyce conduzi-la. A mão dela era suave, pequena e se encaixava perfeitamente na mão de Nath. Já seu rosto... Nath não conseguia olhar. Caminhava de cabeça baixa, encarando o chão. Reparou que a calçada da praça possuía um desenho que devia significar alguma coisa. Com certeza não sabia, nem teria notado, se não estivesse andando daquela maneira.

Enfim, todos pararam, e Nath ergueu a cabeça. Eles estavam entrando em uma igreja. Seu coração congelou, e suas pernas amoleceram... Joyce ainda segurava sua mão quando a ajudou a entrar e sentar-se no último banco, ficando ao seu lado. Nath olhou para suas próprias roupas – imundas, cheirando a urina e vômito. Olhou a moça de baixo para cima. Joyce lhe deu mais um sorriso e ficou observando-a por um tempo. Depois, delicadamente pegou suas mãos e saiu puxando-a para o interior da igreja. Para onde iriam? Parecia ter perdido a própria voz, envergonhada pela situação.

— Creio que você queira tomar um banho. — E a moça a conduziu a um banheiro. — Venha aqui. Temos apenas um chuveiro elétrico. — E completou, sorrindo: — Ele está vago, olha só que maravilha! Muita gente não curte água fria.

Abriu a portinha do banheiro e apresentou a Nath um *kit* de higiene pessoal que estava pendurado com outros na parede.

— Essa bolsinha é sua. Tem uma toalha para o banho, sabonete, xampu, condicionador, escova de dentes e uma pasta. Está precisando de absorvente?

Nath balançou a cabeça negativamente.

— Então, fique à vontade, enquanto vou buscar algumas roupas e peças íntimas para você. Você veste um pouco menos que eu... bem, acho que vou acertar — disse Joyce, olhando-a de cima a baixo. — Em todo caso, você poderá escolher o que vestir. Volto já.

A água escorrendo pelo cabelo de Nath lhe trouxe uma sensação estranha. Ouvia sons conhecidos... rumores de bateria... alguém testando notas na guitarra... outro alguém fazia um mini solo no baixo... dedos que percorriam rapidamente um teclado...

Sentiu seu corpo pesado. Abaixou-se e deixou a água percorrer todo o seu corpo. Sentiu também o cheiro do banheiro... e o coração pulsar rápido. Era algo familiar... Que *déjà vu*!!!

Joyce voltou e a levou até uma sala, em que Nath pudesse escolher a roupa que lhe ficasse melhor. O modelo que ela escolheu não era dos que estava acostumada a usar, mas foi o único que lhe serviu sem cair. Em seguida, Joyce a conduziu ao refeitório. Antes que pudesse se sentar, Joyce a puxou para uma fila e lhe entregou uma bandeja.

— Como eu, você deve estar morrendo de fome, né? Vamos comer. Pode pegar o que quiser, certo?

Nath olhou para a bandeja e para o lugar onde estava a comida: macarrão com carne moída, cuscuz, batata-doce, feijão, arroz, banana. A cada porção colocada no prato, sentia seu coração dar um salto e seu estômago revirar. No fim, uma senhorinha lhe entregou um copo de suco de maracujá. Mais um *déjà vu?*

Sentaram-se a uma mesa com outras pessoas. Aos poucos, Nath levantou os olhos timidamente, para contemplar seus acompanhantes da mesa. Reconheceu alguns que também tinham passado o dia na praça, mas, ao contrário de si, estavam animados e falantes. Joyce falava com ela o tempo todo, mas não se incomodava que ela não respondesse. Assim que a refeição foi encerrada, algo aconteceu, e todos a uma só voz começaram a cantar:

> *Por tudo o que tens feito*
> *Por tudo o que vais fazer*
> *Por tuas promessas e tudo o que és*
> *Eu quero te agradecer*
> *Com todo o meu ser*
> (*Te agradeço, Diante do Trono*)

Nath sentiu um arrepio ao ouvir aqueles louvores de gratidão. Viu que um culto iria começar. Observou, surpresa, que as pessoas que haviam vindo da praça com ela estavam bastante à vontade, como se aquele fosse um hábito semanal. O cântico soara como uma oração. Com as mãos erguidas e os olhos fechados, alguns estavam em pé, e outros sentados. Terminado esse momento, todos se dirigiram ao Templo.

Joyce a conduziu novamente ao banheiro, para que pudesse escovar os dentes e assim seguissem para o Templo, que já estava lotado. Um lugar já tinha sido reservado por Joyce para as duas. Ao se sentarem, Nath ergueu a cabeça e olhou curiosa para o lugar, com pessoas de todas as idades, classes e maneiras. Viu muitos idosos levantarem a Bíblia e ouviu-os lerem alguns trechos.

Um jovem começou a dedilhar um violão, e, automaticamente, o som das vozes diminuiu progressivamente. Algumas pessoas pegaram em suas mãos e disseram, com um sorriso: "Seja bem-vinda, em nome de Jesus!". Nath apenas sorriu.

O jovem que estava com o violão dedilhou alguns trechos, e ela ouviu muitos murmúrios na congregação. Nath olhou-os e tentou se concentrar... mas outro *déjà vu* lhe veio à sua cabeça, fazendo-a se virar para a frente e ouvir o rapaz cantar e conduzir a todos.

> *Ele é o Senhor*
> *Sua verdade vai sempre reinar*
> *Terra e céus*
> *Glorificam Seu Santo nome*
> *Ele é exaltado,*
> *O Rei é exaltado nos céus.*
> (*Ele é exaltado, Adhemar de Campos*)

Alguns acordes do piano introduziram uma nova melodia, como um trompete inicia um solo em uma orquestra sinfônica. Em uníssono, toda a igreja entoou:

> *Quão grande é o meu Deus*
> *Cantarei quão grande é o meu Deus*
> *E todos hão de ver*
> *Quão grande é o meu Deus.*
> (*Grande é o meu Deus, Soraya Moraes*)

Com as mãos erguidas, as pessoas ficaram de pé, rendendo graças a Deus por estarem ali. Ninguém anunciou a oração. Todos oravam em conjunto e espontaneamente. Como Nath não se levantou, Joyce sentou-se ao seu lado, abraçou-a e começou a conversar com Deus, como se Ele estivesse ali sentado com elas. Era como se uma terceira pessoa tivesse se instalado ao lado de Nath. Os calafrios não passaram, e Nath tinha absoluta certeza de que não estava sentindo nada de sobrenatural. Manteve-se firme e escutou o fim da oração da colega, que havia colocado sua vida no altar de Deus. Quando Joyce terminou, disse amém e lhe deu um abraço. Nath não o rejeitou. Havia muito tempo não era tocada daquela maneira.

— Jesus te ama muito, minha linda!

Algo pareceu ser ativado após esse momento. Nath viu um homem com a Bíblia, e ele deu início à leitura. Seus lábios se moveram, e, aos poucos, sua memória foi reavivada. Tal qual em um jogral, Nath começou a declamar com ele os versículos que há muito tempo estavam guardados em um lugar que ela desconhecia...

Não se perturbe o coração de vocês. Creiam em Deus; creiam também em mim. Na casa de meu Pai há muitas moradas; se não fosse assim, eu lhes teria dito. Vou preparar-lhes lugar.

Eu sou o caminho, a verdade e a vida. Ninguém vem ao Pai, a não ser por mim.

(João 14:1, 2 e 6)

Joyce estava com a Bíblia nas mãos, contemplando a cena dos lábios de Nath, que até aquele momento estiveram cerrados, movendo-se apenas nas citações picotadas da Bíblia. Conhecia as escrituras? Não teceu nenhum comentário e continuou a observá-la. Nathalie se mostrava como uma esfinge que precisava ser estudada.

O grupo de louvor foi à frente, e, ao contrário da primeira vez, Nath se colocou em pé e, com os demais, começou a bater palmas... e a cantar também. Sabia todas as músicas!

Jeová é o teu cavaleiro, que cavalga para vencer
Todos os teus inimigos cairão diante de ti, cairão diante de ti
(*Jeová é o teu cavaleiro*, Kleber Lucas)

Eu te louvarei, te glorificarei,
Eu te louvarei, meu bom Jesus.
(*Eu te louvarei, meu bom Jesus*, Ronaldo Bezerra)

Eu não sou membro de religião
Entreguei a Cristo o meu coração
Eu acredito em Jesus, eu conversei com Ele hoje
Ele é meu amigo, meu Senhor, o meu Salvador.
(*Eu acredito em Jesus*, Frutos do Espírito)

Recebi um novo coração do Pai
Coração regenerado, coração transformado
Coração que é ensinado por Jesus.
(*Corpo e família*, Frutos do Espírito)

Nath fechou os olhos e cantou com todas as suas forças. Não se importava de estar desafinada ou fora do tempo... amava aquelas músicas! Não sabia explicar como todas aquelas melodias tinham ultrapassado os limites do tempo e da memória e ressurgido com força. Viu as pessoas se sentarem e também se sentou, absorta de tudo ao seu redor. Parecia que estava em uma bolha... e dela podia ver as pessoas. Viu um senhor se dirigir à frente. Ele falava com as pessoas, mas Nath não conseguiu entender o que ele dizia; via apenas que as pessoas sorriam e concordavam. Desejou novamente o *déjà vu*, mas ele não veio, e se contentou em contemplar o pianista de costas, que introduzia a música que o senhor iria cantar. Sentiu mais arrepios. De repente, sentiu novamente uma onda... Levantou-se, apressada, e dirigiu-se ao banheiro para lavar o rosto. Os acordes do piano ecoavam na cerâmica do banheiro, como se cada quadrado estivesse querendo lhe dar um recado. Nath sentiu que estava ficando claustrofóbica e procurou apoiar-se em uma parede para respirar. Que sensações todas eram aquelas? Viu Joyce entrar e ouviu os acordes finais da melodia, além da voz harmoniosa e grave que encheu todo o banheiro com seu timbre:

Entrei no templo, dobrei os meus joelhos,
Para conversar com o Senhor.
Desiludido do mundo, no peito, um sofrer profundo;
Sem paz, sem fé, sem amor.
Ajoelhado, senti o meu pecado
E o grande mal que ele me fez
Mesmo sem ter merecido, estava arrependido,
Pedindo perdão mais uma vez.

A sensibilidade de Joyce em pegar nas mãos trêmulas de Nath e sentir o que ela sentia deu-lhe liberdade para derramar algumas lágrimas. Joyce apenas as enxugou e disse, sorrindo:

— Você já o conhece, não é?

Nath apenas se deixou ser abraçada e levada para tomar um pouco d'água e, em seguida, entrarem no Templo.

> *Porém, Jesus não esquece o pecador que padece,*
> *Mas não tem alegria em pecar.*
> *Então senti de mansinho de Meu Jesus, o carinho,*
> *A minh'alma de novo alegrar.*
> (*Entrei no Templo, Ozéias de Paula*)

Como uma criança, Nath foi conduzida ao banco e sentou-se, de cabeça baixa. Sentia o corpo tremer e se arrepiar. Pensou que não poderia ter uma crise de abstinência. Não agora! Ao fundo, ouvia o pregador iniciar a leitura da Bíblia. Esse seria o momento perfeito em que poderia e haveria de fugir. Estava apenas esperando se recuperar para sair tranquila sem chatear Joyce, que havia sido muito legal com ela. Ouviu o texto da Bíblia, do livro de Gênesis, capítulo 3, e de esguelha leu na Bíblia de Joyce o título *A queda do homem*. Mais um motivo para ir embora... personagens que já havia estudado muito em seu tempo de infância e no departamento de Mensageira do Rei: Adão, Eva e a serpente. Disfarçaria até ficar bem e partiria.

Após a leitura, um coral foi à frente e entoou um cântico. Curiosamente, Nath percebeu que os sintomas de abstinência estavam passando. Contemplou o pastor de cabeça baixa e com os olhos fechados. Ele fez um discurso de forma sucinta e objetiva sobre as três vidas em pouco tempo. Intrigada, Nath permaneceu de olhos fixos nele e, curiosa, aguardou para saber de quem mais ele falaria.

— Este momento, em que todos nós nos encontramos aqui, já foi reservado. Se você veio, não se surpreenda. Sua reserva estava garantida.

Nath coçou o cabelo e tentou fazer com que seus neurônios acompanhassem o pensamento do pastor. Em primeiro lugar, como poderia um encontro ter sido marcado, se ela não costumava ir àquele lugar, nem mesmo àquela praça?

Um balanço de três lugares foi colocado à frente. De repente, a congregação silenciou, para observar o que iria se passar ali. Na plataforma, uma a uma as luzes iam sendo apagadas, até que somente o balanço pudesse ser visualizado, iluminado com refletores. O pastor dirigiu-se vagarosamente e sentou-se no meio do banco. Ficou olhando para os lados, como se estivesse no meio de uma conversa entre duas pessoas sentadas em um banco de praça.

— A nossa vida é marcada por encontros. Existe um encontro, ansiado por muitas mulheres durante nove meses e cercado de expectativas e surpresas. Minha esposa, quando teve nossa filha, a primeira coisa que fez ao pegá-la nos braços foi beijá-la e apalpá-la. Curioso, perguntei o que fazia, e ela respondeu: "Estou conferindo se está tudo certo". São encontros que têm seu tempo programado e, em alguns casos, antecipado. Na Bíblia, temos a história de Ana e Samuel. Como essa mãe ansiou por esse encontro... e buscou, se humilhou perante Deus? Queria apenas ter esse privilégio, o prazer, a oportunidade de encontrar um filho em seu ventre. Deus permitiu que ela se encontrasse com o profeta do Senhor, Eli, que a confrontou e a confortou com uma promessa. Um encontro de fé que resultou em uma promessa cumprida.

O pastor afastou-se do meio e colocou-se do lado direito do banco, como se observasse outras pessoas ao seu lado. Então, continuou:

— Existe outro encontro bastante esperado: o encontro de amigos. A Bíblia diz que existem amigos mais chegados do que um irmão, aqueles que consideramos fiéis, presentes na alegria e na tristeza. Aqueles que estão conosco quando ninguém mais decide ficar, que conhecem nosso olhar de tristeza e alegria. Existiram três irmãos que tiveram esse privilégio, muito mais do que qualquer um de nós aqui: Lázaro, Marta e Maria. Uma amizade que era uma junção de encontros, escolhas e dor. Uma dor que pôde reproduzir a alegria por meio da tristeza. É engraçado como encontramos no mundo uma pessoa que se dispõe a caminhar a segunda milha conosco. E a cada encontro podemos conferir que crescemos na caminhada juntos, que aprendemos com o nosso erro, exatamente como a Bíblia diz: "Um ao outro ajudou, e ao seu companheiro disse: esforça-te". São esses encontros com amigos que buscamos nessa longa jornada.

O pastor deu uma pequena batida na perna e sorriu:

— Existem os encontros de amor. Aqueles em que a jovem passa horas e horas se arrumando, para que quando o amado chegue seu amor cresça ainda mais. E o amado busca em sua alma algo que agrade a quem busca sua alma. Um buquê de flores? Chocolate? Os dois juntos? E selam o sentimento a cada encontro de amor. Como exemplo bíblico de amor à primeira vista, é o de Isaque e Rebeca. O encontro não foi algo planejado aos olhos humanos, mas guiado pelas mãos do Eterno para a união de duas vidas em uma só. Ligado a esse encontro de amor, podemos ter aquele que está na moda hoje em dia: o encontro às escuras. E qual é o objetivo? Hoje, com algumas identidades camufladas pela mídia, muitas vezes quem esperamos estar atrás de uma tela na realidade se encontra bem distante da realidade, como uma proposta de emprego ou alguém que não existe. Assim, acreditamos no que nos é dito e acabamos iludidos. Um encontro em que não se têm testemunhas pode ser algo perturbador. E não deveria dar medo? Sim, mas muitos se submetem a isso, com base no que o outro afirmou. É um encontro de confiança, no qual se acredita que tudo está certo. Temos o exemplo bíblico de Nicodemos. Muitas vezes, com esses enganos, deixamos de viver de forma positiva, renunciando à nossa própria vida.

A luz na plataforma foi modificada, e uma luz negra refletiu nas laterais da frente, resgatando tudo que era branco.

— Temos encontros que nos levam à morte. Muitos aqui já ouviram alguma história sobre alguém que esteve na hora errada, no lugar errado, por isso se encontrou com a morte. Às vezes, as pessoas passam por circunstâncias banais, em que reinavam apenas como espectadoras e se tornaram vítimas. Como pode ser classificada uma pessoa que morre assim? Alguém que tem seu destino ceifado de forma abrupta por um simples ato? A única coisa que me vem à mente é que um encontro tem sempre a sua hora. A morte não foge a essa regra, embora o que nos choque seja sempre de que maneira esses encontros acontecem. Foi o caso da filha de Jefté. Moça linda, jovem, na flor da idade, que poucos encontros teve na vida, porém não o do amor, pois a Bíblia diz que era virgem. Seu pai, Jefté, fez um voto de guerra para obter vitória: "Se me der a vitória sobre os amonitas, a primeira pessoa que sair de minha casa ao meu encontro, na volta da vitória, eu vou lhe entregar". E eis que ao seu encontro surgiu sua filha. Quantas pessoas não poderiam ter surgido? Muitas. Mas o encontro dela resultou em sua morte. Fatos sobre os quais hoje, quase que poeticamente, nos perguntaríamos, ao deparar com uma inesperada dor: "e se".

O pastor levantou-se para ser visto na penumbra.

— Anos atrás, um dos prazeres que havia na igreja era a recitação de poesias nos cultos. Mario Barreto França, Gioia Júnior, Myrtes Mathias nos conduziam a um patamar de reflexão de condutas, desejos e consagração. Uma das poesias que se tornaram marcantes na época, e creio seja cada vez mais real, é a canção da maçaneta, de Gioia Júnior:

Não há mais bela música
que o ruído da maçaneta da porta
quando meu filho volta para casa.

Volta da rua, da vasta noite,
da madrugada de estranhas vozes,
e o ruído da maçaneta
e o gemer do trinco,
o bater da porta que novamente se fecha,
o tilintar inconfundível do molho de chaves
são um doce acalanto,
uma suave cantiga de ninar.

Só assim fecho os olhos,
posso afinal dormir e descansar.

Oh! A longa espera,
a negra ausência,
as histórias de acidentes e assaltos
que só a noite como ninguém sabe contar!
Oh! Os presságios e os pesadelos,
o eco dos passos nas calçadas,

a voz dos bêbados na rua
e o longo apito do guarda
medindo a madrugada,
e os cães uivando na distância
e o grito lancinante da ambulância!

E o coração descompassado a pressentir
e a martelar
na arritmia do relógio do meu quarto
esquadrinhando a noite e seus mistérios.

Nisso, na sala que se cala, estala
a gargalhada jovem
da maçaneta que canta
a festiva cantiga do retorno.
E sua voz engole a noite imensa
com todos os ruídos secundários.

Oh! Os címbalos do trinco
e os clarins da porta que se escancara
e os guizos das muitas chaves que se abraçam
e o festival dos passos que ganham a escada!

Nem as vozes da orquestra
e o tilintar de copos
e a mansa canção da chuva no telhado
podem sequer se comparar
ao som da maçaneta que sorri
quando meu filho volta.
Que ele retorne sempre são e salvo,
marinheiro depois da tempestade
a sorrir e a cantar.

E que na porta a maçaneta cante
a festiva canção do seu retorno
que soa para mim
como suave cantiga de ninar.

Só assim, só assim meu coração se aquieta,
posso afinal dormir e descansar.
(Oração da Maçaneta, Gioia Júnior)

— Hoje os pais têm muito mais inimigos do que no meu tempo. Ou talvez seja o mesmo número, muitos camuflados por suas eras. Existem as famosas más companhias, as drogas que se renovam a cada dia. As mídias sequestram jovens em suas próprias casas, filhos se trancafiam em seus quartos por tempos absurdos, sem se comunicarem com seus pais. E quando eles saem à noite para se divertirem, com o carro, os pais só relaxam quando os veem chegar em casa em segurança. Os pais têm uma ligação de sangue muito forte com os filhos. Por essa razão, recitamos o velho ditado: "o sangue fala mais alto". Até mesmo quando há a separação de pais e filhos, por meio de adoção, quando há o reencontro a junção do que foi perdido é nítida para todos. Vocês podem tentar me corrigir, dizendo: "Mas existem pais que rejeitam os filhos...". E eu lhes digo o que está no livro de Isaías: "Mas Sião lamenta: 'Ora, Yahweh me abandonou, o Eterno me desamparou!'. Haverá mãe que possa esquecer seu bebê que ainda mama e não ter compaixão do filho que gerou? Contudo, ainda que ela se esquecesse, eu jamais me esquecerei de ti! Eu te gravei nas palmas das minhas mãos; os teus muros estão sempre diante de mim...". Qual é o encontro que você deseja? Um encontro representado na figura do primeiro homem? A Bíblia afirma que Deus estava com Adão na virada do dia. Quando o pecado entrou no mundo, o homem se afastou de Deus e deixou de comparecer aos encontros de amor, surpresas, alegrias e descobertas. A falta deles lhe trouxe a morte.

O homem levantou-se um pouco e continuou:

— Todos nós somos seres criados por Deus. Somos Suas criaturas. Nossa vida foi mudada com um encontro que Deus marcou conosco e nós comparecemos. Estabelecemos um laço e, por meio do sangue de Jesus, somos comprados e introduzidos na família de Deus como filhos. Nascemos de novo, passamos a ter um novo coração, uma nova vida. E a vida anterior? E tudo o que fizemos de errado... como poderemos viver com tantos erros cometidos? A Palavra de Deus diz que onde abundou o pecado superabundou a graça. E essa é a certeza que temos, tão certos como o ar que respiramos.

As palavras ditas pelo pastor encontravam um lugar para repousar no coração de Nath. Levada pelas palavras, ela encheu o pulmão de ar e permitiu que este viajasse um pouco entre suas vias respiratórias. Seus pulmões não eram mais pulmões saudáveis, e o ar percorreu outro caminho. A cada inspirada que dava, sentia menos ar em seu pulmão e mais oxigênio em seu cérebro. Estaria sob efeito de alguma droga que não conhecia? Que cheiro era aquele, revolucionando seus sentidos? Levantou-se e tentou respirar com calma. Colocou as mãos sobre a barriga e sentiu que o ar fazia uma ligação muito direta com seus olhos, pois eles tinham começado a lacrimejar. Joyce se colocou de pé ao seu lado, com as mãos nos seus ombros. Embora houvesse muito ar entrando, Nath sentia-se sufocada. Deveria sair imediatamente dali.

Foi se afastando aos poucos de onde estava e sentiu Joyce em sua cola. Não importava onde fosse, contanto que a circulação de ar melhorasse. Nath olhou desesperada para o caminho que levava à saída, mas ali havia um aglomerado de pessoas. De relance, viu o pastor gesticulando os braços. Será que ele havia percebido que ela passava mal e que estava procurando melhorar com... com o quê? Na verdade, o que ela estava procurando?

Alguns jovens pegaram os microfones e começaram a cantar:

Te encontrar foi tão bom
Eu não tinha paz, nem prazer
Me sentia muito só
Sem ter mais razão pra viver...
(*Do jeito que eu sou*, Ozéias de Paula)

— Um lugar de encontro... Deus te convocou e você hoje não faltou. Hoje você está no tabernáculo e sabe o quão amável e agradável é estar aqui.

Nath contemplou os braços abertos do pastor e sentiu suas pernas vacilarem. De repente, não conseguia mais enxergar qualquer forma à sua frente; sua visão tornou-se turva. Um calafrio percorreu seu corpo, e ela sentiu como se fosse desfalecer... mas, então, algo ocorreu. A congregação pôs-se a cantar uma música de forma misteriosa; parecia cheia de poder, e Nath sentiu uma força impulsionando seus passos, limpando sua visão, guiando seus pés à frente como se fossem asas.

Chegando à plataforma, com Joyce ao seu lado, percebeu que sua respiração voltara ao normal. Colocou a mão no peito e tentou respirar lenta e tranquilamente. Com os olhos fechados, inspirou no 1, 2, 3... e no 3, 2, 1 expirou, abrindo os olhos. Como na história de Paulo, tão ouvida e conhecida desde a infância, um homem que sempre fugira de se encontrar com Jesus, mas em diferentes momentos estivera perto Dele, mesmo por meio da rejeição; um dia, houve um encontro muito maior do que ele estava acostumado. Esse encontro o puxou de fora de um mundo exterior e lhe proporcionou uma viagem profunda dentro de si mesmo, deixando-o cego por três dias. Então ele pôde notar que precisava de Jesus. De seus olhos caíram escamas que trouxeram luz à sua alma.

Nath sentiu como se escamas também lhe fossem eclodidas dos olhos, e novamente todas as sensações que sentiu no início do culto retornaram. Agora, o *déjà vu* tomou uma linhagem, e ela pôde identificar a reação de cada um dos seus sentidos... precisava ser tocada, ouvida, alimentada, ver e ser vista e sentir. O cheiro, que desde o momento que chegara ao Templo vinha lhe invadindo as narinas, iluminando cada caminho percorrido, agora tinha um significado: o cheiro familiar do banheiro, do material de limpeza, da cantina, do óleo que fora passado nos bancos... aquele cheiro era o da sua casa, e como era bom, muito bom estar de volta. Estava de volta à Casa do Pai.

25
Metanoia

Estar sozinha muitas vezes traz à pessoa uma oportunidade de crescimento. Ela pode identificar, por meio de fatos externos, o que está acontecendo em seu interior, como uma música que indica alegria ou tristeza, um sabor que traz incontáveis lembranças e um olhar que pode ler o profundo do seu ser. Mas, quando se deixa de ser sozinho, as sensações podem se tornar um campo minado, e a pessoa pode explodir com qualquer um a qualquer momento.

Para Nath, a melhor coisa que acontecera em toda a sua vida fora o encontro. Estar de volta... Agora conseguia ver sua vida como um quebra-cabeça, peças que iam se encaixando. Será que seus pais oravam por ela? Lembrou-se de que em cada momento, no qual se vira fora da presença Dele, Ele sempre se mantivera presente, com cuidados de amor. Os convites que Ele sempre fizera para que ela o conhecesse mais de perto... e a distância sempre se fazia presente.

Que fator interessante esse... Uma vida toda indo à igreja, conhecendo histórias bíblicas. A qualquer música tocada sua mente dava prosseguimento automaticamente.

Em nada ponho a minha fé...
(Firmeza, 366 CC)

Em Jesus Amigo temos mais chegado que um irmão...
(O grande amigo, 155 CC)

Buscou-me com ternura Jesus, meu bom Pastor...
(Amor glorioso, 37 CC)

Nossa! Quantas músicas, cujo significado ela nem sabia totalmente, permaneciam gravadas em sua memória. E agora elas pareciam ressurgir com força e identidade.

Mas como tudo isso e esse reencontro poderiam estar ligados à vida que tivera? Como um Deus de puro amor, perdão e misericórdia poderia morar nela, suja como estava?

⁂

Joyce entrou no quarto no momento que ela se colocava no divã. Após o culto, Nath preencheu uma ficha com seu endereço, mas disse que não poderia voltar para casa. Não forneceu muitos detalhes, mas deixou no ar que talvez não fosse mais bem-vinda em seu lar. De certa forma, para ela, era verdade. De diversos modos envergonhara seus pais. Não tinha o direito do retorno.

O quarto onde estava era da igreja. Muitas pessoas que, como ela, haviam ido para o culto após terem saído da rua, também permaneciam ali. No dia seguinte, seriam encaminhadas para uma nova fase. Nath ficou curiosa para onde iria, e Joyce lhe explicou que a igreja tinha um abrigo que era como uma casa de transição; um lar temporário até a pessoa se restabelecer, conseguir um emprego ou retornar para casa. Também, se desejasse deixar os vícios, poderia ser encaminhada para uma casa de recuperação. Seria uma ponte para uma nova vida. Em seu caso, seria um recomeço. Uma nova vida, porque a que ela vinha vivendo... não poderia ser classificada como tal.

— Sei que você está assustada com essa nova vida. Uma novidade sempre traz medo. É o fator da ansiedade.

Nath sorriu. Tinha rejeitado conversar com uma psicóloga porque tinha medo de que ela pudesse entrar em sua mente e descobrir por onde andara.

— Novidade de vida... Uma bagunça, seria o mais indicado. — Nath baixou a cabeça e alisou a perna. — Tô tentando não deixar sair de mim esse sentimento bom, esse encontro que tive aqui. Você é um amor, Joyce, mas minha vida não foi como eu gostaria que tivesse sido, e você se assustaria. Tomei um caminho que para mim está parecendo sem volta. Sei que muitos que pegaram esse mesmo caminho saíram diferentes. Mas para mim é uma estrada cheia de pedras e espinhos. Só quis caminhar para o fim. O fim que eu digo não é de tragédia; o fim é de ser livre. Mas eu não fui. Fui escrava. Fui refém da vida. E hoje resolvi voltar... voltar não... conhecer. Eu não conhecia Jesus. Eu nunca O havia sentido. E foi muito bom. Mas não posso ficar aqui com Ele.

Joyce a olhou sem entender.

— Não me olhe assim. Já vivi em uma igreja e sei como me senti. Não era um membro, como se descreve. Me sentia uma prótese, alguém que não deveria estar ali. Talvez tenha sido isso que me fez sair em busca de outro estilo de vida. E esse estilo me puxa cada vez mais. Não quero mais viver com ele... mas não consigo ter uma nova vida por causa dele. Sinto-me prisioneira do meu passado. Viver uma nova vida parece uma mentira.

Antes mesmo que Joyce pudesse dizer algo, a porta foi aberta, e uma senhora baixinha, gordinha e de pele morena entrou no recinto, sorrindo. Tinha nos olhos uma expressão tão carinhosa que fez com que toda a frieza que insistia em se formar no olhar de Nath se petrificasse e viesse a ferir seu coração. Aquele olhar derretia o gelo com seu aconchego. Dirigiu-se até onde ela estava e, após dar um sorriso para Joyce, pegou Nath pelas mãos e em apenas um aperto transmitiu seu amor.

— Você não imagina a imensa alegria que sinto em te ouvir, minha querida. Meu nome é Margarida, e soube que o seu é Nathalie. Muito prazer. Não conheço a sua história, mas a partir desse momento te digo que serei sua mãe espiritual. Estarei com você.

E, tomando as rédeas, como qualquer dona de casa, puxou as duas garotas para se sentarem.

— Quando estava entrando, ouvi algo como se fosse um sentimento de culpa. E sabe o que achei? Muito bom. Na verdade, posso até dizer que me senti muito feliz. — E sorriu, quando percebeu o olhar confuso das duas. — Minha felicidade não se dá pelo que você viveu, e sim pelo seu sentimento de culpa. A culpa é boa, é um reconhecimento do que fizemos de errado. É um raio-x completo de nossas ações mais secretas. Quando nos damos conta do que fizemos de errado, o que atingiu as outras pessoas e especialmente o que nos aflige, podemos efetivar uma mudança. A culpa nos aproxima do arrependimento e nos leva para mais perto de Cristo.

Margarida percebia como Nath digeria cada palavra dita por ela e selecionava eventos correspondentes na sua vida. Um panorama ia sendo montado.

— Não podemos dizer que nossa salvação não seja nada. Ela custou um alto preço. Esse sentimento que a incomoda é o Espírito Santo, que quando começa a habitar em você está limpando tudo o que lhe fez mal. O que você deve fazer é apenas se arrepender, e o sangue de Jesus Cristo a purificará de todo o pecado e aliviará suas culpas. Você foi guiada e protegida por Deus. Tal qual a Palavra diz que você pode subir a montanha, o mar ou até o sepulcro, Deus esteve contigo. Feliz a pessoa que encontra Jesus. Agora você é Dele. O Espírito Santo é seu amigo, e o que você está sentindo é Ele pedindo, suplicando seu arrependimento para limpar seu coração. E Jesus vai reinar. Faça isso. O resto é com Ele. Ele é o teu refúgio e o Príncipe da Paz.

Lágrimas de arrependimento começaram a escorrer dos olhos de Nath. Arrependimento por tudo o que havia feito com seu corpo, por tudo o que estava fazendo seus pais passarem, de anos que haviam sido perdidos e que nunca mais poderiam ser recuperados.

— Deus nos criou para sermos amigos Dele. — Margarida enxugava algumas lágrimas de Nath. — Você nos deu o seu endereço. Entraremos em contato com sua família.

— Mas a senhora acha que eles me receberão de volta?

— Minha querida, hoje você foi recebida de volta à Casa do Pai. Não há outro lugar no mundo onde você não seja bem recebida. Acredite. Seus pais ficarão felizes em terem você de volta. A melhor sensação do mundo é quando uma parte do nosso corpo é curada e todo ele passa a funcionar perfeitamente.

26
Levando o amor

Kleber e a mocidade insistente, noite após noite, buscavam Nath entre aqueles que estavam longe do lar. E eram tantos... havia crianças pequenas, que pareciam se sentir melhor entre os jovens, para poderem adiantar um estágio da vida, imitando uma maturidade que ainda demoraria a vir, fazendo sexo, roubando e matando, pois viam que isso dava poder. Jovens que não aproveitavam o prazer da juventude. Homens e mulheres que haviam abandonado seus lares para se dedicarem a um vício, deixando sua vida e vivendo em troca de uma pedra, uma seringa, um pó que, desde o momento que penetrava no corpo, transformava-se em uma sentença declarada. Uma sentença física, psicológica... Um elo que se estabelecia sem ser notado, mas posteriormente sentido.

A Bíblia relata que os cristãos são o doce perfume de Cristo, que aonde eles chegarem a presença de Cristo será sentida. Um perfume que produz um sorriso em um rosto abatido, uma esperança ao desamparado e ao conforto do necessitado. Mas, naquele momento, na madrugada fria, aqueles jovens poderiam sentir um odor diferente no ar: um odor de miséria, desamparo, desespero e solidão. O pecado parecia também ter cheiro, um odor sufocante e opressor, que temporariamente parecia trazer desespero aos jovens ao contemplar o triste quadro daquelas vidas. Havia muito a ser feito, e eles não tinham condições, naquele momento, de nada suprir. Estavam apenas em busca de Nath, a amiga que crescera com eles desde a infância, que havia tomado um rumo diferente... Não conheciam aquelas pessoas, nem suas histórias. Como ajudá-las?

Lucas, sentindo a apreensão dos jovens ao seu redor, aproximou-se de um senhor que estava encolhido, com um cobertor cinza e os olhos observando o grupo. Não tinha muita certeza do que fazer, mas apenas obedeceu ao IDE de Jesus. Automaticamente, os demais jovens se espalharam, fazendo refletir, sem palavras, mas com ações, os ensinamentos bíblicos. E, de dois em dois, um rapaz e uma moça, os jovens se misturavam entre os moradores daquela praça. E aos que antes só podiam enxergar trevas, agora brilhava uma Luz que emitia raios que aqueciam e perfumavam.

Kleber contemplou, maravilhado, as obras de Jesus por meio daqueles jovens. A oração era para Nath ser encontrada, mas Deus estava colocando vidas em seu caminho. Deveriam se permitir serem usados.

Deus estava curando o coração de Kleber por meio daqueles jovens. Não conseguia explicar o que sentia. Uma restauração estava sendo feita em seu interior, e Kleber sentia esse reflexo interior. Sua felicidade começara a brotar em ver que aquelas pessoas também conseguiam sorrir. Mas o que aquilo tinha a ver com sua filha?

Viu quando um senhor se sentou no banco em que estava deitado. Parecia sentir muito frio naquela madrugada fechada, sem nenhuma estrela no céu que pudesse ajudar na beleza daquelas densas nuvens, as quais pareciam antigos cobertores, mas, na verdade, enrijeciam os que as contemplavam, desavisados. Nem a linda lua dera sinal por ali. E, como o tamanho do homem se assemelhava ao seu, Kleber decidiu retirar seu casaco e colocá-lo no homem, que se encolhia para ouvir os jovens. Foi uma atitude espontânea de ambos os lados.

Na dupla adiante, Kleber percebeu que se tratava de uma família. Em uma tenda improvisada, feita com caixas de papelão e retalhos de tecidos, havia um grupo de cinco crianças, com idade entre dois e nove anos. Viu um cachorro com olhos sonolentos, mas vigilante aos seus passos, no território que era dele. As crianças ressonavam tranquilas em um ambiente que já era habitual a elas; era o seu lar. Os pais, atentos aos movimentos da madrugada, levantaram um pouco o corpo e deram atenção aos jovens. Kleber se sentiu incomodado com a situação. Aquelas crianças precisavam de proteção contra o frio. E de comida.

Sem um pensamento formado, Kleber voltou para casa. Enquanto estacionava o carro na garagem, Nicole se aproximou, curiosa. Kleber, apressado, conduziu a mulher para dentro. À medida que foi separando suprimentos, cobertores e agasalhos, contava a Nicole os acontecimentos da noite. Ela ouvia os fatos enquanto acompanhava o esposo na cozinha. Nicole pegou mais alguns mantimentos e os deu a Kleber, que rapidamente reuniu tudo e retornou ao local onde estava a família. O pai sentou-se novamente e ficou observando Kleber, que se aproximava, desajeitado com o pacote.

— Senhor, boa noite. Tenho aqui algumas coisas para a sua família. Que Deus os abençoe.

O homem, mesmo desconfiado, pegou o pacote. Parecia muito mais velho que Kleber. Porém, em seus olhos, Kleber detectou o ar da juventude. Nenhuma palavra foi pronunciada. Kleber apertou a mão dele e sentiu a aspereza de uma vida dura. Sentiu que havia feito muito pouco por aquelas pessoas. O que mais poderia fazer?

— Estarei orando pelo senhor.

E, em uma oração breve, porém objetiva, Kleber entregou a vida daquela família a Deus. Não sabia mais o que fazer, mas confiou o futuro daquelas pessoas a Ele.

Kleber continuou andando e viu outros grupos espalhados. A cada um deles entregou mantimentos e agasalhos. Pensou que havia levado o suficiente para uma noite, porém, ao entregar o último *kit*, contemplou ao longe um novo grupo de pessoas que dormiam na rua e, mais adiante, avistou um carrinho de supermercado, indicando que seu dono estava por perto. Teria de ter muito mais do que levara... Tinha de retornar para casa.

— Senhor... — um homem o chamou. — Teria algum remédio para mim?

Kleber olhou de um lado para o outro, procurando o dono daquela voz. O homem insistiu com a voz rouca, em razão da possível dor.

— Um comprimido para dor de dente?

Agora Kleber localizara o homem. Estava deitado embaixo do banco. Era um senhor que estava todo encolhido. Abaixou-se à sua altura e escutou o homem.

— Estou com muita dor. Pode me arranjar algo que a diminua?

Kleber percebeu os olhos irritados do homem, por causa do vento frio. Percebeu também uma aderência maior no lado oposto ao que o homem estivera deitado. Talvez uma inflamação resultante da dor. Estendeu a mão para ajudá-lo a sair do local que ocupava, mas o homem recusou. Kleber entendeu a atitude dele. Quando não se sabe o que se encontra do outro lado, o melhor é permanecer no lugar seguro.

— Vou providenciar o seu remédio, senhor. Volto já.

Como seus suprimentos já haviam acabado, Kleber deu meia-volta, rumo à sua casa. Sabia que, em sua farmacinha do banheiro, haveria comprimidos que poderiam ajudar. Dessa vez, levaria mais dinheiro, para comprar outras emergências que pudessem surgir.

Novamente Nicole ficou surpresa com a chegada de Kleber. Ansiosa, ela se pôs a selecionar novos socorros que o marido imediatamente foi separando. Reuniu tudo de que precisava e novamente saiu pela noite fria. Interessante é que a brisa não soprava tão fria, como nas vezes anteriores. Sentiu o suor tomar conta de suas costas e conferiu as horas. Poucos minutos para as quatro.

Aproximou-se do senhor e lhe ofereceu uma banana e uma garrafa com água. O senhor ignorou a intenção de Kleber de tomar o comprimido de estômago vazio, e tratou de tomá-lo com a água. Seu desejo, obviamente, era acabar logo com a dor.

Mais adiante, Kleber viu os jovens cantando com um grupo que parecia bem desperto àquela hora. Aproximou-se e percebeu que estavam conversando sobre música. Kleber nunca fora uma pessoa de prosa fácil; não sabia se aproximar de outras pessoas e manter um papo agradável, como os demais. Sentou-se perto deles e ficou acompanhando a conversa animada daqueles jovens.

Talvez por excesso de emoções, por uma adrenalina há muito não sentida ou por uma necessidade do corpo, Kleber ouviu seu estômago roncar. Percebeu como seria bom tomar uma boa xícara de café com leite. Olhou esperançoso para os lados, e notou que não havia ninguém que pudesse lhe atender o desejo. Na verdade, talvez esse fosse o desejo da maioria. Um pãozinho também cairia bem. Será que o teriam naquela manhã?

Mais uma vez Kleber se viu indo até o carro e voltando em casa. Dessa vez, encontrou Nicole arrumada e o esperando. Ela parecia já saber que ele retornaria. Viu sobre a mesa o garrafão térmico, usado para o chocolate quente dos eventos, cheio de café e leite. Kleber percebeu, nos olhos da esposa, que ela estivera com ele durante toda a noite, em oração.

— Somos um só corpo, meu querido. Nenhum braço ou perna devem permanecer sozinhos em uma luta.

Kleber sorriu e pegou o garrafão. De costas para a esposa, disse:

— Lá existem tantas pessoas... dormindo em papelão, em uma noite tão fria.

— Eu sei...

— Elas não deveriam passar fome.

— Eu sei...

— Algumas estão com dor. Não deveriam sofrer por isso.

— Eu sei...

— Muitos deles estão sujos, precisando de um banho.

— Eu sei...

— Eles precisam de uma casa. Não deveriam ficar sem ela.

Nicole sentiu, pela voz embargada de Kleber, que ele começava a chorar. Pegou as mãos do marido e as beijou. Sentiu no tremor da sua pele uma prece calada.

— Eu sei, meu amor. Eu sei, e juntos vamos mudar isso.

Assim, levaram o que tinham em casa, passaram em uma padaria próxima e compraram uma boa quantidade de pão. Não puderam atender a muitos, mas os que estavam nas redondezas seriam alimentados. Viram que não bastava sair e tentar socorrer as necessidades que encontravam; deveriam se planejar. Tinham de montar uma equipe que pudesse atender às várias necessidades que se apresentavam no percurso.

Após essa noite marcante, Kleber comunicou a Lucas o ocorrido e o que sentira. Assim, desenvolveram um projeto com os objetivos que desejavam alcançar e os possíveis problemas e soluções que viessem a surgir. Marcaram um encontro com o pastor da igreja e a liderança para a apresentação. De repente, os sentimentos que ele sentiu em uma noite tomaram corpo e ganharam dimensões que não conseguia definir.

— Bem, meus irmãos — começou o pastor. — Louvo a Deus por essa revelação. Fico ainda mais feliz de ver uma mocidade empenhada em um ministério que necessita tanto do cuidado de Deus e de corações abertos para o amor. Mas tenho uma notícia ainda melhor. Tenho um amigo que pastoreia uma igreja aqui da cidade, com um ministério semelhante a esse com que vocês sonharam. E essa é uma obra para muitas mãos, se melhor puder dizer, para o corpo de Cristo de forma integral. Vou marcar um encontro com ele, para que possamos conversar sobre como podemos utilizar melhor os nossos dons nessa obra. Vocês não sabem como a felicidade transborda do meu ser. Só tenho a agradecer a Deus e o agir Dele em nossa vida.

Com essa resolução, os procedimentos que se seguiram se resumiram à convocação de mais pessoas que estivessem disponíveis a trabalhar. Uma reunião foi marcada entre as duas igrejas, e os alvos foram apresentados: pessoas responsáveis pela alimentação, vestimentas, agasalhos e produtos de higiene. Outros se disponibilizaram para cortes de cabelos ou apenas para o preenchimento de ficha dos que desejavam ser cadastrados no projeto. Havia médicos, enfermeiros e técnicos que se revezavam entre seus plantões e um atendimento de triagem e, conforme o caso, faziam os devidos encaminhamentos. Havia ainda o suporte de profissionais como assistentes sociais, psicólogos e pedagogos.

— Nossa missão — iniciou o pastor Timóteo, daquela igreja —, não é fazer obra social somente, como é muito comum hoje em dia. Sabemos que a entrega de alimentos a uma pessoa faz muita diferença em um dia. Mas o que acontece após isso? Alguns podem pensar: "Pastor, isso já não é tarefa nossa". Contudo, a Bíblia nos ensina que devemos auxiliar aos órfãos e às viúvas. É tarefa nossa, bíblica. Mas ela também ensina sobre a metodologia do nosso Mestre. Ele não era de resolver apenas os problemas do presente. Ele curava os paralíticos, os cegos e os doentes, para que estes pudessem prosseguir, expulsava os demônios para que as pessoas pudessem prosseguir. A nossa vida precisa de continuidade.

E, aproximando-se ainda mais de todos, continuou:

— O que quero dizer é que nosso trabalho poderia ser apenas levar o alimento, mas percebemos que aquelas pessoas necessitam de um cuidado maior, como banho e troca de roupas. Uma verificação na saúde, pois muitos deles têm ferimentos. Um aconselhamento. Um encaminhamento para uma vida nova. Um reencontro com a família. E é para isso que a nossa casa de transição serve. Entramos em contato com as pessoas e seus familiares, buscando uma nova forma de essas pessoas continuarem. Fazemos esse processo, essa rotatória da vida. Apresentamos essas pessoas ao nosso Mestre, e caso elas desejem permanecer nesse novo caminho, seguindo os passos Dele, designamos um pai ou mãe espiritual para os acompanharem.

Kleber absorvia radiante cada palavra. As imagens iam se formando em sua mente. Que caminhada! Quanto aprendizado. Quanto havia por fazer!

A luz da sala parecia captar todos os temores da sala e convertê-los em pequenos raios que cintilavam os olhos de Kleber. Sem nem ao menos entender o que se passava, sentiu grossas lágrimas em seu rosto. Elas percorriam um caminho quente e pareciam todas encontrar refúgio em seu coração. Em menos de um minuto, sua camisa estava toda molhada, mas aquecida ao mesmo tempo. Sentindo o peito flamejar, apenas emitiu o som que tilintava em seu coração, mas precisava encontrar saída em seus lábios:

— Eis-me aqui, Senhor!

27
Feixes

Nath havia preenchido uma ficha com seu endereço. Na verdade, deixara muitas informações incompletas, como o número da casa e os telefones celulares. Em sua mente se passava apenas um borrão da imagem do que um dia fora seu lar. Seu quarto. Seus tesouros. Seus pais.

Após algum tempo, teve uma conversa com a psicóloga. Confessou seu maior desejo: retornar para casa, porém não sabia como seria recebida. Muita água havia rolado, e sua vida tinha seguido outro caminho. Seus pais poderiam não mais querer vê-la nem permitir sua entrada na casa. Tinha de se fortalecer para o que pudesse acontecer.

Contudo, Nathalie era a única ali disposta a deixar as drogas. Outras pessoas que tinham manifestado esse desejo já haviam seguido para a Casa de Recuperação. Nath, porém, não quisera ir. Tudo era novo demais.

Joyce e sua mãe na fé, Margarida, passaram esse novo tempo com ela, revezando-se. Chegou o momento da desintoxicação, e as duas estiveram ao seu lado na cama, mesmo quando Nathalie começou a transpirar muito e uma nova roupa de cama teve de ser trocada. Mesmo quando a febre chegou e seu humor se alterou, indo ao encontro do desejo do corpo: precisava de apenas um *barato*, de ouvir o estalido da pedra de *crack* sendo dissolvida pelo fogo... de senti-la chegar como foguete ao seu cérebro. Não se importava com os movimentos bruscos de seu corpo, que muitas vezes chegavam a machucar quem estava ao seu lado. Um *barato* apenas! Em sua frente, via as cores diversificadas de todas as pedras que fumara, como um jogo de luzes: branca, amarela e rosa. Começou a sentir-se sufocada e teve um acesso de tosse, acabando por colocar todo o almoço para fora.

Em um lapso de lucidez, viu o que tinha feito e, envergonhada, buscou forças para ajudar as duas na troca da roupa de cama. Mas os seus braços... estavam pegando fogo... parecia ter algo mais andando em seu corpo. Deveria tirá-lo de lá, nem que fosse com as unhas.

— Não coce, minha querida — disse Margarida, segurando-lhe as mãos. — Vamos tomar outro banho, que vai ajudar.

Mas Nath não conseguia responder. A cada novo passo, sentia pontadas que se assemelhavam a giletes percorrendo e perfurando seu corpo. Enfim deixou o corpo ceder e cair ao chão, bem ao lado de um jato de vômito. O odor lhe provocou nova ânsia, e em poucos segundos ela estava coberta de vômito.

— Eu não aguento mais... — Nath disse, lançando um olhar de desespero para as duas. — Me deixem ir, e vou melhorar. Assim que ficar melhor, eu volto.

— Nós vamos vencer isso juntas...

— Não quero vencer. — No olhar de Nath, percebia-se que não era só ela; a droga também falava por ela. Seus olhos estavam fundos, e seu rosto, transfigurado em uma camada de dor e suor. — Não tenho mais forças para isso.

— Estamos aqui com você, minha querida. E Jesus também. Ele agora é a sua força.

À sua frente, Nathalie observou uma grande foice apontada para ela. Fechou bem os olhos e tentou enxergar melhor. Parecia algo disposto a lhe arrancar a vida. E por que as duas mulheres não a soltavam, para que ela pudesse fugir? Com um movimento só, procurou a mão mais próxima e a mordeu com força, para se livrar dela. Mas as quatro mãos hábeis logo a levaram para a cama e tentaram acalmá-la. Nathalie não podia ficar ali. Não mais. Estava sentindo muita dor. Sua cabeça parecia uma panela de barro aquecida: pesada e prestes a explodir a qualquer instante, devido à alta temperatura de seu corpo. Seus olhos pareciam pesados demais, então Nath resolveu fechá-los. Talvez dessa forma parasse de ver a foice.

Começou a ouvir vozes...

— Deste lado aqui nós temos quartos onde acolhemos algumas pessoas que estão em busca de uma nova forma de vida.

Os passos podiam ser ouvidos pelo corredor. Sentia o abrir e o fechar de portas e podia identificar quantas pessoas estariam ali. Mas, e a foice?

— Esta casa foi doada por um homem que se identificou com o projeto. Essa foi a forma que ele encontrou de se envolver com a obra.

De repente, um cheiro entrou pelo nariz de Nath e a sufocou de vez. Era um aroma tão conhecido, que tentou sugá-lo, mas a fez perder o ar. Tentou sentar-se para recuperá-lo e, quando colocou a mão no peito, sentiu a batida acelerada de seu coração.

Margarida percebeu que ela estava no início de uma crise. Não entendia ao certo, mas sentia que os visitantes da casa lhe causavam certo agito. Resolveu fechar a porta.

— Nãooooooooooo! — Nath a segurou com força e lhe trouxe de volta. — Precisa me ajudar... Não me deixe...

Margarida pegou uma mão de Nath e tentou acalmá-la. Joyce segurava a outra mão e sentia sua força ao apertá-la. O quarto era de tamanho médio e comportava quatro beliches. Não possuía janelas, e a circulação do ar era feita por um ventilador de teto. Nath se contorcia, deitando-se na parte de baixo da beliche, e começou a gemer mais alto.

De repente, as pessoas que estavam do lado de fora silenciaram um pouco a conversa, e ouvia-se apenas um murmúrio de "como podemos ajudar?". Novos murmúrios foram ouvidos, e na fresta da porta surgiram cabeças. Os olhos de quem estava dentro procuravam socorro entre os que haviam chegado, até que um grito rasgou o ambiente:

— Mãe... mãe... minha mãe! — Nath correu em direção à porta, levando consigo as mãos de Margarida. — Mãe, você veio, mãe!

E um espaço na porta foi aberto, para que a cadeira de Nicole entrasse. Todos estavam perplexos, como se estivessem assistindo a um filme em que não se conhecem os personagens nem se sabe o seu papel no decorrer da história. Deixaram que Nath puxasse a cadeira de rodas e se atirasse no colo da mãe.

— Mãeeeeeee... minha mãe... Mainha, me ajude!

Nicole levantou o rosto da filha, para ter certeza de que seu coração não a estava enganando. Afinal, quantas vezes não sonhara com aquilo? Aquele cheiro não era o da sua menina. Aquela boca que estava exalando um mau odor, com dentes podres e sujos, não eram da sua menina. E aquela mão, com as pontas dos dedos e unhas queimadas, em nada se pareciam com a pequenina mão que afagara seu rosto em tempos distantes. E os olhos... olhos de dor... olhos vermelhos... sem brilho e sem vida... Oh, meu Deus! Aquela agora era a sua menina?

Em um movimento rápido, Nicole abraçou com força sua filha, sua menina, seu bebê... Lembrou-se do dia em que ela nascera, do esforço que fizera no acidente para que ela ficasse bem. Dos gritos agudos que haviam preenchido noites com seus pesadelos infantis, e de como, mesmo com suas dificuldades, a filha sempre preferira orar com ela, para acalmar sua pequena aflição. Bem melhor seria ter lhe ensinado a buscar Deus. Lembrou-se de como em uma vida toda sempre tivera como meta proporcionar-lhe segurança e felicidade. Mas nem tudo dependia de si; existia o livre-arbítrio.

— Ela deve ter feito uma transferência aqui — disse o pastor da igreja, que observava como ela apertava com força seu corpo contra o de Nicole. — Querida, o que você está sentindo? Como podemos ajudá-la?

Kleber, até então calado, aproximou-se com lágrimas nos olhos e se abaixou entre as duas. À sua frente, o versículo 6 do Salmo 126 se reproduzia em imagens:

— "Quem *sai* andando e *chorando* enquanto semeia, voltará com júbilo, trazendo os seus feixes" — Kleber disse, sorrindo ao recitar o verso do Salmo 126 e alisando o rosto de Nath. — Pastor, ela é nossa filha. O nosso feixe.

28
Sentinelas

Dizer que a vida é uma escola e que cada pessoa se torna professor, para muitos, é um clichê corriqueiro. Mas, ao colocarmos em pauta os valores que os outros refletem sobre cada um, percebemos que a vida é um livro em branco, e um simples ato é consumado ao se abrir e deixar que o primeiro expresse o que em si tiver de mais forte.

Nenhuma palavra no recinto foi dita por alguns segundos. Ou minutos. Ou podiam ter sido até horas. Parecia ser uma cena já vivida, mas que se apresentava com momentos inéditos. O sentimento de empatia que percorria todo o recinto deixava seu brilho em um derramar de lágrimas. Nenhuma história foi apresentada; havia no ar apenas a certeza de que uma vida voltaria a seguir.

— Mãe... mãezinha... — dizia Nath aos prantos, alisando o rosto de Nicole. — Tá doendo, mãe... tá doendo aqui... faz parar, mãeeee! — Com isso, colocava a mão de Nicole no peito. Depois, olhou para Kleber e alisou seu rosto também. — Paizinho... me ajude! Alguma coisa que faça passar essa dor...

— Meu amor! — Nicole a puxou mais para perto dela, para que pudesse contemplar seus olhos. — Eu não vou te perder para as drogas, nunca mais!

Nath começou a chorar e a tossir ao mesmo tempo. Margarida aproximou-se dela e pegou em seu ombro.

— Minha querida, você foi comprada por alto preço. Preço de sangue. Você agora está com o Espírito Santo em si. Há liberdade na sua vida. As portas do inferno não detêm mais poder sobre você.

Nicole abriu um pouco de espaço, para que Margarida tivesse mais contato com Nath, que tremia como criança assustada nos braços da mãe.

Seus olhos pareciam perdidos dentro de seu globo ocular, buscando onde se fixarem. O grito era de socorro, e eles estavam ali para isso.

— Minha querida, que o Deus de paz, amor e misericórdia lhe conceda forças e leve cativa toda a dor, todo o desejo de usar qualquer coisa que danifique seu corpo, porque Ele agora é Templo de Deus. Seu coração é a casa de Deus, é a morada do Altíssimo. Deixe o Espírito Santo fazer essa limpeza. Descanse, filha, e apenas confie.

E o grupo de jovens, que tinham se mantido distantes, entrou no quarto e, colocando as mãos sobre Nath, começou a declarar vitória sobre a sua vida. Cantaram que ela estava sob a graça de Deus e que o pecado não exerceria mais domínio algum sobre a vida dela. Que nenhuma condenação estaria mais sobre ela, pois sua vida fora resgatada e lavada.

Os gritos e soluços que Nathalie emitia eram de emocionar qualquer pessoa que os ouvisse. Assemelhavam-se aos de uma pessoa que tivera seu corpo coberto por fogo e o tinha agora em carne viva. De alguém que sentia muita dor. E essa dor vinha de dentro para fora.

Todos se revezavam no clamor. Enquanto uns cantavam, outros clamavam, ora parados em frente a Nath, ora andando e apresentando a Deus aquele quadro. E a cada pessoa que se aproximava um gemido era emitido pela jovem. Pelo relógio humano se poderia dizer que haviam sido inúmeras horas de luta, batalha e dor. Pelo relógio espiritual, uma batalha travada durante séculos. Uma vida havia se perdido em suas escolhas. Mas o caminho de volta já havia sido retomado. O canto desse outro lado era o da vitória. Nathalie havia ganhado uma coroa em vez de cinzas.

29

De volta ao jardim

Uma recuperação se dá com tempo estipulado e marcado. Dificilmente algo se refaz sozinho em tempo menor, quando construído com precisão, cuidado e amor.

A recuperação da vida é sim. Uma constante de vida desfeita em poucas palhas, pedras ou pó... E não importam as condições em que cada vida foi construída. O estado em que a droga deixa a pessoa sempre será pior do que quando a encontrou. É um cativeiro, um buraco fundo, do qual só se consegue sair com forças externas. Muitas vezes, é necessário descer ao fundo do poço e reunir as forças externas.

Nath havia saído desse poço. Sentia-se segura com todos os que estavam ao seu redor. Contudo, mesmo não permanecendo nesse cativeiro, existem as armadilhas de um corpo que foi cativo. Dessa forma, tão importante se apresenta o tempo da recuperação. E não havia lugar melhor para Nath do que a sua cidade-refúgio, o seu lar.

Kleber e Nicole eram sentinelas constantes. Sentiam seu desespero no olhar. Reconheciam o descontrole oriundo da abstinência. Viram quando ela arrancou folhas do jardim e as acendeu para fumar. Uma crise de tosse, e o ardor dos olhos a fez sufocar e ser socorrida por Kleber.

Em outra ocasião, ofereceu-se para fazer a unha de Nicole. Sentiu um desejo tão forte de absorver aquela acetona que se trancou no banheiro. Suas narinas estavam queimadas, devido à cocaína, por isso derramou um pouco dentro do nariz e sentiu um efeito devastador, que fez seus olhos embaçarem com o lacrimejar. Dessa vez, Nathalie sentiu uma tontura e desmaiou.

Momentos como esses podiam ser identificados como de desespero total, mas Kleber e Nicole pareciam esperar por isso. Eram os ventos batendo fortemente à sua porta. Mas a casa-refúgio estava muito bem fundamentada na Rocha que é Cristo. Ele seria o alicerce dessa tormenta.

Procuravam não a deixar sozinha, para que, quando sentisse o desejo, ela soubesse que havia um cordão de três pontas difícil de ser rompido. Mas sentiam que esse momento precisava de algo mais do que eles podiam oferecer. Estavam sendo um apoio, mas Nath precisava ser fortalecida também. E esse momento viria de dentro para fora.

Um dia, após o café, Nicole a conduziu para um banquinho que ficava no jardim. Era um banco de balanço antigo, que quando Nath havia partido ficara esquecido ao lado das roseiras que a mãe cultivava. Era um banco velho, desconfortável, e a sua existência ali apenas se dava pelo fato de que Nicole havia nutrido um sentimento de apego por ele. Bons tempos da infância de Nath ela havia passado ali. Uma história. Havia amamentado, ouvido as primeiras palavras da filha. Era um elo de infância que não levava em conta a separação das duas entre andar e não andar. Contudo, a partir de quando Nath havia crescido e feito suas escolhas fora de casa, esse elo entre as duas fora se afrouxando e sendo esquecido. Com o tempo, fora abandonado e desprezado, sendo apenas contemplado ao podar das flores de Nicole, com saudosas recordações.

O que Nath viu ali foi algo totalmente diferente do que sua mente havia guardado. As rosas, que em sua maioria eram vermelhas, agora formavam um lindo arco-íris de flores das mais variadas espécies. E o balanço... estava rodeado por uma treliça que fazia daquele lugar uma pintura perfeita para os amantes da arte.

Nicole encostou bem a cadeira ao lado do balanço e Nath a ajudou a se sentar, juntando-se ao seu lado. Não precisaram de palavras. Uma atmosfera de reencontro se fez no lugar.

Nicole observou, no lugar da antiga e famosa placa "Cuidado com a grama", uma nova, com três letras grandes: "MSD". Esticou os olhos e leu a legenda "Momento a sós com Deus". Sorriu ao perceber que uma avalanche de mudanças havia ocorrido a todos.

— Você sabia que esse é meu lugar predileto da casa? — Nicole pegou na mão da filha. — A cada dia descubro um pouco mais de mim. É o meu refúgio, meu esconderijo no Altíssimo. É como a Bíblia diz: "Aquele que habita no esconderijo descansa à sombra do Onipotente". Naquele que tem o poder de mudar qualquer situação. Sempre. Basta cumprir o que Ele determina: habitar, descansar e crer, apenas.

— Mãe, crer para mim nesse momento parece algo tão distante... — Nesse momento, seu olhar vagou longe... junto a pensamentos que se mantinham afastados aos que estavam dando um novo rumo à sua vida. — Meu desejo ao dormir é de ser uma pessoa boa, de não usar mais nenhuma droga que faça mal ao meu corpo. Mas, no meio da noite, acordo desesperada para fumar alguma coisa... tenho desejo de sentir no meu sangue o líquido quente que o faz pulsar mais rápido, a adrenalina que faz meu coração acelerar e me dar ânimo. Daí, minha mente começa a bolar maneiras diferentes para enganá-los, a fim de aproveitar pelo menos uma vez mais a sensação... que é muito boa, mãe... — Lágrimas abundantes escorriam de seus olhos. — A sensação é boa, mas dura apenas um tempo... depois vem a ausência da droga, que machuca muito mais que a sensação boa... Então, a gente pensa em aumentar a dosagem para se sentir melhor por mais tempo... E a cobrança por ter aumentado a droga no corpo aumenta também. Eu me lembro de onde estive. Não quero mais me afastar de vocês. Eu não quero mais voltar. Me afastei dos meus amigos. Me afastei de mim.

— De Deus, querida... — A mãe enxugava as lágrimas da filha.

— Não, mãe. Não me afastei de Deus. Eu não o conhecia. Ele não era real para mim. Era alguém a quem eu tinha de prestar contas aos domingos. Um ser dos meus pais. Mas sabe o que me deixa feliz nesse desencontro que houve em minha vida? Se eu não houvesse saído e experimentado um mundo com falta de amor, jamais entenderia o amor que Deus tem por mim. Foi um encontro de amor. E, por consequência, encontrei vocês. Haja o que houver, jamais serei a mesma.

Nicole sorria, satisfeita com as mudanças na vida da filha. Havia visto várias reportagens de jovens dispostos a mudar de vida, com planos e até vestimentas novas, o que poderia até soar precipitado, como uma recuperação que não iria longe, devido ao excesso de ânimo. Mas o que ela observara em todos eles fora o desejo maior de mudar o rumo da vida deles. Para muitos, o que faltava era apoio externo ou determinação.

— Quando você saiu — disse Nicole, se aproximando mais da filha —, foi em busca de um mundo novo, cheio de sonhos e expectativas. O que você queria era uma vida diferente de tudo o que já havia vivido ou visto. Você pegou uma mala vazia e a levou consigo, a fim de colocar ali tudo que fosse encontrado em seu caminho. Você conseguiu encher essa mala. E ela se tornou pesada. Quando você a olhou, o seu conteúdo só tinha tristeza, desesperança e sofrimento de momentos que hoje você não quer mais.

E Nicole começou a alisar o banco carinhosamente, como se ele fosse seu companheiro.

— O dia em que percebi que você não estava mais perto de mim, que havia partido do Rio de Janeiro de forma tão trágica, dolorosa... foi o momento mais desesperador da minha vida. Pensei que nunca mais iria te ver. Os sentimentos brotavam do meu coração com uma força que eu não conseguia controlar. E eu me culpava demais. Pensava que havia deixado brechas na sua educação, no amor despendido. Tentava entender a vontade de Deus. Então, passei um tempo me recuperando do ferimento... e foi minha alma que ficou curada.

Nicole suspirou fundo. Aquele suspiro que sempre precede um choro. Mas, dessa vez, ele se deu apenas por uma casualidade fisiológica. Os motivos já não eram os mesmos.

— Voltamos do Rio com uma perspectiva diferente. Essa casa não havia apresentado defeitos. Essa casa deveria ser seu refúgio. Você conheceu no mundo males que não podemos imaginar. Sabemos que a mala que você levou veio repleta deles. Ao cruzar a porta de casa, você se tornou vulnerável ao mundo. Mas, ao retornar...

— ...me senti protegida...

Nicole a olhou, sorrindo.

— Eu sei o que a senhora está querendo me falar. Minha vida sofreu um giro de 180 graus. Jamais haverá palavras para expressar a vocês tudo o que vivi, por vergonha de uma vida que não me acrescentou nada, somente roubou um pouco do que eu já havia vivido. Deixei valores em troca dos prazeres que eu sentia naqueles momentos. Não sei como explicar o porquê de tanta gente ir pelo mesmo caminho e não viver o que vivi de forma tão amarga e marcante.

— Você era conhecedora da Palavra, filha.

— Sim, conhecedora da Palavra. Mas não conhecia Jesus.

O coração de Nicole se aqueceu, ao ver nos olhos da filha um brilho diferente refletido ao pronunciar aquelas palavras.

— Também não conseguiria explicar a vocês o que aconteceu na noite que mudou a minha vida. Foi pessoal demais. Foi um daqueles momentos em que, quando você vai dormir e coloca a cabeça no travesseiro, pensa: se morrer hoje, minha vida já terá valido a pena.

As lágrimas de Nicole finalmente correram, com a declaração da filha.

— Você estava nascendo de novo, filha.

— E morrendo para o mundo.

Nathalie deixou que os braços carinhosos da mãe sufocassem as palavras seguintes, em um abraço superapertado. Para alguns, poderia ser até classificado como sufocante. Mas o importante era que Nath não só metaforicamente tinha certeza, como também sentia as batidas aceleradas do coração da mãe no mesmo compasso que o seu.

— E, mesmo com esse sentimento de que tudo mudou, sei que muita coisa ainda tem para mudar. Quando me olho, sinto tristeza pelo que vejo. Mas quando me lembro do encontro... o encontro que tive com Deus... sinto-me fortalecida. Vejo que não posso viver pelo que vejo, mas pela fé em Deus que habita em mim. Enquanto a Bíblia era lida, meus lábios se moviam em acompanhamento. Mas só depois entendi que esse Deus da Palavra estava querendo viver em mim. Fazer uma nova Nathalie. Alguém livre para viver.

Nicole sorriu, olhando em seus olhos, segurou seu rosto envelhecido pelo sofrimento, mas ainda cheio de traços da Nath bebê, e perguntou-lhe:

— Lembra da história do general Naamã, no livro dos Reis?

Na memória de Nath, vieram à tona ilustrações animadas, colagens de um homem mergulhando e se erguendo no Rio Jordão, e a tão ritmada música que a fazia se abaixar e subir, como se estivesse mergulhando. Seu sorriso foi a resposta para a mãe.

— Eram sete os mergulhos que ele deveria dar. Deu os sete, mas nesse percurso teve dúvida se seriam mesmo necessários os sete. E, incentivado pelo seu soldado, o general insistiu. Sete. — Delicadamente, Nicole alisava o rosto da filha. — Não se martirize por sua recuperação não estar completa. Você ainda não completou todos os seus mergulhos de cura. Precisa, cada dia mais, mergulhar no Rio de Deus e sentir Dele a cura completa. Mergulhe fundo quantas vezes for preciso, até se sentir curada. Nada se compara à manifestação do Senhor em sua vida.

30
Um cordão de três pontas

Quando temos um alvo na vida, tudo ao redor corre em favor. Quando se trata de uma viagem, pensamos no que levar e no que deve ser feito antes da partida. Quando é sobre uma comida que deve ser preparada, verificamos se temos todos os ingredientes. A conclusão de uma roupa somente pode ser finalizada após a prova final, salvo em casos em que temos as medidas.

Para Nath, alcançar efetividade na vida impunha-lhe algumas objetividades. Kleber e Nicole conseguiram matriculá-la em um colégio, além de professores extras para ajudá-la no tempo perdido. Aos poucos, Nath retornou à igreja. Seus amigos iam buscá-la em casa. Muitos já dirigiam, trabalhavam e pagavam o carro que haviam comprado. E ela não sabia nem dirigir ainda...

Mas não queria se lamentar mais. Sua vida, sua nova vida, estava só começando, e ela não via a hora de explorar cada momento. A realidade era que Deus era seu escudo e estava protegendo sua vida. Tinha certeza de que estava sendo preparada para algo maior. As peças do quebra-cabeça de sua vida estavam sendo colocadas em seus devidos lugares. Mesmo as que haviam se perdido ao longo da estrada estavam sendo pré-moldadas para serem encaixadas novamente.

Deus estava cumprindo o prometido no encontro que haviam tido na igreja. Estava com ela. Era seu Baluarte. Era Aquele que, mesmo sabendo do desespero do seu corpo em experimentar um pouco que fosse de um trago, permanecia com ela. Mesmo sabendo que não merecia, Nathalie sentia o amor de Deus mais forte a cada dia, por meio das pessoas que a rodeavam, das músicas que ouvia, da Bíblia que lia. Bastava o coração estar aberto para sentir o encontro com Deus. E a porta do jardim do seu coração jamais se fechava.

E foi com alegria que aceitou o convite do acampamento dos jovens, que se aproximava. Seu coração deu um salto ao imaginar como seria entrar novamente por aqueles portões que anos atrás havia pulado, fazendo uma divisão em sua vida, criando um muro que não se assemelhava ao de Berlim, com sua barreira física fria e separatista, nem com as muralhas de Jericó, que muitas vezes serviram de proteção ao povo contra os inimigos. Poderia ser classificado, talvez, como as muralhas da China, as quais, além de protegerem do contato entre os lados, eram vistas a longa distância, mas tinha sua extensão percorrida por poucos.

Como será que as pessoas iriam olhá-la, quando a vissem passar pelo muro que havia pulado? Um medo percorreu o coração de Nath. Um desespero de que todos pudessem saber, pelo seu sofrimento, tudo o que ela havia feito. E se afastassem. E ela se sentisse triste. E decepcionasse aos pais novamente. E eles não mais a quisessem. E ela tivesse de usar drogas novamente. E tornasse a viver na rua...

Mesmo antes de as lágrimas descerem de seus olhos, sentiu os ombros empurrados para a frente e um calor rodear seu corpo. Sentiu também arrepios, como se estivesse tentando se lembrar de alguma mensagem. Apertou os braços contra o corpo e sentiu um aconchego. Um abraço? Então ela se lembrou de uma das leituras feitas no jardim do encontro, em Romanos 8.1, no MSD: "Nenhuma condenação há para os que estão em Cristo...". Nenhuma condenação há em Cristo.

E, dessa vez, a mensagem foi compreendida: "Eis que estou convosco...".

A caminhada por cada cômodo levou Nath a se lembrar do aconchego da casa da avó. Era uma sensação boa; embora não fosse a sua casa, podia se sentir à vontade e colocar o pé no sofá. Ou melhor, no quarto principal da casa, que mesmo com a porta aberta necessitava de convite para entrar, e isso era como um convite.

A algazarra tomou conta das amigas Milla, Jejê e Nath, que há muito tempo não tinham um momento como aquele. Automaticamente as três pegaram as camas da parte de cima dos beliches e logo começaram a "demarcação" do terreno, forrando cada uma com seu lençol. Dentro da mala, Nath encontrou uma das últimas fotos que Kleber havia tirado dos três no celular. Fora uma *selfie* tão simples, saindo do culto, junto ao carro. Os três tinham se posicionado na altura da cadeira de Nicole e, no melhor ângulo, tentaram não fazer caretas diante do sol brilhante do meio-dia. Estavam sem óculos de sol, e a cor natural dos olhos de cada uma resplandeceu. Na legenda na foto, estava escrito: "Nem sempre estaremos perto, mas onde você for nosso amor irá acompanhá-la".

Para muitas pessoas, seria vergonhoso. Para outras, a foto seria recolocada no fundo da mala e por lá esquecida, até ter seu conteúdo retirado por completo. Algumas não deixariam escapar a oportunidade de ligar e colocar os pais em posição defensiva por se sentirem sufocadas e, até certo ponto, envergonhadas. Mas o que Nath sentiu fez surpreender até ela mesma. Com um elástico, prendeu a foto no beliche e a deixou de frente para o seu travesseiro. Podia parecer piegas, mas tê-los por meio de uma foto representava uma segurança maior. Talvez o simples fato de tê-los longe por um tempo os trouxera para perto. A mera simbologia da foto representava-lhe segurança, amor e conforto. Isso era uma combustão para qualquer abstinência que viesse lhe roubar a paz.

Nath caminhou tranquila por entre as passarelas que levavam os alojamentos à Capela. À sua mente veio a imagem da última vez que havia percorrido aquele caminho. Havia espelhos. Havia um reflexo. Contudo, não se enxergou em nenhum deles.

Olhou para a piscina e viu alguma coisa diferente na decoração. As espreguiçadeiras estavam posicionadas para uma concentração maior de pessoas. Imediatamente, Nath pensou que devia ser realizada ali uma oficina ou uma reunião, antes do período do banho.

— O que vai acontecer na piscina, vocês sabem?

Milla ajeitou a Bíblia de uma mão para a outra e deu sua olhada examinadora na direção do olhar da amiga.

— São os batismos, amiga. Não prestou atenção nos avisos? Na reunião?

A mente de Nath tentou localizar a informação, mas não conseguiu. No mesmo momento, lembrou-se da lentidão como seu cérebro agia agora e se perdoou dessa vez.

— Não lembro, amiga. Mas será maravilhoso!

E, mais uma vez, ficou a observar a piscina, sonhadora.

Por todos os lugares do acampamento havia cordas espalhadas, como se formassem uma enorme teia. Algumas estavam posicionadas de maneira estratégica. Muitos jovens, que tinham vindo do alojamento para a capela, divertidamente viam seus caminhos se desvincularem em direções opostas e, automaticamente, viam-se entre os novos companheiros de banco, à medida que eram selecionados pelos caminhos criados pelas cordas.

Os jovens foram se ajeitando e fazendo um novo reconhecimento, que vinha sempre acompanhado de um sorriso de surpresa por uma maioria ter como companheira de banco uma pessoa que apenas havia visto e com quem havia trocado poucos olhares. As amigas de Nath haviam ficado com jovens de outra cidade. Mas a cabeça de Nath estava fora do salão naquele momento. Automaticamente apertou as mãos e deu abraços e beijinhos em vários rostos. Viu quando o grupo de louvor se dirigiu à frente e começou a entoar os cânticos. As músicas acalmaram seu espírito, e, pouco a pouco, seu coração ficou em paz. Uma resposta começou a florescer em seu coração. Assim que o pastor saiu do recinto para falar com alguém, Nath, impulsivamente, foi ao seu encontro.

Algumas das igrejas representadas tiveram participação no programa de abertura. A inicial estranheza logo se mostrou distante, com as constantes dinâmicas e apresentações sobre nomes, igrejas e cidades. Aos poucos, Nath foi relaxando por estar longe das amigas, até abrir seu coração para novas pessoas entrarem.

— Creio que todos aqui já tenham ouvido seus nomes serem transmitidos em alto e bom som — Lucas começou, animadamente. — Como também já ouviram nomes conhecidos ou não. Eu, particularmente, nunca havia conhecido uma irmãzinha chamada Tammar. Tammar, dê um tchauzinho para essa moçada linda te conhecer.

Timidamente, Tammar se virou e cumprimentou a todos, recebendo imediatamente palavras de saudação. Lucas retomou a palavra.

— Embaixo da cadeira de cada um, há uma folha dobrada e uma caneta. Por favor, peguem-na, abram-na e deem uma rápida olhada.

Os jovens obedeceram a Lucas e descobriram tesouros escondidos sob as cadeiras. Houve certo silêncio, com ar solene de curiosidade sobre o que era aquele papel. Era uma espécie de diagrama, com múltiplas escolhas e espaços em branco.

— Vocês devem estar se perguntando se esse questionário deverá ser preenchido agora e entregue no fim da programação. Bem, ele será preenchido com as programações diárias, inclusive com as refeições. Deem uma olhada no número cinco: "Faça o cardápio perfeito". — De repente, um zunzunzum entre risos tomou conta do salão, e Lucas tratou de finalizar sua missão. — Será fácil traçar um cardápio perfeito para mim, não é? Mas, no caso, essa ficha que vocês estão de posse não lhes pertence. Estão vendo um número logo acima? Esse número corresponde à inscrição de cada um.

Vendo o olhar surpreso dos jovens, Lucas sorriu, contente com o que ainda estaria por vir.

— Cada um de vocês será o amigo, conselheiro, nutricionista e responsável por essa pessoa representada na ficha. Vocês não saberão se ela pertence à sua igreja ou não. Na verdade, essa informação está limitada apenas a mim. — E deu uma piscadela para os jovens, que a retribuíram com um sorriso. — Por isso, a cada dinâmica apresentada, confirem se há algo relacionado às palestras ministradas, aos momentos de comunhão ou ao jardim de oração. Há um espaço reservado para cada situação que vocês viverem; o que Deus colocar em seu coração, na medida do seu crescimento e do seu aprendizado, vão registrando. Esse diário não pertencerá a vocês. No domingo, as fichas serão entregues a seus verdadeiros donos. Pensem que só vocês, no mundo inteiro, têm essa missão. Mas deixem a voz do Espírito Santo guiar cada palavra que for ministrada aqui. Transcrevam, que Deus Se encaminhará de conciliar as histórias. Peçam sabedoria e confiem nessa ferramenta que Deus colocou nas mãos de cada um para abençoar o outro. Será difícil? Sem dúvida. Mas tenho certeza de que será prazeroso demais, também.

Após um momento de louvor, os jovens se dispersaram e seguiram para seus grupos, que não eram guiados por cores; a teia os levaria. Entre risos e surpresas dos grupos formados, os jovens foram se espalhando por toda a chácara. Aos poucos, o espírito maior de unidade foi se intensificando. Eram dinâmicas que envolviam montagem de corpo humano e gigantes quebra-cabeças distribuídos entre os grupos. Para entender, não era necessária a junção imediata de todas as peças, e sim uma busca por unir todo o conjunto.

O dia passou de forma tão serena e produtiva, que o momento do jantar se tornou uma espécie de ponto de encontro. A maioria das pessoas que se viu no período da manhã se encontrara no almoço ou agora no jantar. Os rostos estavam cansados, mas cada um tinha algo de bom para dizer sobre algum momento do dia. Muitos nunca haviam se visto, e, de repente, haviam compartilhado de lágrimas e alegrias, do crescimento de pessoas que eles poderiam não ver mais nesta Terra, mas com quem haviam contribuído para uma aproximação maior de Deus.

À noite, quando todos se preparavam para percorrer as cordas, notaram a ausência delas. O caminho estava livre, e a escolha dos caminhos e das pessoas que deveriam estar ao lado de cada um cabia a cada um. Houve, a princípio, certa resistência. Todos estavam próximos.

Nath viu os amigos em interação com outros jovens. Como havia sido bom! Como havia sido gostoso estar em contato com outras pessoas que demonstraram carinho e cuidado por ela. Deu um giro maior e localizou o muro da chácara. E o portão. O portão que ela havia pulado. Lembrou-se das escolhas feitas a partir daquele passo. A solidão que experimentara. As dores que tinham sido sua companhia, as marcas que ainda permaneciam em seu corpo...

Uma mão foi colocada em seu ombro, trazendo-a de volta para o presente. Era uma moça que havia feito parte de um dos grupos da manhã. Com um sorriso contagiante, olhou nos olhos de Nath e conseguiu transpassá-los com palavras e um sorriso.

— Que o Senhor te acompanhe e te guarde sempre com Sua poderosa mão. Toda lágrima Deus já enxugou de seus olhos.

O tempo era de bênçãos, cuidado e vitória. Com o mesmo sorriso contagiante, Nathalie retribuiu a benção:

— Provai e vede que o Senhor é bom. Feliz o homem que Nele confia.

— Promessas eram soltas ao vento e encontravam ouvidos sem nem ao menos serem revelados os rostos — O pastor Francisco refletiu, tempo depois. — O segredo da teia não era provocar uma separação entre os jovens, mas sim que eles encontrassem um caminho para seguir através dela. Ressalto, ainda, como as pessoas estão sendo criadas para serem inimigas, desde a escola, na competição embutida entre os alunos em ser os melhores. Os profissionais gerados desse processo tornam-se pessoas mecânicas, que preenchem fichas sem terem noção da ligação entre o nome da pessoa e a pessoa à sua frente. As pessoas estão tão marcadas pelo descaso que já preveem situações de dor, buscando, assim, recursos tecnológicos que mais tarde podem ser utilizados em prol de uma situação constrangedora. Dessa forma, são divididos os partidos. Entre o agredido e o agressor se forma um leque. De repente, aquele primeiro grupo já não se lembra mais do motivo do desentendimento, porque havia sido algo circunstancial naquele momento, e depois de ter o ódio multiplicado não importa mais nada. Os fins justificam os meios. Nem que para isso tenha de se passar por cima de quem estiver no caminho. E nessa hora não existe mais distinção na busca pelo poder. Apenas em ter e ser.

O pastor deu alguns passos pela plataforma, e depois refez o mesmo caminho, mas de costas.

— Dessa forma, cada dia mais nos distanciamos do que Deus escolheu para nós. Hoje recebemos muito de Deus em nossa vida. Apenas pelo reflexo do que Deus fez e está fazendo no outro. É a palavra "como" entrando em evidência. "Perdoai as nossas falhas, assim como eu perdoo os meus inimigos. Amar o próximo como a si mesmo." É um voltar ao jardim bem antes do pecado. É um olhar cara a cara e ver aquele homem que saía no entardecer para conversar com seu Amigo, para conversar com Deus. A única criatura criada à imagem de Deus. A única que teve o privilégio do filho do Senhor do universo de vir morrer em seu lugar. Este é o nosso lucro: uma vida eterna, uma cédula rasgada, uma vida justificada em nosso Deus por meio de Jesus.

Alguns jovens glorificaram, por meio de palavras, mãos ou gestos de cabeça. Com isso, o pastor encerrou sua palavra.

— Deixem as pessoas enxergarem Jesus por meio de sua vida. Deixem sua Luz brilhar. Deixem o perfume de Cristo exalar sua verdade ao seu redor.

Houve um momento de consagração. Muitos jovens foram à frente e entregaram sua vida a Deus. Outros, consagraram sua vida. Não houve uma só alma naquele ambiente que não foi tocada pela presença do Pai Eterno. Encerrando esse momento, houve uma preparação, para um pequeno luau no alto do monte, que já estava decorado e pronto para receber os jovens. Estes só haviam tido tempo de se agasalhar e buscar um lugar próximo à fogueira.

Nath estava sentindo muito frio e resolveu se sentar entre Lucas e Milla. O crepitar do milho e o cheiro do queijo de coalho assando na fogueira capturavam os olhares e enchiam de água as bocas que iam chegando e se aconchegando. Copos com café e chocolate quente eram distribuídos. A lua no céu brilhava intensamente. Ao seu redor, milhares e milhares de estrelinhas cobriam o céu. Ou estariam amontoadas ali para testemunhar aquele momento? Colocando a cabeça no ombro de Lucas, Nathalie relaxou os membros contraídos pelo frio e ficou ouvindo as músicas que, aos poucos, foram sendo reconhecidas e jubiladas com força. A infinidade de músicas e a facilidade com que eram tocadas enturmavam o grupo de maneira surpreendente. Animados, todos automaticamente se posicionaram sobre os bancos e improvisaram uma coreografia. Após algum tempo, as suaves melodias eram tocadas, e havia os que partiam para reforçar o estômago com alguma guloseima. Outros haviam trazido cobertores que estendiam ao máximo, para aquecer o maior grupo possível. Não havia uma programação. Havia um tempo livre em que cada um se encaixava no que o outro estava fazendo.

E assim a madrugada foi chegando. Um tempo a mais, e foi dado o aviso de que deveriam se preparar para dormir. Já era a noite do segundo dia, véspera da partida. O sentimento de saudade percorria a todos previamente. Futuras programações já estavam sendo planejadas entre os líderes.

Foi então que Nath começou a pensar... Quantas vezes não havia unido uma noite com um dia? Com bebidas, drogas... No começo, a sensação era muito boa. Sentia-se livre, leve. Mas, depois, a leveza era trocada.

— Bora dormir no quarto, Nath! — Milla disse, empurrando para a frente sua cabeça.

E começaram a descer a colina em fila indiana. Só nesse momento o reconhecimento do cansaço marcou presença, e, como em uma chamada, um a um pôs-se a bocejar, enquanto os mais dispostos desciam com os utensílios usados. Após as saudações calorosas de boa-noite, de enfrentar a fila no banheiro com a água gelada, pouco a pouco as camas iam sendo preenchidas e, conforme as energias se esgotavam, os assuntos se encerravam.

Nath trocou-se e deitou-se, exausta. Uma última olhada na foto de seus pais, e seus pensamentos vagaram para a terra dos sonhos. E sonhou. Viu-se caminhando em uma estrada longa e vazia. Não havia curvas, muito menos sua vista alcançava o que estava por vir. Percebeu que, à medida que caminhava, uma longa vegetação florescia, mas logo se via cercada por uma névoa densa e fria. Suas pernas tornaram-se pesadas. Suas forças tornaram-se insuficientes. E se ela descansasse um pouco mais, para prosseguir depois? A névoa já teria se dissipado. Com o tempo, uma pessoa surgiria nessa estrada. E se tudo ficasse muito maior, a ponto de não poder prosseguir? Então ela deu um passo e sentiu o peso se apossar de seu corpo. Ao segundo passo, suas pernas já não se moviam mais. Viu a névoa se aproximar mais e preencher o seu corpo, invadindo a sua roupa e pressionando o seu peito. Nathalie se moveu mais um pouco e sentiu algo circundar o seu pescoço. Quis gritar, mas não conseguiu. Sua traqueia estava fechada. Seus olhos foram fechados pela sombra que se formara sobre eles. Seus pulmões começaram a arder com a falta do oxigênio. Com um esforço maior ela se sacudiu e... acordou.

Sentou-se na cama, suando frio. Todo o seu corpo tremia. Pegou a foto dos pais, mas, por conta da escuridão, não conseguia visualizá-la. Saiu do beliche e dirigiu-se ao banheiro. Com a luz acesa e a porta fechada, não conseguia olhar para a foto. Olhou pela janela a luz do poste e viu o portão. Aquele portão. Passou a língua pelos lábios e percebeu que estava com sede. Curioso que neles permanecia um gosto conhecido, porém sumido. Que gosto era aquele, que lhe trazia saudade?

A porta foi aberta e Milla entrou, sonolenta.

— Me lembra no próximo luau de não abusar da melancia — disse, alheia à crise da amiga diante do espelho. Entrou no reservado, mas não se demorou muito e pôs-se ao lado de Nath na pia, lavando as mãos e encarando-a. — Alguma coisa tá pegando?

Nath olhou para ela e se deixou ser vista.

— E se não der certo?

— Como assim, não der certo?

— Eu tô... — disse, coçando a cabeça, impaciente, e lambendo os lábios. — Eu tô sentindo o gosto do *crack*, Milla.

Nath estava de cabeça baixa; parecia envergonhada.

— Você tá com a fissura da droga, né? Ela tá pedindo para voltar para o seu corpo, certo?

Nath sacudia a cabeça com toda a força.

— Lembra o que combinamos? Que você não vai estar mais sozinha? Que ela não poderá mais te seduzir? Que, quando sentisse vontade de usar, falaria comigo ou com o Lucas e a Jejê?

— Sim. Mas eu tive um sonho... um sonho que me sufocou. Uma névoa me envolvia e não me deixava sair... e eu não tinha forças. Era muito mais forte que eu.

A amiga alisou delicadamente seu rosto.

— Amiga, seu corpo foi escravo dessas substâncias por um tempo. Ele sofreu. Possui marcas. Mas o que resta agora está em sua mente.

— É isso o que me preocupa...

— Sua mente? A Palavra de Deus diz que, quando entregamos nossa vida a Deus e O deixamos guiá-la, nossa mente passa a ser a mente de Cristo. E sabe essa névoa que você sentiu no sonho? Jesus advertiu que viveríamos situações como essas, porque o diabo anda ao nosso redor procurando uma oportunidade para agir em nossa vida. Mas Ele disse para não ficarmos tristes quando isso acontecesse. Bastava estarmos com Ele, pois Ele venceu o mundo.

Nath abraçou a amiga com carinho.

— Posso dormir com você esta noite?

— Claro, amiga. Tome um pouco de água antes e venha se deitar. Daqui a pouco vai amanhecer, e esse dia, muito mais que especial, foi preparado pelo Senhor para você.

— Sim, querida. — Nath parou por um momento e olhou Milla nos olhos. — Um novo dia.

31

Sepultada

Eram exatamente onze da noite quando o celular de Kleber vibrou na cabeceira da cama. O visor indicava o nome do pastor Francisco. A luminosidade das cores levou o nome até os olhos de Nicole, que lia um livro ao lado do marido, na cama. Antes de a pequena tecla verde ser acionada, marido e mulher trocaram olhares, que emitiam mensagens tão conflitantes para serem ditas, que se inibiam ao se encontrarem com as palavras. Apenas uma adquiriu forças e saiu impulsionada pelo coração de Kleber.

— Alô?

— Kleber, meu querido. — O pastor começou, alegremente. — Boa noite. Me desculpe pela hora.

Kleber sorriu para acalmar a esposa, mesmo sentindo uma pressão no peito.

— Tranquilo, meu pastor. Como estão as coisas?

— Meu querido, com a preciosa graça de Deus, bem melhor do que merecemos.

Nicole acompanhou o olhar do marido se desviar do seu e se fixar em algum ponto aleatório do quarto. Viu seus olhos se marejarem de lágrimas e sua voz falhar. Mas não sentiu medo. Pôde sentir, pela respiração de Kleber, que algo muito bom estava por vir.

— Até amanhã, então, pastor. — Kleber sorriu entre as palavras e desligou o celular. Virou-se para a esposa, sorriu para ela e a abraçou.

Nicole permaneceu abraçada ao marido. Não queria fazer nenhuma pergunta. Queria a certeza do coração! Sentiu a mão de Kleber deslizar de suas costas para o seu rosto, com os olhos fixos nos seus. Delicadamente ele a beijou e deixou fluir:

— Está preparada para fazer um pequeno passeio comigo amanhã?

Os olhos de Nicole marejavam também. Há muito tempo havia sofrido, derramado lágrimas no altar. Seu coração não estava pesado. Ele estava descansado no Senhor.

— Para onde iremos, meu amor?

E, animadamente, Kleber contou o rápido telefonema à esposa, enquanto arrumava uma mala para ambos. À medida que Nicole ia compreendendo o assunto, ia orientando Kleber sobre o que deveriam levar.

Quando o dia amanheceu, a movimentação acompanhou seu alvorecer. À medida que o banheiro se esvaziava, nos alojamentos se ouviam bocejos e passos sonolentos. Todos seguiam em uma marcha silenciosa, com exceção daquelas pessoas que imitavam passarinhos, emitindo seu canto suave a cada processo matinal. Em fila indiana, subiram o monte rumo ao jardim de oração. Já estavam ali os madrugadores, enrolados em seus agasalhos, contemplando a vista da campina que atingia os quatro pontos cardeais.

As pessoas "passarinho" rodeavam os músicos e entoavam alguns cânticos à meia-voz, aquecendo a garganta. Aos poucos, os bancos do jardim iam sendo preenchidos. Nath ficou entre os amigos e os novos amigos da outra igreja que acabara de conhecer. Alguns murmuravam sobre como havia sido boa a noite anterior. Nath lembrou-se de que dormira em paz ao lado da amiga. Mas o mais importante de tudo fora a segurança que sentira por não estar sozinha nessa caminhada. Lembrou-se da manifestação visível do amor de Deus naquelas horas, e seu coração se aqueceu novamente. Ela havia aberto a porta, sentado e falado do desejo do seu coração. A sequência de cuidados fora a confirmação do seu desejo.

Cânticos eram entoados pelo grupo de louvor. Aos poucos, os mais sonolentos se deixavam render não apenas pela neblina presente, mas pelo Espírito Santo que passeava entre eles. O frio tornava a unidade mais presente, e eles se apertavam em espaços pequenos, gerando assim mais calor. Um breve período de oração foi cumprido, e todos foram divididos em quatro grupos, que logo se espalharam pela colina. Um clamor foi levantado por uma lista de pedidos que havia ficado em um mural na noite anterior. Nath percebeu que não havia colocado nenhum pedido; apenas orara pelo desejo maior do seu coração: sua família.

Quando todos retornaram aos seus lugares, o pastor fez uma rápida reflexão sobre o poder da oração na vida dos intercessores. As bênçãos se apresentavam para ambos os lados; os que eram o alvo das orações, por terem vitória, e os intercessores, por estarem crescendo na intimidade do Senhor. O pastor começou a relatar o caso de Abraão e sua constante intercessão a Deus por Ló. Ló e sua família tinham sido salvos, mas a comunhão se dera entre Abraão e Deus. Esse é o privilégio maior de um intercessor. Um canal de bênçãos. E os pedidos daqueles jovens expressavam isso. O desejo de serem colaboradores na vida dos outros. Um corpo. Uma família.

Todos desceram animados e guiados pelo aroma do café vindo do refeitório. Os mais rápidos logo ocuparam os primeiros lugares, incentivando os demais. A alegria era contagiante. Para muitos, o fato de terem de ir embora em poucas horas já os deixava saudosos, e o intervalo entre a refeição e o culto serviria para a troca de contatos.

Quando todos se dirigiram para a área da piscina, ficaram encantados com a transformação do local de diversão para o momento solene. Alguns lugares logo foram preenchidos pelos visitantes. Esse momento era aberto para os familiares e amigos que quisessem participar.

Após o café, Nath foi conduzida para uma sala com as demais jovens que seriam batizadas. Estava nervosa. Uma beca branca lhe foi cedida, para colocar sobre sua roupa. Olhou para os demais e deu seu melhor sorriso... nervoso. Mas, para seu alívio, viu a porta ser aberta e uma fila em direção à piscina.

Para todos eles, uma música havia sido escolhida. Aquela seria a sua música. Mas Nath não se lembrava de nenhuma. Nenhuma que tivesse a ver consigo mesma, com sua história. Lucas, então, deu um beijo em sua testa e lhe disse:

— Deixe sua trilha musical comigo, gatinha.

A cada pessoa que entrava, o grupo de louvor cantava a sua música. Nath pensava: "Minha música poderia ter sido essa". Parecia a identificação de uma digital. Pensou em se levantar e escolher uma canção, mas nesse instante seu grupo foi chamado a se levantar e se dirigir à piscina. Viu que seria a última e achou melhor assim. Era um rodízio, no qual se entrava por um lado e se saía pelo outro. Seu corpo tremia, e ela sentia que as emoções estavam sendo fortes demais. Tentou erguer os olhos e acompanhar o batismo da última pessoa que a antecedia. Foi quando ela os viu... Kleber e Nicole, seus pais, do outro lado, entrando na piscina.

Cada degrau que descia era guiado pelos acordes e as mãos dos seus pastores, Francisco e Timóteo. E a música começou:

O sacrifício vivo se entregou por mim.

E então se lembrou. Durante o seu tempo de recuperação, havia ouvido muita música e DVDs de shows. E essa música do Renascer Praise, Pelo sangue, havia sido repetida centenas de vezes em uma crise de abstinência. Dissera, na época, que parecia que havia sido escrita para ela.

Com armas de amor Ele lutou até o fim.

Seus olhos estavam fixos em seus pais. Nathalie via que Nicole, mesmo com dificuldade, não deixava de participar.

Vestido de silêncio o semblante era de dor.

Seu pai a abraçou e sorriu, trazendo-a para mais perto da mãe. O abraço dos dois trouxe a paz de que Nath precisava. O pastor Francisco chegou por trás da família e abraçou os três. Os acordes e a letra iam se fazendo presentes na trilha sonora de Nath.

E a minha vida foi lavada pelo sangue de Jesus
Minha história dividiu
Antes e depois
Pelo sangue, pelo sangue de Jesus.

— Nathalie não estava na lista de hoje para os que seriam batizados. Mas ela nos procurou e disse estar sentindo o desejo de Deus de ser batizada.

E nós a conhecemos. Temos visto sua luta na caminhada com Deus e seu desejo de conhecê-Lo cada dia mais. Ontem estivemos na igreja e fizemos uma assembleia extraordinária, para termos sua aprovação. Em unanimidade, a igreja presente apoiou. Então, essa ordenança de Jesus será feita em sua vida também.

E o pastor ajudou Nicole a mudar de posição, para que se sentisse mais confortável, e se posicionou ao lado de Nath, com Kleber do outro lado.

Nath colocou as mãos juntas, em sinal de oração. Nas pontas de seus dedos, eram visíveis as queimaduras feitas com cigarros e cachimbos. Talvez desaparecessem um dia.

— Nathalie Kissyw, você crê no Senhor Jesus de todo o seu coração?

Pelo reflexo da piscina, Nath conseguiu enxergar o seu rosto. Não queria mais ser seu reflexo. Com um lampejo, visualizou toda a sua vida. De todo o coração, e com uma firmeza na voz que surpreendeu até ela mesma, declarou, em alta e firme voz:

— Sim, eu creio!!!

— Com base na sua pública profissão de fé, autorizada pela igreja, como Ministro do Evangelho, eu te batizo, minha irmã. Em nome do Pai, do Filho e do Espírito Santo. Amém.

Sincronicamente, Kleber e o pastor a imergiram nas águas, deixando seu corpo completamente submerso. Talvez o tempo passado embaixo não contasse para muitas pessoas, mas Nath sentia o peso das águas cobrindo todo o seu corpo. Até que uma força maior a trouxe de volta, fazendo-a emergir através do azul da piscina.

E já não vivo eu
Mas agora Jesus Cristo vive em mim
O meu passado apagou
Tudo perdoou pelo sangue
Pelo sangue de Jesus.

A primeira reação de Nath foi olhar para as suas cicatrizes nos dedos. Permaneciam lá. Mas ela sabia que Jesus teve cicatrizes por ela na cruz.

Suportou uma dor que não era a Dele, mas tudo por amor a ela. Viu sua mãe se aproximar e a abraçou. Desde o seu nascimento, sua mãe havia sofrido por ela. Seu pai veio pelo outro lado e amparou as duas, conduzindo-as para a escada da saída. As pessoas aplaudiam. Nath sentia-se leve e feliz. Sabia que não podia mudar o passado, mas estava segura de que ele já não lhe pertencia mais. Deus já o havia tomado e jogado no mar do esquecimento. Não havia mais nenhuma condenação contra ela. Agora, era uma nova criatura.

Os primeiros abraços que recebeu vieram dos que tanto tinham sofrido com ela: Milla, Lucas, Jejê, Joyce e Margarida. Jamais estaria sozinha.

Após o período dos batismos e a confraternização de alegria e abraços dos jovens com os novos batizados, houve um tempo para a troca de roupas e a celebração do culto final. Os familiares se juntaram aos jovens, e a alegria foi contagiante. Enquanto o grupo de louvor entoava os cânticos, a adrenalina foi diminuindo. Os líderes jovens se posicionaram à frente e se prepararam para a celebração da Ceia do Senhor.

— Gostaria que cada um de vocês erguesse a fichinha que foi entregue ontem pela manhã.

Em sua grande maioria, elas estavam dobradas dentro da Bíblia. Os que haviam esquecido tiveram seu momento de fuga audaciosa em tempo recorde.

— Ótimo. Agora serão transmitidos aqui, no *data show*, os nomes e o número correspondente. Lembram-se do plano que fizeram para a pessoa? Chegou a hora de conhecê-la.

À medida que os nomes iam surgindo, risos enchiam o auditório e os jovens trocavam de lugar para entregar as fichas. No momento em que a recebiam, corriam seus olhos dinamicamente pela ficha, procurando obter dela uma primeira impressão. E os encontros, todos eles, valeram a pena, pois cada um transmitiu ao outro o melhor que absorvera naqueles dias.

— Todos já estão com suas fichas e as questões respondidas por pessoas que vocês sequer conheciam. Mas que tiveram um cuidado. Um cuidado para você. Agora, vire-se para a pessoa ao seu lado, para esse pequeno Cristo. Essa pessoa é um cristão, um pequeno Cristo no mundo, assim como você, que é parte do corpo de Cristo. As duas comparações precisam de cuidados. Somos dependentes uns dos outros. Mas o que faremos, se a pessoa de quem deveríamos receber apoio estiver mais fraca que nós? Devemos pedir que Cristo, o Cabeça, esteja à frente. E devemos ajudar. Somos o cordão de três pontas, sempre: eu, você e Jesus. Isso não se rompe facilmente.

 O conjunto começou a tocar uma música instrumental suave. O pastor abriu uma bandeja e expôs os elementos da ceia do Senhor: o pão e o vinho. Falou do significado do pão, que simboliza o corpo de Cristo, e do vinho, que representa o sangue. Ressaltou que esses elementos não tinham poderes, mas a simbologia remetia a uma comunhão com Deus e à celebração pela Ressurreição de Jesus na cruz do Calvário.

 Todos receberam o primeiro elemento, o pão, deram graças e o comeram. Nath sentiu como se estivesse suspensa. Era um momento mágico, que deveria ser anexado e guardado para sempre em sua memória. O segundo elemento foi distribuído ao som de um solo de flauta doce. O pastor esperou até que todos tivessem recebido o cálice e destacou a presença do sangue.

 — O sangue é o nosso tecido líquido, que percorre o nosso corpo. Ele representa a nossa vida, pois todos os outros órgãos estão interligados por ele. O sangue é vida. Jesus deu o seu sangue. — O pastor ergueu o seu cálice e continuou: — Sua vida por mim. Agora, peguem o seu cálice, aquele que vocês escolheram quando a bandeja passou, e ergam comigo.

 Todos levantaram o cálice, em obediência.

 — Agora, esse cálice previamente escolhido será trocado com a pessoa para quem você preencheu a fichinha. A pessoa que Deus separou para você nesses dias. Ela receberá esse cálice escolhido por você com o vinho que simboliza o sangue de Jesus. A vida!

 Houve o momento da troca. Em seguida, após todos já estarem com o seu novo cálice, o pastor concluiu:

 — Esse cálice representa o pacto, a nova aliança que foi estabelecida na cruz. O sangue de Jesus Cristo nos purifica de todo o pecado. Hoje estabelecemos alianças uns com os outros. Semelhantemente, bebamos em memória.

Após um momento silencioso, o pastor fez uma oração de gratidão e impetrou a benção apostólica. Uma esfera existia, e não era apenas um fator sentimental. Era o Espírito Santo, que passeava sobre todos, espalhando a paz. A prometida paz. Uma paz que muitos procuram e se sacrificam para achar, mas, na verdade, se esquecem de que ela já foi conquistada na cruz. A paz que vem de Deus, que excede todo o entendimento. Uma paz que o mundo não pode roubar.

32
Minha morada

Se houvesse uma gincana para serem recitados todos os nomes das pessoas na igreja, Nath saberia identificar cada uma. Durante seu tempo de recuperação, pôde conhecer cada uma daquelas pessoas que se agitavam nos bancos da igreja. Algumas eram alegres desde que ela se entendia por gente e frequentava aquele espaço. Com elas, sempre eram trocados sorrisos e palavras afetuosas. Existiam as fechadas, que nunca haviam se sentado com ela ou lhe dirigido a palavra. Mas, durante o tempo em que estava se recuperando, pôde conhecer cada pessoa e aprendeu a amar, pelo amor que recebera delas.

Foi assim que Nath entendeu o significado da expressão bíblica que diz que nós somos o corpo de Cristo. Cada indivíduo expressava seu amor em gestos ou ações. Durante sua volta para casa, sentiu-se sufocada com o entra e sai de amigos e de pessoas que não conhecia. Eles não ficavam a segui-la, mas pareciam entender quando a abstinência a sufocava e ela se agitava. Sabia que um simples estalar da pedra lhe faria um bem enorme... depois, era só continuar de onde parara. Mas sempre existiam as pessoas que pareciam ter um raio-x que decifrava seu interior. Pareciam geógrafos que previam a erupção de um vulcão e providenciavam todos os comandos de cuidados ao seu redor. O cuidado tinha de ser tomado para que ela fosse blindada de qualquer mal.

Quando sentia o corpo tremer, pela ausência do álcool, Nathalie recebia um abraço que, com o tempo, acabou procurando novamente, para aliviar os choques que percorriam seu corpo. Quando seu bom humor ia embora, não imaginava que aquelas pessoas fechadas, sem sorrisos no rosto, saberiam aliviar aquela sensação que parecia estar além do seu controle. Eram convites para almoçar e jantar, para ver o pôr do sol em um sítio ou, simplesmente, assistir a um filme no sofá, comendo pipoca.

Havia uma irmã com seus cinquenta anos, que em sua infância Nath apelidara de D. Azeda, por sempre estar silenciosa e dificilmente sorrir de coisas engraçadas. Mas era a essa irmã, D. Zélia, baixinha e rechonchuda, com o famoso coque na cabeça e uma pele enrugada do sol e gasta pelo tempo, que Nath recorria para enfrentar seus momentos de crise. Quando seu humor atingia picos que a faziam identificar a crise de abstinência, ligava para D. Zélia e apenas perguntava: "Posso ir?". Em poucos minutos, já estava estacionando o carro para levá-la à sua lavoura. Lá as duas organizavam as sementes e plantavam tomates, feijão, milho, coentro e mudas de laranjeira.

— Quem escolheu plantar essa mudinha foi você — D. Zélia um dia falou, enquanto afofava a areia. Suas mãos eram firmes e grossas, calejadas de um tempo muito mais longo que sua idade poderia apresentar. Mas o seu entrelaçar dos dedos com a areia transmitia uma intimidade natural que fazia com que Nath repetisse o gesto. — Você vai comer o milho, o feijão e o coentro. Essa laranja ainda não estará pronta. Às vezes, antes da brotação saem folhas estragadas e doentes. Mas nem por isso a gente vai eliminar o pé. A gente limpa, cuida, poda. Espera mais um tempo até que venham as flores. Depois, espera mais um tanto de tempo para a laranja chegar.

Nath sentiu os olhos da senhora, à procura dos seus. Ergueu um pouco a cabeça e sentiu que havia sabedoria nela.

— Muita gente só vai ficar preocupada com a fruta. Todo mundo quer chupar laranja. Ninguém para um pouco para ver a flor deixando de ser flor para ser laranja. Só pensa em pegar a laranja e chupar. E se estiver azeda? Vai em busca de outras. E novamente segue, sem se preocupar com o que está à frente.

Os olhos de Nath percorriam o rosto da senhora. Conseguia sentir a força da sua respiração e o cheiro de campo que exalava entre seus poros.

— Existem coisas na nossa vida que passam. Existem outras que não sentimos passar. Mas sabe o que importa, no final de tudo? Saber que nada que se passa na nossa vida Deus vai desprezar. Se estiver um pouco azedo, Deus saberá usar em uma receita própria. É só entregar suas folhas para serem podadas por Ele. Alegre-se com os frutos que você vai dar. E não se preocupe com o sabor. Ele é seu Dono e saberá muito bem onde aplicar o fruto.

    Diferentemente de anos atrás, quando estar na igreja lhe era doloroso e incômodo, o sentimento que jorrava do coração de Nath era de alegria. Lembrou-se do momento em que decidira se recuperar das drogas. Seu corpo estava em um estado de fragilidade enorme, e seu emocional, bastante abalado. A possibilidade de ir para uma casa de recuperação trouxera-lhe um medo sem precedentes. Imaginou-se longe de casa. Dos seus amigos. Dos seus pais. Não queria se sentir mais sozinha.

    Seus pais lhe contaram sobre como Deus havia colocado no coração deles o sentido de a casa ser uma casa-refúgio. Lembrou-se do tempo em que passara longe. Por quantas vezes quisera voltar a ter a vida de antes! Rotina com horário para comer, chegar e sair. A vida que havia perdido. Tinha quase quinze anos quando o processo todo começara. Estava a semanas de completar vinte e dois anos. Mais de sete anos perdidos. Não poderia dizer que não existira vida, porque vivera. E muito. Mas uma vivência que não esperava o tempo passar, ou na qual o simples chegar do amanhã era visto através de uma pedra que deveria ser transposta.

    O pastor Timóteo, que a acolhera naquela noite fria, à noite do encontro da sua vida, lhe indicou algumas casas de recuperação direcionadas aos que desejavam sair das drogas. Nathalie soube do caso de um jovem senhor que estava na ala masculina havia anos, o seu Pilha, conhecido por todos os internos e que ia ali para se alimentar, descansar, dormir e retornar às ruas. Muitas vezes, chegava em um estado tão crítico, que precisava de internação hospitalar, pois corria risco de morte. Devido à fragilidade de sua saúde, passava meses até ter o seu equilíbrio restabelecido. Contudo, após alguns dias, ele retornava às ruas e ao vício. Um voluntário questionava sobre a posição da casa em sempre recebê-lo de volta, a cada recaída. O pastor sorria e pensava na resposta.

— Temos limites de vagas. Dispensá-lo seria para muitos a melhor forma, pois não cobramos nada. Vivemos de doações. Procuramos a família do seu Luís, o Pilha. Infelizmente, não achamos ninguém. Já o conscientizamos do mal que a droga faz ao corpo dele, no caso o álcool, e sabemos que ele sofre com ela. Mas não podemos encarcerá-lo. Já lhe demos emprego para que fique conosco, mas ele sempre retorna ao mundo do álcool. Depois, volta envergonhado, mas sabe que aqui sempre poderá voltar. Não podemos fechar a porta. Aqui deverá ser um lugar para ele, sempre que quiser voltar. Um dia vai perceber que essa luta com Deus será ganha. Eu só peço a Deus uma chance a mais para não perdê-lo para o álcool. Ele busca na casa um dia, apenas, e no copo, uma vida.

Nath sabia que muitos se recuperavam e mudavam de vida, decidindo permanecer juntos, ajudando na recuperação de outras vidas. Tornou-se uma voluntária, auxiliando na arrumação ou na cozinha três vezes na semana. Tinha os que faziam de sua vida uma folha de papel em branco. Muitas pessoas a consideravam rabiscadas ainda. Outras passavam a maior parte do tempo imaginando que ela estava amassada demais e não valeria mais a pena recomeçar. Outras entendiam que o fim da vida necessitava de um novo começo, que não poderia jamais ser feito por elas. Só Jesus, o autor da vida, poderia transformar uma história sem Cristo, para uma vida com Cristo.

Se a vida pudesse ser definida por um suspiro, Nathalie sentia a sua pela palavra "graça". Sentada no banco, entre Lucas e Milla, via além da liturgia. Podia sentir-se vista, mas não pelas pessoas, e sim por Aquele com quem havia se encontrado. Já haviam se passado meses, mas senti-Lo era tão presente quanto o dia em que percorreu uma igreja toda sozinha para encontrá-Lo. Ele estava presente quando seu corpo sentiu o enorme desejo de retornar à vida de antes. Ela sentiu Seu cuidado pelas pessoas. O amor de Deus era palpável em sua vida.

Como estava vivendo uma novidade, Nathalie se dispôs a novos hábitos e conquistas. Estava com o vestibular marcado para a semana seguinte.

Iria cursar psicologia. Já contemplava horizontes e se via firmada no futuro. Conquistas e sonhos não se mostravam aliados em seu subconsciente noturno. Caminhavam com ela. Isso até o que ela mais temia acontecer.

Foi no mesmo dia. Foi na mesma rua. Foi no mesmo local. Foi com a mesma pessoa.

Nath estava ajudando uma mãe com o filho, que estavam sentados no último banco da igreja. A mãe pediu para Nath jogar fora o restinho de água da mamadeira, e ela se dirigiu à rua. Atirou-a no rego da calçada, e seus olhos observaram o sinal ficar verde e os carros seguirem seu percurso.

Contudo, um carro não prosseguiu e encostou na calçada; o motorista estava com os olhos fixos nela. Nath não se afastou do olhar. E a partir dos olhares os corpos foram atraídos e se fixaram um diante do outro.

— Minha princesa! — Ric lhe estendeu os braços, em convite a um abraço.

Nathalie o recebeu de bom grado. Alguns segundos revelam tanto tempo, que ela sentiu pelo cheiro do suor dele uma eternidade de emoções que julgava estarem perdidas.

— Ric! — Foi tudo o que ela conseguiu dizer.

Ric alisou o rosto dela carinhosamente. Nath sentiu quando ele mediu cada mudança do seu corpo pelo olhar.

— Tá careta agora...

— Tô livre...

— Mas tá linda! — E suas mãos se entrelaçaram com as dela, conduzindo-a para se encostar em seu carro.

— Tive de ficar muito feia, para deixar essa beleza florescer em mim.

Ric ignorou as palavras dela e continuou alisando seu rosto.

— Ninguém sabia bater tua ficha. Pensei até que tivesse ido em cana ou...

— ...morrido — ela completou, sorrindo.

— De boa, né? — Ric sorriu, puxando um cigarro.

Foi então que ela conseguiu olhar através das emoções para ele. Tinha envelhecido décadas nesses anos que tinham ficado sem se ver. Estava muito mais magro, a pele encolhida formava rugas.

O cheiro a fez respirar forte. Sim, por muitas vezes gostara de sentir a fumaça negra dilatando seus pulmões. Há quanto tempo não tinha aquela experiência?

Delicadamente, Ric abriu a porta do carro e ela entrou. Não entendeu bem o porquê de ter feito isso, mas obedeceu ao comando dele. Sentiu um estremecimento e uma pontada fina na espinha quando a porta do carro se fechou.

— Posso entender que você começou tudo errado. — Ele se virou para ela. — E garanto que essa não foi a melhor parada.

E, através da meia-luz do poste que entrava no carro, Nath conseguiu ver seu olhar. Viu quando ele jogou o cigarro no chão. Ainda estava aceso. Lembrou-se do tempo em que não tinha dinheiro para nada e buscava alívio nas bitucas que encontrava.

— Você se lembra disso?

Ela apenas balançou a cabeça.

— Você tava ligada em ser livre. Queria conhecer tudo. Queria provar tudo. E você provou. Lembra disso?

Nath balançou a cabeça, concordando.

— Deu um giro de 180 graus. Conseguiu fazer coisas que eu nunca imaginei fazer.

A cabeça de Nathalie parecia o ponteiro de um relógio obediente ao movimento rotatório.

— Te vi aos poucos se distanciando de mim. Queria que você voasse, mas não te queria tão longe.

Nath mal piscava. Seus olhos estavam presos aos dele. Aquele poder esmagador estava de volta.

— Tenho muitos planos para nós. Estava apenas lhe dando o tempo da descoberta. Você encontrou o que procurava?

Ric alisou o seu rosto enquanto o levantava.

— Minha princesa, te procurei muito. Imagina que até na rua te procurei?

Com suas mãos no pescoço de Nath, sentiu a dificuldade que ela teve em engolir a saliva.

— Tá com sede? Eu tenho umas cervejas em um isopor aqui.

Ric se virou para trás e pegou duas latas, que pingaram no braço de Nath.

— Tá fria, não muito gelada. O gelo derreteu, mas tá gostosa.

E abriu uma, sem Nath dizer se queria ou não. O som da lata sendo aberta e o cheiro fermentado percorrendo suas narinas levaram ao seu cérebro um sinal de saudade. Chegou a sentir o gosto e sentiu seus lábios se moverem com o líquido, reconhecendo o caminho do paladar.

Com a lata suspensa no ar, Ric ficou olhando-a de boca aberta. Depois, delicadamente colocou a lata fechada no chão do carro e deu um gole na que havia aberto.

— Passamos uma temporada afastados. Mas chegou o momento da volta. Agora tô mais ligado no que você quer. Podemos ir juntos, em busca de novas aventuras.

Mexeu-se um pouco no banco e abriu a carteira. Tirou um baseado.

— Tenho sempre algo para me ajudar a relaxar. Não tô mais tão fixado na vida. Tô curtindo mais. De boa, mesmo.

Nath sentiu o cheiro da maconha antes de ser queimada. O cheiro da erva. Lembrou-se da leveza e do bem-estar que sentia. Dos risos incontroláveis. Acompanhou a busca de Ric no carro pelo isqueiro. Seria muito bom um traguinho. Ela já estava limpa havia meses. Que mal haveria em apenas um trago?

O brilho de uma luz vermelha refletindo pelo retrovisor do carro chamou a atenção dos dois, para verificar quem seria.

Uma viatura da polícia passou ao lado deles. Ric apenas havia jogado o bagulho no chão e pisado levemente, para não estragar.

Os cinco segundos que o carro da polícia precisou para cruzar com o carro deles foram longos e angustiantes. Nath os via abordando-os, revistando-os, levando-os para a delegacia, chamando seus pais...

— Que cilada, hein? — Ric sorriu, aliviado. — Mas tava de boa. Não tenho bagulho aqui. — E pegou o baseado novamente, sorrindo: — Só esse.

Pegou o isqueiro e fez a chama brilhar entre os dois, como em um *show* de *rock*.

— Nossos caminhos tinham mesmo que se cruzar esta noite. — E ficou olhando os olhos de Nath, através da chama.

Nath retirou dos lábios dele o baseado e ficou olhando-o entre seus dedos. Ric pegou o isqueiro e esticou-o, para que ela pudesse acender o cigarro. Nath pegou o isqueiro com a outra mão e, devagar, olhou para os dois objetos que segurava.

— Acho que você se enganou quando disse que nossos caminhos haveriam de se cruzar esta noite.

Ele ergueu a sobrancelha, sem entender.

— Desse caminho eu já saí e não irei voltar. Foi um caminho largo, sem limites nem regras. Um caminho em que tudo me era permitido, mas no fim dele aguardava a morte.

— Pera aí, princesa...

— Cheguei ao fundo do poço e de lá pude sentir meu cheiro. Cheirava a morte. Não tinha alegria. Tinha muita coisa para curtir ainda. Não havia limites para mim. Só que não havia mais vida em mim. Estava sozinha e perdida. Era um caminho que não dava em lugar algum e que me tirou tudo o que eu tinha. Eu estava sozinha.

Ric abaixou a cabeça. Estava começando a entender.

— Sabe o que é você se sentir suja e estar suja? Você disse que pensou em me procurar até na rua, porque duvidasse que eu pudesse estar lá. E lá estive. E lá dormi. E lá mendiguei. Pensei que lá fosse morrer, mas um dia... tudo mudou. Fui vista. Fui amada. Fui encontrada.

E as lágrimas começaram a escorrer pelo seu rosto. Pensou em quantas vezes havia chorado na frente de Ric. Mas eram lágrimas perdidas, à procura de um objetivo na vida. As lágrimas que agora escorriam em seu rosto tinham outro significado: o do encontro.

— Um dia Jesus me encontrou. E me deu vida. A vida que eu não tinha. A felicidade que tanto procurei.

Olhou para o cigarro e o colocou perto do nariz.

— Você sabe qual é o meu maior desejo nesse momento? É dar uma tragada. Uma só!!!

— Então por que não dá? Isso não vai te matar.

— Eu sei que não vai me matar. Mas também bem não me fará. É uma porta aberta para caminhos que vão me levar para longe de Deus. Dos meus pais. Dos meus amigos. Daqueles que me mostraram o verdadeiro brilho da vida. Um brilho que não é de apenas uma noite. É a luz de Cristo que resplandece em mim.

Sentiu quando ele se retraiu no banco, quando um muro se erguera entre eles.

— Meu corpo é o templo do Espírito Santo. Ele habita em mim. Ele me ouviu quando me senti triste. Ele me viu. Ele me achou. Jamais deixarei que aconteça algo que nos afaste e O entristeça.

Ric se ajeitou no banco e colocou a mão na maçaneta da porta, pronto para sair. Mas percebeu que Nath não havia terminado e precisava concluir.

— Você deve estar pensando que a droga não faz mal para uma pessoa. O mal se dá pelo mau uso. Bom, antes poderia concordar. Dizer que, enquanto sentia os pequenos efeitos dela no meu corpo, não me parecia o fim do mundo. Era bom. Muito bom. Mas no momento que tive de viver sem ela, de tirá-la do meu corpo, vi que ela nunca veio para me fazer bem. A combinação de Nath com as drogas resulta em destruição. No final, a conta saiu alta demais, e eu não tinha condições de pagar, se não fosse com minha vida.

Ric deu um meio sorriso de deboche e ficou olhando o painel.

— Sabe quais foram os efeitos da falta de bebida na minha vida? Uma tremedeira e um suor... que me deixavam louca. Vê meus dedos? — Ela os esticou para Ric. — Queimaduras cicatrizadas que ficarão para sempre, consequência das pedras que fumei. Eu não consigo subir escadas sem me cansar ou ter um acesso de tosse, porque meus pulmões estão prejudicados devido aos muitos cigarros. E sabe o meu suor, a água que sai do meu corpo? Por muito tempo foi muito fedida. São as drogas deixando meu corpo. Sinto dores de cabeça horríveis e não posso tomar remédios porque vou transferir a ausência de uma droga por outra. Seus efeitos ainda não foram embora, e sinto a presença das drogas a cada dia me cobrando para voltar.

— Mas você não precisa usar tanto...

— Eu sei disso. Em apenas uma dose voltarei ao meu último ponto de partida. E te digo, não quero mais. Perdi uma vida por causa disso. Como te disse, o valor da conta foi muito alto, e teve apenas uma pessoa disposta a pagar essa conta. Sabe quem foi? Jesus. Ele pegou essa conta e a rasgou, dizendo que não haveria mais nada a ser pago. Tudo estava perdoado.

Pelo retrovisor, Nath viu quando Lucas e Milla saíram da igreja e olharam curiosos, de um lado para o outro. Deviam estar procurando por ela.

— Sabe aqueles dois ali? Eles se preocupam comigo. Estiveram presentes no meu pior estado. Eles cuidam de mim.

Ric pegou na mão dela e a alisou.

— Venha comigo esta noite, e te mostrarei um mundo diferente desse que você viveu.

Nath alisou o rosto dele e deu-lhe um beijo.

— Não posso mais fazer isso.

E viu os dois se aproximando do carro, mesmo sem saberem que ela estava nele.

— Essa Nath que te olha gostaria muito de te acompanhar. Ela ama você. — E uma lágrima escorreu de seus olhos. — Mas o Espírito de Deus que habita em mim diz que há coisas novas preparadas para mim.

Lucas e Milla, por impulso, quando passaram pelo carro, pararam. Nath os olhou tranquila e sorriu. Abriu a porta do carro e olhou para Ric. Pela primeira vez sentiu sua tristeza. Talvez porque ela sempre fora bastante camuflada, ou até pelo fato de que só agora ela sabia o que era ser feliz.

— Esse bagulho vai ficar comigo. Não para usá-lo, mas para não contribuir com algo que vai acabar te destruindo.

Ric apenas sorriu. Estavam em mundos diferentes agora. Os dois haviam percorrido os submundos das drogas e não se reconheciam mais. Anos atrás, esse era o papel dele. Hoje ele encontrara uma pessoa renovada. Na verdade, outra pessoa. Alguém que sentia o perfume da vida.

— Não vou desistir de você, meu amigo. — Nath colocou a cabeça dentro da janela do carro. — Como tive amigos que não me deixaram ser derrotada pelas drogas, não deixarei que ela destrua você.

— Tô muito longe de ser destruído, princesa...

— Ninguém sabe quão profundas são as águas, até que nelas esteja submerso.

Ric sorriu com a sabedoria desconhecida de Nathalie.

— Parece que a dor foi muito sua amiga.

— Muito — Nath confirmou, endireitando-se. — Por muito tempo a melhor. Mas então encontrei alguém que me ensinou que a felicidade não é para ser achada na dor. Ele a traz todos os dias com o renovo da sua misericórdia na minha vida.

— Religião, Nath? — Ric perguntou-lhe, zangado.

— Amor, Ric. Um amor transcendental. Um amor que levou pessoas que nunca vi me amarem e estarem comigo. Esse amor é Deus fluindo em cada um de nós.

A chave foi girada na ignição, e Ric ficou parado antes de engatar a marcha. Depois, olhou para Nath e falou baixo, só para ela, algo que ganhou morada no seu coração.

— Não há lugar na minha vida para o seu Deus.

As lágrimas deveriam estar jorrando em seus olhos; em vez disso, um sorriso surgiu nos lábios de Nath.

— A terra que mais clama por água é aquela que está trincada, seca, sem vida. Seu grito de socorro também vai ser ouvido, como o meu. Jesus, a fonte de água viva florescerá em seu coração.

Ric olhou para a frente e, suspirando, colocou o pé devagar no acelerador e partiu.

Nath ficou olhando-o se afastar cada vez mais. Não tinha um telefone nem um endereço para encontrá-lo, mas até aquele momento seu coração não havia sentido um clamor tão forte como aquele grito de socorro.

Lucas e Milla se aproximaram de Nath, que lhes estendeu o baseado. Lucas o pegou.

— Estou te dando isso para que você o coloque aos pés da cruz. Esse fardo não me pertence mais!

Lucas e Milla a abraçaram, e os três voltaram silenciosos para a igreja. O culto estava no fim, o músico já dedilhava o hino final. Nath parou em frente ao templo e o contemplou frontalmente.

— Que foi? — Milla perguntou, juntando-se à amiga e observando o panorama contemplado. — Não quer entrar?

— Pelo contrário — Nath respondeu, sorrindo para a amiga. — Não existe outro lugar no mundo onde eu deseje estar.

E, de mãos dadas com os dois amigos, entrou na Casa do Pai, com o fundo musical *Amigo de Deus*. Não importavam mais os dias maus. Esse único dia nos átrios do Senhor valia muito mais do que mil outros, em qualquer outro lugar.

FIM

**INFORMAÇÕES SOBRE NOSSAS
PUBLICAÇÕES E ÚLTIMOS LANÇAMENTOS**

facebook.com/editorapandorga
facebook.com/selovital

instagram.com/pandorgaeditora
instagram.com/vitaleditora

www.editorapandorga.com.br

PandorgA